文景

Horizon

J.R.R. TOLKIEN
TALES FROM
THE PERILOUS REALM

社 科 新 知　文 艺 新 潮

目 录

险境奇谈

（精装插图本）

［英］J.R.R. 托尔金 著

［英］艾伦·李 图

邓嘉宛　石中歌　杜蕴慈 译

上海人民出版社

仙境即险境，乃危机四伏之地，对粗心大意者它处处是陷阱，对胆大妄为者它处处有地牢……仙境奇谭的疆域广袤、深邃、高远，充满众多事物：那里有各种各样的飞禽走兽；有无边无际的大海和不可胜数的星辰；那里的美既能摄人心魄，亦是永存的危险；那里的欢乐与悲恸都利如刀剑。得以在彼疆域中漫游之人或可为此额手称庆，但其丰富与奇异让想要汇报它们的旅行者词穷。而他身在境中时，须知问多必失之险，以防仙境之门关闭，钥匙失落。——J.R.R.托尔金[1]

1　摘自《论仙境奇谭》，一场发表于1939年3月8日的演讲。全文见本书附录。

导 言

托尔金是何时开始考虑"仙境"这个"险境"的，我们不得而知。在本书末尾收录的论文《论仙境奇谭》里，他承认，他小时候对这类故事并无偏好，它们只是他的诸多兴趣爱好之一。他说，他对这类故事的"真正喜好"，是"在成年的门槛上被语文学唤醒的，并在世界大战的刺激下走向成熟"。这似乎完全符合事实。据我们所知，他第一篇涉及仙灵的作品是写于1910年的一首诗，题为"林间日光"，当时托尔金十八岁，还在伯明翰的爱德华国王学校就读。1915年，他从牛津大学毕业，随即入伍参加第一次世界大战；截至那年年末，他又写了数首诗歌，其中有几篇就包含了日后他所创作的仙境神话的主体元素。1917年的大部分时间，他都是在军队医院里或等待获准重新服现役中度过的，而到了那年年底，他已经完成了那套六十年后将以"精灵宝钻"为题出版的传说的第一份草稿，而中洲以及中洲之外的精灵家园，也已在他的脑海里大体成形了。

之后发生的事说来话长，如今我们对这些事的了解已经远胜从前，但托尔金本人再次以《尼葛的叶子》这个故事做了提示性的简明概括。人们普遍认为，《尼葛的叶子》具有强烈的自画像性质，画家尼葛就是作者托尔金的化身，而托尔金曾亲口说，自己就是个"挑剔细节的人"[1]。故事告诉我们，尼葛忙着画各种各样的画，但他对其中的一幅越来越着迷。它最初只有区区一片叶子，但随即变成了一棵树，这棵树继而成长为"那棵树"，在它背后，一整片乡野开始展现，"可以瞥见一座森林在大地上推进，以及峰顶覆盖着积雪的群山"。托尔金写道，尼葛"对自己其余的画作都失去了兴趣，或者说，他把那些画拿来，补缀到了这幅大作的边角"。

这也是对托尔金在二十世纪二十、三十和四十年代所做工作的准确描述。在这三十年间，他一直在创作不同形式的"精灵宝钻"故事，偶尔写一些诗，但通常是匿名的，他还编织其他故事，但不一定写下来，有时候最初只是讲给他的孩子们听。《霍比特人》就是这样的一个故事，它发生在中洲，但一开始只是表面上与精灵宝钻相关的精灵历史有所关联。用现代的说法，它只是

---

1 "尼葛"的原文是Niggle，其本意是"过度为琐事操心，拘泥于小节"，托尔金曾自称niggler，即"挑剔细节的人"。——译者注

"衍生作品"。《魔戒》是更进一步的衍生作品，这回是源自《霍比特人》，最初的推动力来自托尔金的出版商，他们强烈渴望《霍比特人》能有一部续集。但是，托尔金就像尼葛一样，他开始重拾以往写过的故事，开始"把那些画拿来，补缀边角"。汤姆·邦巴迪尔起初是孩子玩具的名字，在1934年出版的一首诗里当了主角，随后，他成了《魔戒》的世界里可能最神秘的人物。那部出版的作品还收录了其他诗歌，其中有些很诙谐，如山姆·甘姆吉的押韵诗"毛象"，首次发表于1927年；另一些则严肃又悲伤，如大步佬在风云顶所唱的关于贝伦与露西恩的故事，而这又要追溯到1925年发表的一首诗，并且是基于一个比那更早的故事写的。

我们无法确定托尔金最初灵感的"叶子"究竟是什么，以及他所说的"那棵树"是指什么，虽说"森林在大地上推进"听起来确实很像恩特。但这个小寓言进一步证实了托尔金在别处说过的话，那就是：不管是谁在讲述"仙境奇谭"，它们与其说是关于仙子的，不如说是关于"仙境"这个"险境"本身。托尔金甚至断言，真正关于仙子乃至精灵的故事并不是很多，并且，那些故事绝大多数——他太谦虚了，以至于没好意思加上一句：除非是托尔金自己写的，否则——都不怎么有趣。大多数优秀的仙境奇谭都是关于"人类在险境中或在它的阴暗边界上的冒险"，这是对托尔金自己的故事的再次精准描述：贝伦在多瑞亚斯边境或边界上的经历，图林在纳国斯隆德附近引起的小冲突，以及图奥从刚多林的陷落中逃出生天。托尔金对"仙子"（fairy）这个概念本身一直抱持强烈的矛盾态度。他不喜欢这个词，因为它是从法语中借来的——英语单词是"精灵"（elf）——他也完全不喜欢维多利亚时代对仙子的迷信观点，那种观点认为仙子是娇小、漂亮、无能的生物，常常被纳入向儿童说教的道德故事，而且往往虚假得无药可救。他的论文《论仙境奇谭》（1945年发表在查尔斯·威廉斯纪念论文集上，根据1939年为纪念童话故事搜集者安德鲁·朗而发表的一场演讲扩充而成）的大部分内容，事实上是试图公开纠正学术术语和大众口味的。托尔金认为自己比维多利亚时代的人，甚至比像安德鲁·朗这样博学的人，更懂得什么是更古老、更深刻、更强大的概念。

然而，托尔金虽然没时间花在仙子身上，却对仙境本身充满了兴趣，正如比尔博·巴金斯所说的，那里有"恶龙、半兽人、巨人"，在那片土地上人们可能听说过"公主遇救，寡妇的儿子获得意外的好运"。本书中的故事和诗歌显示，托尔金尝试了各种各样的方法来应对这样或那样的险境，它们全都是暗示性的、原创的、独立的。有人可能会说，它们代表尼葛**没有**"补缀到了这幅大作的边角"的画面。它们引诱性地暗示一些可能需要进一步探索的方向，比如没有写出来的农夫贾尔斯的小王国的后续历史。它们对托尔金的灵感给出了截然不同的视角，时间跨度至少有四十年，从他成年一直延伸到老年。而且碰巧的是，我们十分了解它们每一个都是如何问世的。

直到1998年才出版的《罗弗兰登》，是早在七十多年前托尔金就动笔写下的故事，当初目的只有一个：安慰一个失去了玩具狗的小男孩。1925年9月，托尔金一家——父亲、母亲和三个儿子：约翰（八岁），迈克尔（五岁）和婴儿克里斯托弗——去了约克郡的海滨小镇法利度假。迈克尔那时非常喜欢一只玩具小狗，走到哪里都要带着它。他跟着父亲和哥哥去海滩，把狗放下跑去玩耍，但是等他们回来找狗时，狗不见了：那只狗是白底黑斑点，在白色的碎石滩上难以辨认。他们当天没找着，第二天也没找着，接着一场风暴搅得海滩一塌糊涂，害他们没法再搜寻小狗了。为了让迈克尔高兴起来，托尔金编了一个故事，故事里的玩具小狗罗弗**不是**玩具，而是一只被愤怒的巫师变成了玩具的真狗；玩具狗随后在海滩上遇到了一个友善的巫师，巫师送它去完成各种任务，以便再次变回一只真狗，与它曾经的主人——两个男孩中的"老二"团聚。就像托尔金所有的故事一样，这个故事在讲述的过程中不断发展，大概在1927年圣诞节前后被写下来，并配上了托尔金自己画的几幅插图，在1936年与《霍比特人》差不多同时完稿。

除了在法利的海滩上罗弗遇见沙法师普萨玛索斯之外，《罗弗兰登》还有三个主要场景：月亮的光亮面，那里有月亮老人和他的高塔；月亮的黑暗面，沉睡的孩童沿着月光之路去到梦谷中玩耍；人鱼王的海底王国，暴躁的巫师阿尔塔薛西斯已经去那里担任"太平洋与大西洋魔法师"，简称"太大师"。在月亮上和海底，罗弗都与一只月亮狗或海洋狗交好，他俩都叫作罗弗，这就是为什么他不得不改名罗弗兰登。他们三个不断惹上麻烦，戏弄月亮上的大白龙，又撩拨了海底的海蛇，而海蛇的翻身引发了一场风暴，就像那场把法利的碎石沙滩搅得一塌糊涂的风暴，罗弗兰登则被大鲸乌因带着穿过黯影海域，越过魔法群岛，遥遥望见精灵家园和仙境之光——这是托尔金把这个故事和他更伟大的神话拉得最近的地方。"要是给人发现了，我会受罚的！"乌因说，急忙下潜离开，我们也再未听说有关维林诺的消息。

"挨罚！"捕捉到了这个早期幽默故事的基调。小狗们的冒险顽皮快活，而运送它们的动物——海鸥阿鸥和大鲸乌因，也都愿意屈尊俯就，甚至三个出场的巫师本性都是善良的，虽说阿尔塔薛西斯不那么称职。尽管如此，仍有一些更古老、更黑暗、更深奥的暗示存在。小狗们在月亮上戏弄的大白龙，也是梅林传说中英格兰的白龙，永远与威尔士的红龙交战不休；海蛇让人想起尘世巨蟒,[1]它将在诸神黄昏那日杀死索尔;海洋狗罗弗回忆中的维京人主人,听起来很像著名的国王奥拉夫·特里格瓦松。《罗弗兰登》当中有神话,有传说,甚至有历史。托尔金也没有忘记,即使对孩子来说,在险境中也得有对危险的暗示。月亮的黑暗面有黑蜘蛛,也有灰蜘蛛,它们随时准备把小狗腌制了当成食品储备,而光亮面"有剑蝇,下颚像钢夹子的玻璃甲虫,长着长矛一样的毒刺的苍白独角蜂……比昆虫更可怕的是影蝠",更不用说,从孩子们做梦去的山谷回来的路上,"沼泽地里有许多令人恶心的吓人东西",如果没有月亮老人的保护,"小狗很快就会被抓走的"。另外还有海妖精,以及一长串因阿尔塔薛西斯倒光法术而造成的灾难。托尔金已经掌握了暗示的成效:对未被讲述的故事,以及隐藏在视线之外的生物和力量(如《霍比特人》中的死灵法师)的暗示。无论逻辑怎么说,花在细节上的时间即使没有任何结果,也绝不仅仅是"过于操心琐碎小事"而已。

《哈莫农夫贾尔斯》的基调也是幽默,但这种幽默有所不同,要更加成熟,甚至富有学术气息。它同样始于托尔金即兴讲给自家孩子们听的故事:他的长子约翰记

1　尘世巨蟒(Midgard Serpent)即耶梦加德(Jörmungandr),本意是"巨大的怪兽",是北欧神话中的巨大海蛇。——译者注

得他们一家在一座桥下躲避暴风雨时，听了这个故事的一个版本，时间很可能是在1926年他们搬到牛津之后。（故事中的一个主要场景就是，那条叫克瑞索飞莱斯的龙从桥底下冲出来，要击溃国王和他的军队。）在第一个写下的文字版本中，叙述者是"爸爸"，并有一个孩子打断他问什么是"喇叭枪"。这个故事被逐步扩写，到1940年1月托尔金向牛津大学的一个学生社团宣读时定稿，并且最终在1949年出版。

第一个玩笑就藏在标题中，因为我们有两个标题，一个是英文的，一个是拉丁文的。托尔金假装这个故事是从拉丁文翻译过来的，并且模仿态度倨傲的学术性介绍风格写了他的"引言"。虚构的编辑鄙视虚构的叙述者的拉丁文，认为这个故事的主要用处就是解释地名，并对那些"可能会觉得主人公的性格和冒险经历本身就很有吸引力"的受骗群众扬起势利的眉毛。但这故事自行反击报复了。这位编辑表明了他对"严肃认真的编年史"和"研究亚瑟王统治的历史学者"的赞同，但他提到的"战争与和平快速交替"来自《高文爵士与绿骑士》这个传奇故事的开头，却是人们所能找到的最不可思议、最不符合历史的来源。正如这个故事所表明的，事实是，编辑所嗤笑的"流行歌谣"，要比强加给它们的学术评论可靠得多。《农夫贾尔斯》从头到尾，都是古老和传统的事物打败了博学和新潮的东西。"牛津的四位大学者"给喇叭枪下了定义，他们的定义是伟大的《牛津英语词典》（在托尔金的时代）连续四任编辑的定义。然而，贾尔斯的喇叭枪不符合这个定义，却照样有效。在国王的宫廷里，"普通的重剑"已经"过时"了，国王认为这样一把剑没有价值，所以把它赐给了贾尔斯，但这把剑其实是"咬尾剑"（或者叫"考迪莫达克斯"，如果非要使用拉丁文的话），贾尔斯为拥有这把剑而深受鼓舞，即使因此要面对龙；因为他热爱古老的故事和英雄歌谣，虽然这些东西也已经过时了。

它们过时也许不假，但并没有消失。托尔金一生都对遗存之物十分着迷：单词、短语、谚语，乃至故事和诗句，它们都来自史前时代，但通过口口相传一直流传到现代的常识经验中，自然常常乱成一团，不被广泛认可。仙境奇谭就是个明显的例子。几个世纪以来，保存它们的不是学者，而是老奶奶和保姆。童谣也是如此。它们是从哪里来的？托尔金的"引言"中出现了老国王科尔（适度地转换为学术性的伪历史），克瑞索飞莱斯从桥下出来时引述了《蛋头先生》。此外还有两首童谣在《汤姆·邦巴迪尔》中被改写为两首《月仙》的歌谣。谜语也是遗存之物，由盎格鲁-撒克逊人（我们仍然有一百多条谜语来自他们）和现代学童讲述。还有一些流行的谚语，始终可以任人改动——在《农夫贾尔斯》中，铁匠"阳光山姆"就颠倒了其中的几句，《魔戒》中的比尔博也是如此，他说"真金未必闪亮"——但永不蚀毁。最常见的遗存种类是人名和地名。它们往往来自遥远的古代，其意义往往已被遗忘，但它们仍然具有强大的存在感。托尔金坚信，古老的英雄名字会流传下来，有些甚至与他自己的家庭有关，而《农夫贾尔斯》的灵感之一，想必是他渴望"理解"白金汉郡的当地地名"泰姆"（Tame）和"沃明霍尔"（Worminghall）。

然而，神话才是最伟大的遗存之物，而《农夫贾尔斯》中最重要的报复就是神话对日常生活的报复。谁能说哪个是神话，哪个是日常生活呢？是年轻又愚蠢的龙得出这样的结论："看来，屠龙骑士都是神话传说啊！……我们一直都是这么认为的。"是愚蠢的文明过头的宫廷，喜欢又甜又黏的仿龙尾点心而不是真正的龙尾巴。众朝臣的后代（托尔金暗示）最终会用他们孱弱无力的模仿来代替真实的事物，甚至在幻想中也不例外——就像《大伍屯的铁匠》中的厨子诺克斯，他对仙灵女王和仙境本身抱持可悲的贬损态度。贾尔斯坚定又公正地对国王、宫廷和龙一视同仁，不过我们不该忘记他从牧师——一位弥补了其他人不足的学者——那里得到的帮助，还有故事中的无名女主角——那匹灰母马。她从头到尾都知道自己在做什么，就连在嗅闻贾尔斯不必要的马刺时也是如此。贾尔斯不需要假装自己是个骑士。

险境奇谈

《汤姆·邦巴迪尔历险记》的存在，也要归功于托尔金家人的鼓励。1961年，他的姨母简·尼夫建议他出版一本包括汤姆·邦巴迪尔的小书，如此一来，像她这样的人也能买得起，作为圣诞礼物。托尔金的回应是，收集了他在过去四十多年里不同时期写的诗歌。这16首诗歌大多数在二十世纪二十和三十年代出版过了，有时是在寂寂无名的刊物上出版的，但托尔金在1962年抓住机会彻底修订了它们。彼时《魔戒》已经问世，并已家喻户晓，而托尔金的做法与尼葛对早期画作的处理方法如出一辙：他把这些早期的作品放到他更宏大的整体框架中。他再次使用了学术编辑的手法，这次假托一个能接触到《西界红皮书》的人——《魔戒》一书据称就是取材于这本霍比特人的汇编，而且这一次，他决定编辑的不是主要故事，而是"边角料"——现实中那些中世纪的书记员经常在其正式作品的边缘写下的东西。

这种手法使得托尔金可以收录一些明显只是玩笑的诗，比如第十二首《猫》，是他到1956年才写给孙女乔安娜的；或是一些与中洲无关的诗歌，比如第九首《喵吻》，最初刊登在1937年的《牛津杂志》上，副标题是"候立著名学者门外有感所作"；还有一些诗歌确实跟中洲有关，但现在却让托尔金感到不安。例如，第三首《漫游记》至少在30年前就已写成，后来经过修改，化作比尔博在《魔戒》中所唱的一首歌，但其中的名字不符合托尔金已大大拓展的精灵语。编辑托尔金据此解释说，虽然这首诗是比尔博的作品，但他一定是在退隐幽谷不久之后写的，那时他对精灵的传统还不太了解。到比尔博创作出《魔戒》当中的那个版本时，他已经懂得更多了，不过大步佬仍然认为他不应该碰这个题材。其他几首诗，比如第七和第八两首食人妖的诗，或者第十首《毛象》，都被归为山姆·甘姆吉的作品，这有助于解释它们不严肃的特质。第五和第六两首关于"月仙"的诗都可以追溯到1923年，它们证实了托尔金对童谣的兴趣：在托尔金的想象中，它们是古老完整的诗歌——现代童谣是它们断章取义的后代——这种东西在他想象中的夏尔会很流行。

然而，这本选集的前两首和后三首诗却显示托尔金进行了更深入、更严肃的创作。第一首，即标题诗，也曾在1934年的《牛津杂志》上发表，但第二首《邦巴迪尔划船去》，完成的时间可能更早。就跟罗弗兰登一样，邦巴迪尔最初也是托尔金孩子们的玩具的名字，但很快就变成了英国乡村、乡下人及其持久传统的一种形象，他强人有力，甚至有发号施令的能力，但对行使权力不感兴趣。在这两首诗中，汤姆不断受到威胁：古冢尸妖是当真的，水獭少年和朝他帽子射箭的霍比特人是开玩笑，柳莺和翠鸟在戏弄他，然后霍比特人又戏弄了他一回。他针锋相对，甚至略占上风，但如果说第一首诗以胜利和满足结束，那么第二首诗就以失落结束：汤姆不会回来了。

最后三首诗都是在早期原作的基础上进行了大量修改，主题变得更加黑暗。《宝藏》（可追溯到1923年）描写了托尔金在《霍比特人》中所说的"龙病"，贪婪和占有欲先后征服了精灵、矮人、恶龙和英雄，并导致他们所有人——如《霍比特人》中的"橡木盾"梭林和《精灵宝钻》中的精灵王"灰袍"辛葛——走向死亡。《最后的航船》展示了托尔金在平衡两种冲动：一方面，他希望像弗罗多一样逃离凡世，前往不死之地；另一方面，他又觉得这不仅不可能，而且最终也不受不死之地的欢迎：正确的做法是回头，像山姆·甘姆吉一样，过自己的生活。这也许是正确的，但正如阿尔玟所发现的，这种选择如果没有办法撤销，就是十分艰难的。最后，《海上钟声》提醒我们为什么险境是危险的。那些去过险境的人，就像诗中的叙述者一样，知道他们不会获准留在那里，但是当他们回来时，却会被失落感所淹没。正如山姆·甘姆吉对加拉德瑞尔的评论，仙境里的居民可能没有恶意，但对普通凡人来说，他们仍然很危险。那些遇到他们的人可能再也不会跟从前一样了。在托尔金的编辑式小说里，虽然那个叙述者不应该被认作弗罗多本人，但把这首诗称为"弗罗多之梦"（Frodos Dreme）的霍比特记录者表达了人们对魔戒大战的一知半解给夏尔带来的恐惧，同时（在现实中）表达了托尔金自身的失落感和衰老感。

这些主题在托尔金发表的最后一个故事《大伍屯的铁匠》中变得更加强烈。1964年，出版商请托尔金为维多利亚时代的作家乔治·麦克唐纳的故事《金钥匙》的新插图版写一篇序言。（托尔金曾在将近二十年前的论文《论仙境奇谭》中称赞过这个故事。）托尔金同意了，并开始撰写序言，写了几页后，他就开始用一个厨师尝试为孩子们的聚会烤蛋糕的故事，来说明他关于仙境具有意想不到的力量的论点。但是，就在那时候，他中断了序言的写作，再也没有继续写下去，而是写起了这个故事。1966年10月28日，他在牛津向众多听众朗读了写好的版本，故事于次年出版。

它的标题异乎寻常地朴实，甚至比《哈莫农夫贾尔斯》还要朴实，托尔金自己也指出，这个标题听起来像是一个老式的教材故事。然而，虽然"伍屯"这个名字在英国再普通不过，但它却像所有的名字都曾有其含义一样，具有自己的含义。它的意思是"树林中的小镇"，而故事的第二句话就坐实了它"坐落在树林深处"。树林和森林对托尔金来说非常重要，从黑森林到范贡，它们反复出现的（也是现实的）特征之一是，人们在其中迷失方向，找不到出路。人们觉得大伍屯的居民，或说他们中的许多人都是这样：有点自以为是，容易满足，最关心的是吃喝——这些品质并非全都不好，但是太狭隘了。对此，史密斯是个例外。在村子里每二十四年举办一次的儿童聚会上，他吞下了一颗星星，而这颗星星是他进入仙境（Faërie，托尔金在这里把它拼成Faery）的通行证。故事讲述了史密斯的一生，叙述了他在仙境中所见的一些异象和经历，也带我们经历了一次又一次聚会盛宴，直到史密斯不得不放弃那颗星星，允许它被放进蛋糕里烤，让其他孩子接替他的位置。当史密斯最后一次离开仙境时，他知道"他又一路重返失落"。他的处境与《海上钟声》中的叙述者相同，只是他更接受这个现实。这个故事是"对仙境的告别"。

这并不意味着史密斯是个失败者。他通往"另一个世界"的通行证使他在这个世界成了一个更好的人，而他的一生在某种程度上也削弱了托尔金在评论自己的故事时所说的"谙熟的钢铁桎梏"和"笃信的金刚石桎梏"，在伍屯中，所有值得了解的事物都已经为人所知。那颗星星也以一种意想不到的方式传递下去，并将继续如此传递。尽管如此，平庸的力量依然强大，故事的主要冲突发生在艾尔夫——他是从仙境进入现实世界的使者，而史密斯是相反方向的访客——和他前一任村中大厨之间，此人名叫诺克斯。诺克斯是托尔金在现实生活中厌恶的诸多特质的综合。诺克斯自己对仙境的认识极其有限，对树林深处村子所处的单调世界之外的一切，同样认识极其有限；这诚然可悲，但不可原谅的是，他否认还有更富有想象力的世界存在，并试图把孩子们压低到他自己的水准。他心目中的蛋糕就该又甜又黏，他心目中的仙子就算美也美得平淡无奇。与此相对的是史密斯所见的异象：从黑暗边界的战斗中归来的神情严峻的精灵战士、国王之树、狂风和哭泣的白桦树、翩翩起舞的精灵少女。诺克斯最后被他的学徒艾尔夫吓倒，因为他发现艾尔夫是仙境的国王，但是诺克斯从未改变自己的想法。他在故事中获得了最后的话语权，伍屯的大多数居民都很高兴看到艾尔夫离开，而那颗星星从史密斯家传递到了诺克斯家。如果说史密斯、艾尔夫以及仙境确实产生了影响，那也需要过一段时间才能显现出来。但世情可能就是这样。

那是说，在**这个**世界，世情就是这样。在《尼葛的叶子》中，托尔金展示了他对另一个世界的想象，一个可以容纳中洲和仙境，以及所有其他愿望的世界。然而，尽管它展示了一出"神圣喜剧"，并以震撼世界的笑声结束，但故事却是在恐惧中开始的。托尔金在不止一封信中说，整个故事是他在梦中想到的，他立刻就把它写了下来，时间是在1939年到1942年之间（说法不一）。这越发可信，因为很明显它是一个焦虑的梦，我们人人都做过的那种。要参加考试的学生梦见自己睡过头错过了考试；要做演讲的学者梦见自己站在讲台上，却没讲稿可读，脑子里一片空白。《尼葛的叶子》的核心恐惧一目了然，正是对"永远无法完成"的恐惧。尼葛知道他有一个最后期限——显然就是死亡，是我们每个人都必须经历的旅程——他有一幅迫切想要完成的画，但是他一拖再拖，当他终于开始努力作画的时候，先是来了个他无法拒绝的请托要他花时间，接着他生病了，然后一个督察员出现了，判定他的画是破烂东西，当他开始质疑时，车夫又出现了，告诉他现在必须上路，而且没给他时间收拾行李。他甚至把随手抓来的小袋子也落在了火车上，等他回头去拿的时候，火车已经开走了。这种接二连三出状况的梦实在让人再熟悉不过。就托尔金而言，做这种梦的动机也很容易想象。到1940年时，他已经持续创作"精灵宝钻"的神话有二十多年了，除了零星的诗歌和"衍生作品"《霍比特人》之外，没有一部作品出版过。自从1937年圣诞节以来，他一直在写《魔戒》，但进展也很缓慢。他的书房里堆满了草稿和修订稿。我们也可以猜测，就像大多数教授一样，他发现自己的诸多行政职责让他分心，尽管尼葛（也许还有托尔金）十分内疚地意识到自己很容易分心，而且不善于管理自己的时间。

尼葛必须在救济院学习专注和时间管理，大多数评论家认为救济院就是另种形式的炼狱。尼葛获得的回报则是，在"另一个世界"，梦想成真了：他的树就在他面前，比他落笔所绘的还好，甚至比他想象的更好，而树的后方则是他刚刚开始想象的森林和群山。然而，还有更多改进的余地，为了实现这个目标，尼葛必须与他的邻居帕里什合作，而在现实世界里，帕里什似乎只是又一个让他分心的人。他们共同愿景的成果，就连那些评判人们一生的"声音"也认可为具有治疗价值，但即便如此，它也只是对凡人只能猜测的一个更伟大愿景的铺垫而已。但是每个人都得从某个地方起步。正如《大伍屯的铁匠》中仙灵女王所说的，"也许，一个小玩偶也好过完全不记得仙境"，有仙境总好过对日常俗世之外的事物无知无觉。

《尼葛的叶子》毕竟有两个结局，一个在"另一个世界"，一个在尼葛离开的世界。"另一个世界"的结局是喜乐和欢笑，但在现实世界中，希望和记忆被粉碎了。尼葛所绘的大幅的树画被拿来修补房子的破洞，其中一片叶子被送进了博物馆，但博物馆也被烧毁了，尼葛被彻底遗忘。关于他的最后一句话是（人们）"根本不知道他还会画画"，而未来似乎属于汤普金斯议员这样的人，他的观点是实用教育和——请记住，这是一个最晚发生在二十世纪四十年代初的故事——消除社会上的不良分子。托尔金说，如果有补救给我们，那就是"天赐的礼物"。他强调尼葛用的是这个词"字面上的意思"。而另一个表达"天赐的礼物"的词是"恩典"。

因此，《尼葛的叶子》的结局二者兼备：既有托尔金在《论仙境奇谭》中所说的"恶灾……悲伤和失败"，也有他认为仙境奇谭和福音（evangelium，即"好消息"或超越它的 Gospel）具有的"至高功能"——"善灾"，即"突如其来的喜悦'转机'"，"突如其来的奇迹般的恩典"，这些在格林童话与现代仙境传说里都能找到，而在托尔金自己的"险境奇谈"中尤为突出。在托尔金 1943 至 1944 年编辑的中古英语诗《奥菲欧爵士》中（这是一本匿名的小册子，独特的是，几乎没有任何副本留存下来），男爵们安慰刚刚得知主人去世的管家："and telleth him hou it geth, / It is no bot of mannes deth。"他们说的是，事情就是这样，没有办法挽回。或者，像托尔金在 1975 年他去世后才得以出版的译本中对最后一句的翻译，"人之死，无人能补救"。男爵们富有同情心，心怀善意，最重要的是通情达理：事情**就是**这样。但是，这首诗证明他们错了，就这一次，因为奥菲欧不但活着，而且还把他的王后从仙境的囚禁中解救出来。我们在《魔戒》中也发现了同样的"转机"，魔戒被毁后，山姆躺在末日山上等死，醒来后却发现自己还活着，获救了，而且面对的是复活了的甘道夫。险境中自有喜乐，在它的黑暗边界上亦然，而正因为它挑战并克服了现实生活中的悲伤和失落，才变得愈发有力量。

汤姆·希比

罗弗兰登

1

　　很久很久以前，有一只名叫罗弗的小狗。罗弗个头小得很，也年幼得很，要不是这样，他就会更懂事一点；他高高兴兴地在花园里阳光下玩着一个黄色的球，要不是这样，他就绝不会做他后来做的事。

　　不是每个穿着破烂长裤的老人都是坏老头：有些老人是拾荒的，有自己的小狗；有些是园丁；还有少数，非常少数，是在假日里四处游荡，想找点事做的巫师。现在走进这个故事里的老人就是个巫师。他穿着一件破旧的外套，嘴里叼着旧烟斗，头戴一顶绿色的旧帽子，沿着花园的小径游荡。假如罗弗没有忙着对球吠叫，他可能就会注意到绿帽子后面插了根蓝羽毛，然后就会像任何聪明的小狗一样，怀疑这人是个巫师；但他压根就没看见那根羽毛。

老人弯腰捡起了球——他在考虑要不要把球变成一个橘子，甚至变成一块骨头或一块肉送给罗弗——不料罗弗咆哮起来，说：

"放下！"连个"请"字都没说。

当然了，这位巫师身为巫师，完全听得懂，他马上回敬：

"安静点，蠢狗！"同样连个"请"字都没说。

然后，他纯粹为了逗逗这只狗，把球放进口袋里，转身要走。令人遗憾的是，罗弗一口咬住他的裤子，撕下了好大一片。说不定还咬下了巫师一块肉。总之，老人勃然大怒，回身大吼道：

"白痴！给我变成玩具！"

话音一落，奇怪得要命的事就发生了。罗弗本来就是一只小狗，但他突然觉得自己变得更小了。青草似乎长到高得吓人，在他头顶高处摇摆；从草间望去，他可以看到那个又被巫师丢下的巨大黄球在很远很远的地方，就像太阳从林间树梢升起一样。他听见花园门咔嗒响了一声，老人走了，但是他看不见老人。他试着吠叫，但是只发出轻微的声音，轻到一般人根本听不见；我想连狗都不会注意到。

罗弗小成这样，我敢说，如果这时候来一只猫，肯定会把罗弗当成老鼠吃掉。廷克就会。廷克是这家里养的一只大黑猫。

光是想到廷克，罗弗就吓得要命；不过他很快就把猫抛到了脑后。他四周的花园突然消失了，罗弗感觉自己像被刮走，又不知道被刮到了哪里。等到混乱平息，他发现自己陷入了黑暗，躺在好多坚硬的东西上；他就躺在那儿，感觉是在一个闷不通风的箱子里，很不舒服地躺了很久。他没得吃没得喝；最糟糕的是，他发现自己连动都没办法动。起初，他以为这是因为自己被塞得太紧了，但他后来发现，他只能在白天的时候稍微动一动，不过要费很大的劲，而且只有在没人注意的时候才行。只有过了午夜，他才能走动和摇尾巴，动得还有些僵硬。他变成了一个玩具。就因为他没对巫师说"请"，现在他整天只能摆出乞讨的姿势坐在那儿。他被固定成这种模样了。

在度过了一段似乎非常漫长、非常黑暗的时间以后，他再次试着大声吠叫，争取声音大到能让人听见。然后他又试着去咬身边盒子里的其他东西，那都是愚蠢的玩具小动物，它们真的只是用木头或铅做的，不是像罗弗这样被施了魔法的真狗。但是没有用；他叫不响，也咬不动。

突然间，有人来了，揭开盒盖，让光线照了进来。

罗弗兰登

"哈里，今早我们最好把这些动物挑几只放进橱窗里。"一个声音说，同时有只手伸进箱子里，一把抓起了罗弗。"这小东西是从哪儿来的？"那个声音说，"我不记得之前见过这只。我敢肯定，它不该搁在三便士盒子里。你见过这么逼真的玩具吗？你看它的毛和眼睛！"

"给他标上六便士，"哈里说，"然后摆到橱窗前面去！"

顶着炎热的阳光，可怜的小罗弗在橱窗前面端坐了一整个上午和一整个下午，直到接近下午茶的时间；而且他在整段时间里都得端正坐好，摆出一副乞讨的模样，尽管他其实满腔怒火。

"我一定会从第一个买我的人手里逃跑。"他对其他玩具说，"我是只真狗。我不是玩具，我也不要当玩具！但我希望有人快点来买我。我讨厌这家店，我像这样被塞在橱窗里，都没法动弹。"

"你干吗要动呢？"其他的玩具说，"我们就不想动。站着不动什么都不想多舒服啊。你歇得越多，活得就越长。所以，你可闭嘴吧！你唠唠叨叨的时候我们睡不着觉，要知道我们当中有些会去面对恶劣的幼儿室，那里的日子可不好过。"

他们不再开口了，所以，可怜的罗弗完全没人可以说话，他非常难受，非常后悔咬了巫师的裤子。

我不知道是不是那个巫师派一个妈妈来把小狗从店

里买走。总之，就在罗弗觉得自己悲惨到极点的时候，她挽着一个购物篮走进了这家店。她刚才透过橱窗看到了罗弗，觉得这小狗真是可爱，适合买给她儿子。她有三个儿子，其中一个特别喜欢小狗，尤其是黑白花色的小狗。于是她买了罗弗，罗弗被人用纸紧紧包裹起来，塞进她的篮子里，和她为下午茶购买的东西做伴。

罗弗很快就把脑袋从纸包里挣了出来。他闻到了蛋糕的味道，但是他发现自己吃不到。蛋糕就在他下方，在那些纸袋里，他发出一声小玩具的低吼。只有那些小虾听见了，它们问他为什么吼。他把整个经过都告诉了它们，希望它们会为他难过，但是它们只说：

"你想不想尝尝被煮的滋味？你被煮过吗？"

"不想！就我记得的，我从来没被煮过。"罗弗说，"不过我有时候被抓去洗澡，那可一点也不好受。但我想被煮的滋味大概不如中了魔法一半糟糕。"

"那你肯定从来没被煮过，"它们回答，"你对被煮一无所知。不管对谁来说，这都是最糟糕不过的事——我们一想到这种事就气得全身发红。"

罗弗不喜欢这些虾子，所以他说："不要紧，他们很快就会把你们都吃掉，而我会坐着看热闹！"

听了这话，小虾们再也不想跟他多说了，他只能自己躺在那儿，纳闷到底是什么样的人家买了他。

他很快就知道了。他被带进一栋房子，篮子被放在一张桌子上，所有的包裹都被拿了出来。虾子被放进了食品柜，罗弗则直接被给了一个小男孩，玩具就是买给他的。小男孩把罗弗带到幼儿室，和他说起话来。

要不是罗弗太生气，不肯听人家在对他说什么，他本来应该会喜欢这个小男孩的。小男孩用自己能模仿得最像的狗语对他汪汪叫（他做得着实很不错），但是罗弗根本不回答。他一直在想，自己说过要从第一个买下他的人手里逃走，他琢磨着这要怎么做到；他一直都坐着，假装在乞求，而小男孩一直拍着他，推着他在桌子上和地板上四处走。

终于，天黑了，小男孩上床睡觉了。罗弗被放在床边的一把椅子上，依然是乞求的姿势，直到夜深人静。百叶窗放了下来；但是屋外月亮从海面升起，在水面上铺开了一条银色的路，一条通到天涯海角乃至世界之外、给能在上面行走的人铺就的路。这一家人，父亲、母亲和三个小男孩，住在海边的一栋白房子里，从屋里望出去，就是一望无际的茫茫大海。

小男孩们睡着了，罗弗伸伸他疲惫僵硬的腿，发出一声小小的吠叫，除了角落里一只邪恶的老蜘蛛，没人听见。接着，他从椅子上跳到床上，又从床上滑滚到地毯上；然后他跑出房间，跑下楼梯，跑遍了整座房子。

虽然他很高兴又能活动，再次成为活生生的真狗，在晚上能跳能跑，比大多数玩具好得多，但他发现到处奔跑很艰难也很危险。他现在这么小，下个楼简直就像从墙头跳下来；再爬上楼也笨拙而费力。并且，这全是徒劳。他发现所有的门理所当然都关着，上了锁；没有一条缝、一个洞可以让他钻出去。因此，可怜的罗弗在那天晚上没跑掉。到了早晨，只见一只疲惫万分的小狗坐在椅子上，就在昨晚被放下的位置，摆出乞讨的样子。

天气好的时候，两个年纪大些的男孩起床后经常在早餐前先沿着沙滩跑一圈。那天早上他们醒来，拉开百叶窗，只见太阳从海中跃起，一片火红，头顶披着云彩，仿佛刚洗了个冷水澡，正用毛巾擦干身子。他们飞快起身，穿好衣服，然后就走下山崖，到海滩上去散步——罗弗也跟着他们。

就在两个男孩中的老二（罗弗的主人）要离开卧室时，他看见罗弗坐在五斗柜上。他之前穿衣服时顺手把罗弗放在了那儿。

于是他说："他在恳求要出门呢！"就把罗弗放进了裤兜。

但是罗弗并没恳求要出去，更是一点也不想被揣在裤兜里。他想休息，准备到了夜里再次出逃；因为他认为自己这次可能找到一条路逃出去，然后一路越跑越远，直到他回到自己的家，回到自己的花园，回到草坪上的

罗弗兰登

29

那个黄球前面。他有个想法，就是只要他能回到草坪上，一切就会恢复原状：魔法会破除，或者他会一觉醒来，发现这都是大梦一场。因此，在两个小男孩手脚并用爬下崖间小路，沿着沙滩奔跑时，他试着吠叫、挣扎，在裤兜里扭来扭去。尽管他藏在口袋里没人看得见，但无论他怎么努力，都只能移动一点点。但是他尽力而为，并且运气也帮了他一把。口袋里有块揉成一团的手帕，让罗弗没有陷进口袋深处。经过一番努力，外加他主人的奔跑，不一会儿罗弗就探出了鼻子，嗅了嗅四周的情况。

他嗅到的气味和看见的东西让他非常惊讶。他从来没见过大海，也没闻过大海的味道。他出生的那个小乡村离大海的声音和气味很远很远。

突然，就在他探出身子的时候，一只通体灰白的大鸟从孩子们头顶掠过，发出的叫声恰似一只长了翅膀的大猫。罗弗大吃一惊，一下子从男孩的口袋里掉到了松软的沙滩上，而且没有人听见。大鸟飞走了，根本没注意到他微弱的吠叫，而小男孩们沿着沙滩越走越远，压根儿就没想到他。

起先，罗弗对自己的处境深感庆幸。

"我逃出来了！我逃出来了！"他汪汪吠叫，然而这是只有别的玩具才能听见的玩具吠叫，周围并没有别的玩具在听。然后他翻了个身，躺在干净又干燥的沙子上，这些沙子因为在星空下过了一夜，还十分凉爽。

但是，当两个小男孩往回家的路上走，经过他却完全没注意到他，把他独自留在空荡荡的海岸上时，他就不怎么开心了。除了海鸥，岸上空无一人。沙滩上除了海鸥留下的爪印，只能看见两个小男孩的足迹。那天早上，他们去的是平日很少去的偏僻地方。那里确实很少有人会去。虽然黄沙很干净，碎石很白，灰色悬崖下的小海湾里水色蔚蓝，泛着银白的泡沫，但是那里给人一种古怪的感觉，除了一大早太阳刚刚升起的时候。人们说奇怪的东西会到那里去，有时甚至下午就会去；而到了晚上，那里就满是人鱼，男女都有，不用说还有小海妖精骑着配有绿海草笼头缰绳的小海马一直跑到悬崖，把海马留在水边的泡沫里。

所有这些古怪的原因，其实很简单：所有的沙法师里，最年长的一位就住在这个小海湾里，海民用他们那水声四溅的语言称他们"普萨玛提斯特"。这位老法师的名字叫普萨玛索斯·普萨玛提德斯[1]，反正他就是这么说的，而且他对名字的恰当发音十分小题大做。但他是个有智慧的老家伙，各种各样的怪人都来拜访他，因为他

---

1 原文是 Psamathos Psamathides。Psamathos 是古希腊语词"沙"，-ides 是古希腊人名的后缀，表示"某某的后代"，因此 Psamathides 的意思是"沙之子"。按照英语习惯，这些词词首的 P 通常不发音。——译者注

是个一流的魔法师，表面上看着顽固暴躁，其实（对合心意的来人）非常和蔼可亲。每次他办的午夜宴会之后，人鱼们就会对他讲的笑话笑上好几星期。不过，要在白天找到他可不容易。他喜欢在阳光灿烂的时候整个人埋进温暖的沙堆里，只露出一边长长的耳尖在外面；即使他的两只耳朵都露出来，大多数像你我这样的人也会把它们当成小木棍。

老普萨玛索斯有可能知道所有发生在罗弗身上的事。他肯定认识那个给罗弗施了魔法的老巫师；魔法师和巫师非常稀少，相距又远，他们对彼此非常了解，也会密切关注对方的举动，因为在私底下他们不一定是好朋友。不管怎么说，罗弗躺在柔软的沙滩上，开始感到非常孤独或者说古怪，而普萨玛索斯就在旁边的一个沙堆里窥视他，那座沙堆是昨晚人鱼给他堆的，不过罗弗没有看到他。

但是这个沙法师一声不吭。罗弗也没出声。早餐时间过去了，烈日当空。罗弗看着大海，涛声听起来很清凉，接着，他心里突然怕得要命。起初，他以为自己肯定是让沙子迷了眼睛，但他很快就明白，自己没有搞错：大海越来越近，吞没了越来越多的沙滩；海浪越来越大，泡沫也越来越多。

涨潮了，罗弗就躺在高潮会达到的水位线之下，但他对此一无所知。他越看越害怕，想到奔腾而来的海浪会直拍上悬崖，把他卷进白浪滔滔的大海里（远比任何满是肥皂泡的浴缸可怕），而他仍旧摆着可怜的乞讨姿势动不得分毫。

他确实差点就被海浪卷走，但是没有。我敢说，这跟普萨玛索斯有关；不管怎么说，我猜，先头那个巫师的咒语在这个古怪的小海湾里，在离另一个魔法师的地盘这么近的地方，可能没那么强了。就在海浪逐步逼到面前，罗弗几乎吓破了胆，拼命挣扎着要往海滩上方滚的时候，他突然间发现自己能动了。

他的体型大小没变，但他不再是一个玩具。虽然仍是大白天，他的四条腿却能灵活自如地移动了。他不需要再摆出乞讨的样子，他可以在沙滩上奔跑，跑到地面比较硬实的地方；他还可以吠叫——不是玩具狗的叫声，而是用合乎他仙境狗的身材大小、真正仙境小狗的尖声汪汪叫。他太高兴了，吠叫的声音大到了如果你在场，一定可以听见的地步，那叫声清亮又似乎很遥远，就像顺风传来牧羊犬在山坡上吠叫的回声。

这时，沙法师突然把头从沙子里探了出来。他实在很丑，大约有一只大狗那么大。但在中了魔法变小的罗弗看来，他就是个庞大又可怕的怪物。罗弗一屁股坐下，立刻不叫了。

罗弗兰登

"小狗，你在吵什么呀？"普萨玛索斯·普萨玛提德斯说，"现在是我睡觉的时间！"

事实上，随便哪个时间都是他睡觉的时间，除非有什么让他觉得有趣的事发生，比如（应他的邀请）人鱼在小海湾里跳舞。这种时候，他会从沙子里爬出来，坐在岩石上看热闹。人鱼在水里可能非常优雅，但是当他们尝试用尾巴在岸上跳舞时，普萨玛索斯觉得他们滑稽得很。

罗弗没有回答，于是他又说了一遍："现在是我睡觉的时间！"罗弗还是一言不发，只是摇摇尾巴表示抱歉。

"你知道我是谁吗？"他问，"我是普萨玛索斯·普萨玛提德斯，普萨玛提斯特之首！"他得意地说了好几遍，把每个字都念得清清楚楚，每念一个"普"字，都把一团沙吹下鼻子，搞得沙雾腾腾。

罗弗差点儿被埋在沙雾里，他坐在那里，一副胆战心惊又闷闷不乐的样子，让这位沙法师不由得可怜起他了。事实上，他突然收起一脸凶相，放声大笑：

"你真是一只有趣的小狗，**小狗**！老实说，我从来没见过像你这么小的小狗，**小狗**！"

说完他再次哈哈大笑，然后又突然变得一脸严肃。

"你最近有没有惹恼过哪个巫师？"他放低声音问道，低到近乎耳语；并且他闭上了一只眼睛，另一只眼睛显得非常友善又非常体贴，使得罗弗把一切都原原本本告诉了他。其实这也许完全没必要，因为我说过，普萨玛索斯很可能早就全都知道了；不过，罗弗觉得，能把一切告诉一个显得善解人意，又比一般玩具更有见识的人，心里舒坦多了。

罗弗讲完以后，沙法师说："那是个巫师没错。听你的描述，我想那是老阿尔塔薛西斯[1]。他来自波斯。但是他有一天迷了路，要知道就连最好的巫师有时候也会迷路（除非他们像我一样永远待在家里），然后他在路上遇到的第一个人给他指了到珀肖尔[2]的路。从那以后，除了节假日，他一直住在那一带。他们说他是个采李子的，就他这么个老家伙——他至少也有两千岁了——手脚还挺灵活的，而且极其喜欢苹果酒。但这不是重点。"普萨玛索斯的意思是，他已经跑题了，"重点是，我能帮你什么忙？"

"我不知道。"罗弗说。

"你想回家吗？恐怕我无法把你变回你原来的大小，这至少得先征得阿尔塔薛西斯的同意，因为我现在不想和他吵架。不过，我想我可以冒点风险送你回家。毕竟，阿尔塔薛西斯想送你回来的话，随时都可以再动手。不过，当然，要是他真的生气了，下次他可以把你送到比

1　Artaxerxes是波斯语名字。——译者注
2　珀肖尔（Pershore）的读音与波斯（Persia）相近。——译者注

玩具店更糟的地方去。"

罗弗一点也不喜欢听到这话，他壮起胆子说，如果他就这么小一只回去，可能除了大猫廷克，没人会认得他；而以他目前的状况，他非常不想被廷克认出来。

"那好吧！"普萨玛索斯说，"我们必须想点别的办法。同时，既然你又变回真的小狗了，你想吃点什么吗？"

罗弗还没来得及说"好，拜托！好！拜托！"，他面前的沙滩上就出现了一个小盘子，上面有面包和肉汁，还有两块大小正合适他啃的小骨头，还有一个装满了水的小狗碗，上面用蓝色的小字写着"喝吧，小狗，喝吧"。他狼吞虎咽把食物一扫而光，这才问："你是怎么办到的？——谢谢你！"

他突然灵机一动加上"谢谢你"这句，是因为巫师和他们这类人似乎都很容易生气。普萨玛索斯只是笑笑；于是罗弗就躺在热沙上睡着了，他梦见骨头，还梦见把猫追上了李子树，结果看见它们变成了戴着绿帽子的巫师，把硕大如西葫芦的李子朝他身上丢。风一直轻轻地吹着，把他的脑袋几乎全埋在吹来的沙子里。

这就是为什么两个男孩始终没找到他，虽然小男孩中的老二一发现他不见了，他们就专门到小海湾来找。这次他们的父亲也来了；他们找了又找，直到太阳开始西

险境奇谈

36

沉，下午茶的时间快到了，他才带他们回家，不肯再多逗留——他太清楚这个地方的古怪之处了。之后，有段时间，小男孩老二只好暂时满足于拥有一只普通的三便士玩具狗（来自同一家商店）；不知为何，虽然只拥有那只摆着乞求姿势的小狗很短的时间，他却对它念念不忘。

不过，此刻你可以想象，他坐在那儿面对着下午茶，非常悲伤，没有小狗相伴。而远在内陆，那位原本养着罗弗并宠坏他（那时他还是一只身材正常的普通小狗）的老太太，正在给她走失的小狗写一则启事——"白底黑耳朵小狗，叫他罗弗会答应"。与此同时，罗弗自己在沙滩上呼呼大睡，而普萨玛索斯在一旁打盹，两条短短的手臂交叉抱在胖胖的肚子上。

罗弗兰登

2

当罗弗醒来时，太阳已经落得很低了；悬崖的影子横陈在沙滩上，普萨玛索斯却不见踪影。一只大海鸥就站在他旁边盯着他，有那么片刻，罗弗担心这海鸥正打算吃掉自己。

但海鸥说："晚上好！我等你醒来已经等了很久了。普萨玛索斯说你大概会在下午茶的时间醒来，但是现在早就过了那个时间。"

"请问，鸟先生，你为什么要等我醒来呢？"罗弗很有礼貌地问。

"我名叫阿鸥，"海鸥说，"我在等着带你走，月亮一出来就走，沿着月光之路走。不过在走之前我们还有一两件事情要做。爬到我背上来，看看你喜不喜欢飞行！"

起初罗弗一点儿也不喜欢飞行。阿鸥贴近地面飞的时候还好，它的翅膀伸展得又直又挺，平稳地向前滑翔。但是当阿鸥直冲云霄，或向左向右侧身急转，每次倾斜的方式都不同，或陡然急降，好像要俯冲入海时，小狗只听见耳边海风急啸，内心也七上八下，只希望能再次平安落地。

他对阿鸥这么说了好几次，但是阿鸥都只回答说："抓紧！我们还没开始呢！"

他们像这样飞了一阵子，罗弗刚开始习惯飞翔，或者说觉得飞翔很无聊的时候，突然间，阿鸥大喊一声："我们上路啦！"罗弗差点就摔了出去。因为阿鸥像火箭一样陡然直冲云霄，接着就顺风高速向前飞去。很快，他们就飞得极高，罗弗甚至可以看见远处陆地的尽头，太阳正在黑暗的山丘后方沉落。他们正朝一片极高的黑色峭壁飞过去，岩石陡峭到谁也爬不上去。大海拍击、吸吮着峭壁底部，浪花飞溅，峭壁的壁面寸草不生，只覆盖着一层白色的东西，在暮色中显得一片苍白。成百上千的海鸟栖息在狭窄的岩架上，有时一起哀鸣，有时一片静默，有时突然从栖息处滑下来，在空中盘旋打转，然后俯冲到远在下方的大海，从高空往下看，那底下的海浪看上去就像小小的皱纹。

这就是阿鸥住的地方，他在出发之前，有好几个人要见，其中包括黑背海鸥中最年长、最重要的一位，还要收集一些信息。因此，他把罗弗放在一片比门阶还窄得多的狭窄岩架上，叫他在那儿等着，别摔下去。

你可以肯定，罗弗会很小心不让自己掉下去，而且这时还刮着猛烈的侧风，他一点也不喜欢这种感觉，他尽可能地贴紧峭壁蹲伏着，低声呜咽。对一只被施了魔法、心惊胆战的小狗来说，这真是个非常糟糕的地方。

最终，阳光从天空中完全消失了，海上升起了一层薄雾，聚拢的暮色里出现了第一批星星。这时，在薄雾上方，大海的远方尽处，一轮黄澄澄的圆月升起，在水面上铺开一条波光粼粼的路。

之后不久，阿鸥回来了，它载上已经开始浑身打战、可怜兮兮的罗弗。在悬崖上那片寒冷的岩架上待了那么久之后，鸟羽感觉起来又温暖又舒适，他尽量把自己埋在里面。阿鸥纵身跃入大海上方的高空，所有的海鸥也纷纷从它们栖息的岩架上跃起，长鸣着向他们道别。他们沿着此时从岸边笔直伸展到黑暗天边的月光之路疾飞而去。

罗弗全然不知月光之路通往哪里，此时此刻，他既害怕又兴奋，以至于无法开口发问。总之，他也开始习惯这些不寻常的事发生在自己身上了。

他们在空中沿着海面上那一带银色的波光飞翔，月亮越升越高，也越来越明亮皎洁，直到周围没有一颗星星敢与它争辉，只剩它独自在东方的天空中闪耀。毫无疑问，阿鸥是遵从普萨玛索斯的命令，前往普萨玛索斯要他去的地方，并且，毫无疑问，普萨玛索斯也用了魔法来帮助阿鸥，因为它飞得绝对比一般的大海鸥更快、更直，甚至胜过它们在匆忙中顺风直飞的时候。然而，仿佛过了好几个世纪，罗弗才在月光和下方的大海之外，看见其他的东西。与此同时，月亮变得越来越大，空气也变得越来越冷。

突然间，他在大海的边缘看见一个黑乎乎的东西，随着他们朝它飞去，它越变越大，直到他看清那是个岛屿。越过水面传到上空他们耳里的，是吠声的巨响，来自各种各样、大小不一的狗：汪汪嗷嗷，呜呜猙猙，吼吼呦呦，嗯嗯昂昂，嘶嘶嚎嚎，吠吠噪噪，呲呲哼哼，当中最洪亮的吠声，就像食人妖后院里养的巨型大猎犬发出的咆哮。罗弗脖子上那圈毛突然又变得真实无比，如鬃毛一样根根直竖；他很想马上下去和那里所有的狗互吠一番——然后他才想起自己有多小只，于是一下泄了气。

"那是狗岛，"阿鸥说，"或者说，是流浪狗之岛，能去到那儿的每一条流浪狗，要么运气好，要么值得这份奖赏。我听说，对狗来说那是挺不错的地方；它们可以随心所欲地大声吠叫，不会有任何人来叫它们闭嘴，或朝它们扔东西。每当月明之夜，它们就合作开个出色的音乐会，一起狂吠出自己最喜欢的曲调。它们告诉我，那里还有骨头树，果实就像多汁的肉骨头，成熟时会从树上落下。不！现在我们不去那里！你瞧，虽然你不再是个玩具，但你也不能算是真正的狗。事实上，当你说你不想回家的时候，我相信普萨玛索斯也挺茫然的，不知道该拿你怎么办。"

"那么，我们这是要去哪儿呢？"罗弗问。在听说了骨头树之后，他很失望不能更仔细地看看狗岛。

"沿着月光之路，一直去到世界的边缘，然后越过边缘去月亮上。老普萨玛索斯是这么说的。"

罗弗一点也不喜欢越过世界边缘的念头，月亮看上去是个挺冷的地方。"为什么要到月亮上去？"他问，"世界上有很多地方我从来没去过。我从来没听说月亮上有骨头，更别说有狗了。"

"狗至少有一只，因为月亮老人养了一只。他是个正派的老家伙，也是最伟大的魔法师，所以肯定会有很多肉骨头给那只狗，很可能也有招待客人的份。至于为什么会送你到那里去，我敢说，你要是保持头脑清醒，不去浪费时间发牢骚，你很快就会知道的。我觉得，普萨玛索斯肯为你操心，真是非常好心；事实上，我不明白他为什么这么做。做事情却没有一个又好又堂皇的理由，实在不像他——而你看上去既不好也不堂皇。"

"谢谢你，"罗弗感到沮丧，"我相信，这些巫师愿意为我操心，真的很仁慈，尽管这也很让人心烦。一旦你跟巫师以及他们的朋友混在一起，你就永远不知道接下来会发生什么事。"

"这可是任何爱汪汪叫的小宠物狗都不配得到的好运气。"海鸥说。这话一出，他俩有一阵子没再交谈。

月亮变得越来越大，越来越明亮，下方的世界变得越来越暗，越来越遥远。最后，突然之间，世界到了尽头，罗弗看见星星在底下的黑暗中闪烁。在遥远的下方，他看见月光下白色的水沫飞溅，那是瀑布从世界的边缘泻落，直接落入太空。这让他感到头晕目眩，不舒服到了极点，他又埋进阿鸥的羽毛里，把眼睛闭了很久、很久。

当他再次睁开眼睛，月亮已经完全在他们的下方，那是一个崭新的洁白世界，像雪一样闪闪发光，上面还有大片淡蓝和翠绿的开阔地，一座座尖顶的高山将长长的阴影投在地面上。

最高的那些山峰在阿鸥向下俯冲的时候，就像剑一般朝他们刺来，罗弗看见其中一座的山顶上有座白塔。雪白的塔身上有粉红和淡绿的线条，闪闪发光，仿佛是由几百万只海贝构成的，海贝还冒着湿润的泡沫，莹莹闪光；高塔矗立在一座白色悬崖的边缘，悬崖白如白垩，在无云的夜晚，远处它在月光下发出的光，比一片玻璃还要明亮。

就罗弗目力所及，那座悬崖下没有路；不过这时并不重要，因为阿鸥正急速滑翔，很快就降落在高塔的屋顶上，那是在月亮世界的空中，高得令人头晕目眩，相较之下，阿鸥所住的海边悬崖简直要算低矮又安全。

令罗弗大为吃惊的是，他们身旁屋顶上的一扇小门立刻打开，一个留着银白长须的老人探出头来。

"飞得不错嘛！"他说，"自从你们越过世界边缘以后，我就一直在计时——我估计，大约一分钟一千英里。你们今天早上很着急啊！我很高兴你们没撞到我的狗。我想知道，他现在究竟在月亮上的什么地方？"

他取出一支超长的望远镜，凑到一只眼睛前。

"在那儿！他在那儿！"他喊道，"又在追咬月光了，该死的小家伙！下来，老兄！下来，老兄！"他朝空中喊道，接着吹了长长一声清亮动听的口哨。

罗弗抬头望向天空，心想这个滑稽的老人一定是疯了，才会朝着天空对他的狗吹口哨。但是，令他惊讶的是，他看到高塔上方远处，有一只长着白色翅膀的小白狗，正在追逐一些看起来仿佛透明蝴蝶的东西。

"罗弗！罗弗！"老人喊道；就在我们的罗弗——还没细想老人怎么知道自己的名字——从阿鸥的背上跳起来说"我在这里！"时，只见那只小飞狗从天而降，落在老人的肩膀上。

然后，他明白过来，这个月亮老人的狗一定也叫罗弗。他一点也不高兴，但是没人注意他，他只好又坐下，开始自己叽叽咕咕表示不满。

而月亮老人的罗弗耳朵可尖了，他立刻跳上塔顶，开始疯狂吠叫，然后才坐下来咆哮说："是谁把另一只狗带到这里来了？"

"什么另一只狗？"月亮老人说。

"海鸥背上那只傻小狗。"月亮狗说。

于是，罗弗当然又跳起来，并放声大吼："你才是傻小狗！谁说你可以叫罗弗的，你这样子更像猫或蝙蝠，哪里像只狗？"从这些话里，你可以看出他们不久就会变成好朋友。总之，这就是小狗通常对陌生同类说话的方式。

"噢，赶快飞走吧，你们两个！别吵了！我要和邮差谈谈。"月亮老人说。

"来吧，小家伙！"月亮狗说。这时罗弗才想起自己是多小的小狗，即使是和本来就很小的月亮狗相比也太小了。他没有再粗鲁地吼出什么，只说："我是想啊，要是我有翅膀会飞就好了。"

"翅膀？"月亮老人说，"这好办！给你一双，去吧！"

阿鸥大笑，真的把他从背上抖了下去，让他正好从塔顶的边缘跌落！但是罗弗才叫了一声，刚要想象自己

罗弗兰登

45

会像块石头一样落啊落，落到下方几英里深的山谷中的白色岩石上，他突然发现自己有了一对美丽的白翅膀，上面还有黑色的斑点（和他自己的花色配套）。尽管如此，他还是往下跌了很长一段距离才停下来，因为他还不习惯有翅膀。他花了一些时间才真正适应了它们，不过，早在月亮老人跟阿鸥聊完之前，他已经忙着绕着塔转，追逐月亮狗了。他刚开始因最初这段努力感觉疲惫，月亮狗就向下俯冲到山顶，停在墙脚下的悬崖边。罗弗跟在他后面下去，不一会儿他俩就并排坐在一起，吐着舌头喘气。

"所以你是跟着我起名叫罗弗？"月亮狗说。

"才不是，"我们的罗弗说，"我敢肯定，我的女主人给我取名字的时候，从来没听说过你。"

"那不要紧啊。我是第一只叫作罗弗的狗，几千年前就是——所以你一定是在我之后[1]取名罗弗的！而且我以前也爱流浪[2]！在我来到这里之前，我不曾在任何地方停留，也不属于任何人。我从小就什么都不做，只管逃跑；我不停地跑，一直流浪，直到一个晴朗的早晨——一个阳光普照、无比晴朗的早晨——我追逐一只蝴蝶的时候，从世界的边缘摔了下去。

---

1 "跟着我"和"在我之后"的原文都是after me。——译者注
2 "罗弗"的原文rover也有"流浪者，漫游者"的意思。——译者注

"我跟你说，那感觉太可怕了！幸运的是，月亮那时候正好从地球下方经过，我往下掉了好可怕的一段时间，穿过云层摔落，撞上流星之类，最后掉到月亮上，摔进一张巨大的银网里，那种网是硕大的灰蜘蛛在山与山之间结的网，那只大蜘蛛当时正从网子上爬下来，打算把我带到他的食品储藏室腌起来，就在那时候，月亮老人出现了。

　　"他用望远镜把月亮这一边的所有动向都看得清清楚楚。蜘蛛们都怕他，因为只有它们为他纺银色的丝线和绳索时，他才不干涉它们。虽然它们假装只捕捉龙蛾和影蝠为食，他仍然很有把握它们在捕捉他的月光——他可绝不允许这种事发生。他在那只蜘蛛的食品储藏室里找到了月光的翅膀，眨眼之间就把蜘蛛变成了一块石头。然后他把我抱起来，拍拍我说：'这可摔得不轻啊！你最好有一对翅膀，以免再出意外——好了，飞去玩吧！别咬月光，也别杀我的白兔！饿了就回家，屋顶的窗户通常都开着！'

　　"我认为他是个正派人，就是有点疯疯癫癫的。不过你可别搞错了——我是说，别真当他是疯癫。我实在不敢伤害他的月光或兔子。他可以把你变成各种不舒服得要命的东西。现在，告诉我，为什么你跟邮差一起来！"

　　"邮差？"罗弗说。

　　"对，当然就是阿鸥啊，它是那个老沙法师的邮差。"月亮狗说。

罗弗兰登

47

罗弗刚说完他的冒险经历，就听见月亮老人吹了声口哨。他们迅速飞上了屋顶。老人坐在那儿正在拆信，两腿悬在岩架外晃来晃去，一拆开信就把信封扔了。风把它们卷上天空，阿鸥展翅在后面猛追，抓住它们，将它们放进一个小袋子里。

　　"我刚读到有关你的消息，吾狗罗弗兰登。"他说，"（我叫你罗弗兰登，你就是罗弗兰登了；这里可不能有两个罗弗。）我非常赞同我的朋友萨玛索斯的意见（我不会为了取悦他而发那个荒谬的'普'音），你最好在这里待一段时间。我还收到了阿尔塔薛西斯的信，你知道他是谁吧，不知道也不要紧，他要我直接把你送回去。他似乎对你的逃跑，以及萨玛索斯帮助你逃跑，都大为恼火。不过我们不用理他；你只要留在这里，也不用担心。

　　"好了，飞去玩吧。别咬月光，也别杀我的白兔！饿了就回家，屋顶的窗户通常都开着！再见！"

　　他立刻消失在稀薄的空气中；所有没去过那里的人，都会告诉你月亮上的空气有多稀薄。

　　"那好，再见，罗弗兰登！"阿鸥说，"我希望你能享受在巫师中间制造麻烦的乐趣。现在先再见啦。别杀白兔，一切都会好起来的，并且你会平平安安地回到家里——不管你愿不愿意。"

　　然后阿鸥就飞走了，速度快到你都来不及叫一声"嗖！"，他就已经成了天空中的一个小黑点，然后消失

险境奇谈

了。罗弗现在不仅只有玩具大小，而且名字也被改了，他被独自留在了月亮上——除了月亮老人和他的狗之外，他没有任何同伴。

罗弗兰登——现在我们最好也这样称呼他，以免造成混淆——并不介意。他的新翅膀非常有趣，而月亮竟然也是个出乎意料地有趣的地方，因此，他忘了去琢磨普萨玛索斯为什么要把他送到这里来。要到很久以后，他才会明白。

在此期间，他经历了各种各样的冒险，无论是独自一人，还是伙同月中罗弗。他不常在离塔很远的空中飞行；因为在月亮上，尤其是在光亮的一面，昆虫非常大、非常凶猛，常常是苍白又透明的，而且悄然无声，你几乎听不见或看不见它们飞来。月光只会闪烁和飘动，罗弗兰登并不怕月光。那些目露凶光的白色大龙蛾就要可怕得多；还有剑蝇，下颚像钢夹子的玻璃甲虫，长着长矛一样的毒刺的苍白独角蜂，以及五十七种不同类别的蜘蛛，它们随时准备吃掉所能捕获的任何东西。比昆虫更可怕的是影蝠。

罗弗兰登在月亮这一边做的事情，就像鸟儿一样：除了在家附近，或者在视野良好，远离昆虫藏身之处的开阔空间里，他很少飞。他在外走动时非常安静，尤其是在森林里。林子里大多数生物移动时都很安静，就连鸟儿都很少叽叽喳喳叫。那里的声音主要来自植物。那些花——白铃花、金铃花、银铃花、叮铃花和铃玫瑰；还有皇韵薄荷、廉哨薄荷、锡喇叭和奶油号角（一种颜色非常苍白的奶油色）——以及其他许多名字难以翻译的植物，整天发出各种曲调。还有羽草和蕨草——仙子琴弦、复调蕨、铜舌蕨和树林间的噼啪蕨——以及乳白池塘边所有的芦苇，它们即使在夜里也一直演奏着轻柔的音乐。事实上，微弱的音乐声绵绵不绝。

但是鸟儿们无声无息；大多数鸟儿都小巧玲珑，它们在树下的灰色草地上跳来跳去，躲避苍蝇和上下飞舞的蝴蝶。多数鸟儿都失去了翅膀，或忘了如何使用翅膀。罗弗兰登悄悄地穿过苍白的草地去追逐小白鼠，或在树林的边缘嗅闻灰松鼠的踪迹时，经常会惊吓到地上小小窝巢里的鸟儿们。

森林里满是银铃花，罗弗兰登第一次看见它们的时候，它们正在一齐轻轻作响。高大的黑树干从银白的地毯上拔地而起，高耸如教堂，树顶长满淡蓝色的、永不凋落的树叶。因此，即使是地球上最长的望远镜，也观看不到这些高大的树干或树下的银铃花。到了秋冬时节，所有的树都会绽放出淡金色的花朵；由于月亮上的森林几乎一望无际，这无疑改变了月亮在下界人眼里的模样。

但是你千万别以为罗弗兰登所有的时间都是这样鬼

鬼鬼祟祟度过的。毕竟，两只狗都知道月亮老人在盯着他们，他们冒了许多险，玩得很开心。有时他们一起漫游到很远很远，好几天都忘了回到塔里去。有一两次，他们爬到远方的高山上，等到他们回头一看，只见月亮塔在很远的地方，像一根闪闪发亮的针；他们坐在白色的岩石上，看着渺小的绵羊（跟月亮老人的罗弗差不多大小）成群结队在山坡上游荡。每只绵羊都挂着一个金色的铃铛，每当绵羊往前挪一步去吃一口新鲜的灰草，铃铛就会响；所有的铃铛谱出和谐的曲调，所有的绵羊都像白雪一样闪闪发光，谁也不打扰它们。两只罗弗都很有教养（也很害怕月亮老人），不会对绵羊做什么，而整个月亮上都没有别的狗，也没有牛、马、狮子、老虎和狼。事实上，除了偶尔会看见一头和驴子差不多大的巨大白象庄严地站着沉思，四脚动物里没有比兔子和松鼠（而且只有玩具大小）更大的了。我没有提到龙，因为还没轮到它们在故事中出场，而且它们住在很远很远的地方，离高塔极远，因为它们都很怕月亮老人，只有一条除外（就连这条也是有一半害怕的）。

　　每当这两只狗飞回高塔，从窗户飞进去时，他们总是发现饭已经准备好了，就像事先安排好了似的；但是他们很少见到或听到月亮老人出现。他在底下的地窖里有一间作坊，白色的蒸汽和灰色的雾气经常一团团沿着楼梯冒上来，再从上方的窗户飘出去。

罗弗兰登

"他成天都在干什么？"罗弗兰登问罗弗。

"干什么？"月亮狗说，"噢，他总是很忙——自从你来了之后，他变得更忙了，我好久没见他这么忙了。我相信他是在造梦。"

"他造梦做什么？"

"噢！是为了月亮的另一面。这一面没人做梦，做梦的人都在月亮的背面。"

罗弗兰登坐下来挠挠头，他觉得这个解释什么也没解释清楚。但是月亮狗不肯再多说了。如果你问我，我觉得他也不怎么清楚。

不过，在那之后不久发生了一件事，使罗弗兰登暂时完全忘记了这样的问题。这两只狗出去经历了一次非常刺激的冒险，过程有点刺激过了头，但那都怪他们自己。他们出门去漫游了好几天，这是罗弗兰登来了之后，他们走得最远的一次；而且他们没去想自己要去哪里。结果，他们迷路了。他们走啊走，离高塔越来越远，却误以为那是返回高塔的路。月亮狗说他游遍了月亮光亮的这一面，每一条路都熟记于心（他很爱吹牛），但是，最后他不得不承认，这处乡野似乎有点陌生。

"恐怕我很久没来过这里了，"他说，"我开始有点忘记怎么走了。"

事实上，他从没来过这里。他们已经在不知不觉中游荡到了黑暗面的阴暗边缘，有各种各样几乎被遗忘的东西在这里徘徊、逗留，道路与记忆都混淆了。就在他们确信自己终于踏上回家的正路时，他们惊讶地发现，面前出现了几座耸立的高山，寂静、光秃，阴沉而不祥。这次月亮狗没有假装见过它们。这些高山不是白的，而是灰色，看起来就像是古老的冷灰堆积而成；山与山之间有许多幽暗狭长的山谷，没有任何生命的迹象。

接着，开始下雪了。月亮上经常下雪，但这些雪（他们称它是雪）通常又舒服又温暖，还很干燥，最后会变成细细的白沙被风尽数吹走。但这次的雪比较像我们的雪，又湿又冷，而且很脏。

"这让我好想家。"月亮狗说，"这就像我小时候住的小镇上掉下来的东西——你知道，在地球上的时候。噢！那里的烟囱像月亮树一样高；还有黑烟，还有通红的熔炉里的火！有时候我觉得白色看得有点腻。在月亮上要弄得很脏实在挺难的。"

这话其实暴露了月亮狗的低级趣味；而且，几百年前的地球上还没有那样的城镇，因此你可以看出他把自己从跌落世界边缘以来的时间夸张了多少倍。不过，就在那一刻，一片特别大、特别脏的雪花击中了他的左眼，他改变了主意。

"我看这东西也是迷了路，从那个可怕的旧世界掉下来了。"他说，"老鼠和兔子啊，去它的！我们好像也完全迷路了。蝙蝠啊，真可恶！我们找个洞爬进去吧！"

罗弗兰登

53

他们花了一段时间才找到一个洞，这时他们早已又湿又冷，实际上，凄惨狼狈到刚找到个可以躲避的地方就一头钻了进去的地步，毫无防备——而你在月亮边缘那些不熟悉的地方，第一步就该做好预防。他们爬进去的避难处不是一个小洞穴，而是一个大山洞，非常之大；洞里很黑，但很干燥。

"这里又暖又舒服。"月亮狗说，闭上了眼睛，几乎立刻就打起盹来。

"汪！"没过多久，他叫了一声，以狗的方式从舒服的梦中惊醒，"太暖和了！"

他跳了起来。他听见小罗弗兰登在洞内深处叫个不停，当他赶过去看怎么回事时，只见一股火舌沿着地面向他们延烧过来。这时他可不怀念家乡的红火炉了；他一口咬住小罗弗兰登那小小的后颈，闪电般冲出山洞，飞到了洞口外的一块石头顶上。

他俩坐在雪里一边哆嗦一边观望；这真是挺傻的。他们应该赶紧飞回家，或任何别的地方，要比风飞得还快才行。你瞧，月亮狗并不知道月亮上所有的事，否则他就该知道这是大白龙的巢穴——那条龙对月亮老人只存了一半畏惧的心（要是生起气来，就连这一半也没有了）。月亮老人对这条龙也有点头痛。当他提到龙的时候，会叫他"那个讨厌的家伙"。

你大概知道，所有的白龙原本都来自月亮；但这一条曾经去过地球又回来，所以他有点见识。在梅林的时代，他曾经和龙堡的红龙一决高下，你可以在所有比较新的历史书上看到这项记载；之后红龙就变得"非常红"[1]。他后来在英伦三岛上造成了更大的破坏，并在斯诺登山顶住了一段时间。在那段时间里，很少有人会爬到山上去——除了一个人，龙逮到他在喝一瓶酒。那个人喝得如此匆忙，结果把瓶子忘在了山顶。从那以后，人们开始群起效仿。那是很久以前的事了，在亚瑟王失踪以后，龙就飞到格温法去了，那时撒克逊国王把龙尾巴视为珍馐美味。

格温法离世界的边缘不远，对一条已经变得如此庞大又如此凶恶的巨龙而言，从那里飞到月亮上轻而易举。现在他住在月亮的边缘；因为他不确定月亮老人的魔咒和发明有多大的威力。尽管如此，他偶尔还是敢去干扰月亮的配色安排。有时，他在吃过龙宴大餐或大发脾气的时候，会从他的洞穴里喷出红色和绿色的真正火焰；烟雾弥漫更是常有的事。据悉，有一两次，他把整个月亮都变成了红色，或把月亮弄得黯淡无光。每当这种令人不适的情况发生，月亮老人自己（和他的狗）就会闭门不出，只说"又是那个讨厌的家伙"。他从来不解释那家伙是什么，住在什么地方；他只是走到地窖里，翻开他

---

1 "非常红"是因为战败后浴血。——译者注

最好的魔咒，尽快把事情搞定，让一切恢复原状。

现在你明白来龙去脉了；如果两只狗知道的有你一半，他们就不会待在那里了。不过，至少在我解释这整件事情这么长的时间里，他们都原地不动。这时白龙的整个身体已经爬出了洞穴，他通体雪白，双眼碧绿，每个关节都冒出绿火，像蒸汽机一样突突地喷出黑烟。然后他发出了最可怕的怒吼。群山摇晃，回声阵阵，雪都烤干了；雪崩滚滚，瀑布止流。

这条龙有翅膀，就像还没有蒸汽机之前的船有船帆那样；他什么都敢杀，从老鼠到皇帝的女儿都一样。他打算杀了那两只狗，并在飞上高空之前就对他们说了好几次。可他错了。他们俩嗖的一声像火箭一样飞离岩石，顺风而下，速度快到连阿鸥都会觉得骄傲。恶龙紧追在他们背后，翅膀扇得像飞龙一样飞快，伸嘴像猛龙一样猛咬，把群山的峰顶都撞垮了，让所有绵羊的铃铛都铃声大作，就像城镇着火了似的。（现在你知道它们为什么都有铃铛了吧。）

非常幸运的是，顺风而下的方向是对的。此外，当羊群的铃铛疯狂响成一片时，有一支巨大无比的火箭从高塔上腾空而起。整个月亮上都看得见，它就像一把金色的伞，迸出成千上万的银色流苏，不久之后就在地球上造成了意料之外的流星雨。这既是给两只可怜的小狗指路，也是给恶龙的警告；但他已经怒火滔天，根本没注意到这一点。

因此，激烈的追逐继续进行着。如果你曾见过鸟追蝴蝶，如果你能想象一只巨大之极的鸟在雪白的山岭间追逐两只无比弱小的蝴蝶，那么你就能开始想象其间的翻滚、躲闪、千钧一发的逃脱，以及跌跌撞撞狂奔回家的过程。两只狗还没逃到一半，罗弗兰登的尾巴尖就不止一次被龙吐出的热气烧焦了。

月亮老人在做什么？这个吗，他已经发射了一枚惊天动地的火箭；然后他说："该死的家伙！"还有："该死的小狗！他们会害得月蚀提前发生！"接着走进地窖，打开一瓶漆黑的魔咒，看上去活像果冻状的焦油和蜂蜜（闻起来则像十一月五号[1]的烟火味和卷心菜煮熟的味道）。

就在那时，巨龙猛扑到高塔正上方，伸出一只巨爪拍向罗弗兰登，想要一掌把他拍出天际。但他没办到。月亮老人从底下一扇窗户射出魔咒，啪的一声正中龙的肚子（所有的龙肚子都特别柔软），打得他倒向一边。他一下子昏了头，还没来得及摸清方向，就砰的一声撞上了山；很难说究竟哪一方受伤较重——是龙的鼻子，还

---

1 英国的篝火节，又称"盖伊·福克斯之夜"，起源于1605年的火药阴谋：一群外省的英格兰天主教徒试图刺杀新教的英格兰和苏格兰国王詹姆斯六世及一世，但失败了。在这一天人们会按照传统习俗，搭起篝火，燃放焰火，焚烧代表火药阴谋策划者的假人。——译者注

是山体——两者都撞变形了。

　　于是两只小狗都从顶层的窗户掉进了塔里，整整一个星期都没喘过气来。恶龙则是踉踉跄跄地慢慢回了家，好几个月都在按摩鼻子养伤。下一次月蚀失败了，因为龙忙着舔他的肚子，顾不上参与。他被魔咒击中的地方，那些黑色的斑点始终清洗不掉。恐怕它们会永远存在下去了。现在大家都叫它"斑点怪物"。

险境奇谈

3

　　第二天，月亮老人看着罗弗兰登说："好险啊！对一只小狗来说，你已经把月亮光亮的一面探索得差不多了。我想，等你喘过气来，就该到另一面去看看了。"

　　"我也能去吗？"月亮狗问。

　　"那对你没有好处，"老人说，"我劝你别去。你可能会看到比火和烟囱更让你想家的东西，结果可能会像招来恶龙一样糟糕。"

　　月亮狗没有脸红，因为他不会脸红；他什么也没说，只是走到角落里坐下，心里纳闷老人对发生的事和说过的话究竟知道多少。他也想了一会儿老人到底是什么意思；不过这没有困扰他多久——他本来就是一只无忧无虑的小狗。

至于罗弗兰登,过了几天等他缓过气来以后,月亮老人来吹口哨唤他。然后他们一起往下走,走啊走,下了楼梯,进了地窖。地窖是在悬崖内部凿出来的,侧面开了些小窗,从悬崖里望出去,可以看到月亮上的开阔地。接着他们走下似乎直通山底的秘密阶梯,走了好长一段时间后,来到一个伸手不见五指的地方,这才停了下来。由于一圈圈地沿着阶梯往下走了好几英里远,罗弗兰登感到头昏眼花。

在这彻底的黑暗中,月亮老人自己像萤火虫一样发出苍白的光,这就是他们仅有的光,不过已足以让他们看见旁边有门——是地板上的一扇大门。老人把门拉开,随着门被拉起,黑暗就像雾一样从开口涌了出来,以至于罗弗兰登连老人散发出来的微光也看不见了。

"下去吧,好狗!"老人的声音从黑暗中传来。如果告诉你罗弗兰登不是一只好狗,也不愿意听话,你大概不会感到惊讶。他退到小房间最远的角落里,耳朵向后竖着。他虽然害怕月亮老人,但更怕那个洞。

但这没用。月亮老人一把将他拎起来,扑通一声扔进黑洞里;就在罗弗兰登一路往下掉啊掉,掉进虚无的时候,他听见上头远远传来老人的喊声:"直直掉下去,然后随风飞翔!在另一头等我!"

这话本来应该让他感到踏实,实则不然。罗弗兰登事后总是说，他没想到竟还有比从世界的边缘掉下去更糟的事；不管怎么说，这是他的历险中最可怕的一段，每次一想到这事，他就觉得五脏六腑都空落落的。他日后在壁炉前的地毯上睡觉，又是惊哼又是抽搐时，你就可以看出他又梦见这事了。

尽管如此，坠落还是有尽头的。过了很长一段时间，他坠落的速度逐渐慢下来，最后几乎停了。在余下的路程中，他不得不使用翅膀，感觉就像往上飞呀飞，穿过一个大烟囱——幸好有一股强劲的气流帮助他往上冲。当终于飞到顶端时，他高兴极了。

他喘着气躺在另一头的洞口边上，乖顺又焦急地等着月亮老人。不过老人还要好一阵子才会出现，因此罗弗兰登有时间把四周打量一番。他看见自己是在一个又深又黑的山谷底部，四周围绕着低矮的黑暗山岭。似乎有乌云笼罩在山顶上；云端上闪耀着一颗孤星。

突然，小狗觉得很困；附近昏暗的灌木丛里有只小鸟正唱着一首催眠曲，在已经习惯了月亮另一面的无声鸟之后，这歌曲在他听来既陌生又美妙。他闭上了眼睛。

"你这小狗，醒醒！"一个声音喊道。罗弗兰登猛跳起来，正好看见月亮老人攀着一根银色的绳子爬出洞口，有只灰色的大蜘蛛（比老人大得多）正把绳子扎牢在附近的一棵树上。

月亮老人爬了出来。"谢谢你！"他对蜘蛛说，"现

罗弗兰登

在你可以走了！"蜘蛛迫不及待地走了。在月亮的黑暗面有黑蜘蛛，它们有毒，不过没有光亮面的蜘蛛来得巨大。它们讨厌任何白色、浅色或明亮的东西，尤其是浅色的蜘蛛，就像讨厌偶尔来访的有钱亲戚一样。

灰蜘蛛顺着丝索坠回洞里，与此同时，一只黑蜘蛛从树上坠了下来。

"来得正好！"老人对黑蜘蛛喊道。

"给我回来！你别忘了，那是我专用的门。给我在那两棵紫杉树之间做个漂亮的吊床，我就原谅你。"

"穿过月亮中间爬下再爬上可是一段很长的路，"他对罗弗兰登说，"在他们来到之前休息一下，对我是有好处的。他们很好，但是他们需要大量的精力来应付。当然我可以借助翅膀，只是我消耗它们太快；而且那意味着要扩大洞穴，因为我有了翅膀后那个洞就容不下我了，再说，我爬绳子可很有一套。"

"好了，你觉得这一面怎么样？"月亮老人接着说，"黑暗却有苍白的天空，而另一面明亮却有黑暗的天空，是吧？这变化可真大，只不过这边跟那边比，没有更多真实的颜色，不是我认为的那种丰富的、亮丽多彩的真实颜色。如果你细看，树底下有些微光，萤火虫、钻石甲虫、红宝石蛾子之类，不过太微小了，就像这一面所有明亮的东西一样小。它们在这里的生活也很艰难，猫头鹰像老鹰一样，还黑得像煤炭，乌鸦像秃鹰，而且数量多得像麻雀，另外还有这些黑蜘蛛。我个人最不喜欢的是那些黑丝绒大飞蛾，它们成群结队地在云端飞翔，甚至不给**我**让路；我几乎不敢发出一丝光亮，否则它们就会全过来缠在我的胡子上。

"不过，这一面还是有它的魅力在，小狗；魅力之一就是，世界上从来没有人，也从来没有狗，在醒着的时候见过它——除了你！"

然后，月亮老人突然跃上他说这番话时黑蜘蛛为他织的吊床，眨眼之间就睡着了。

罗弗兰登独自坐在那儿守着他，也警惕地注意着黑蜘蛛。萤火虫发出的微光，红、绿、金、蓝，在黑暗无风的树下忽明忽灭地飘移着。苍白的天空中飘浮着一缕缕丝绒般的云，云上高挂着陌生的星辰。在邻近的山岭之外，于别的山谷里，似乎有成千上万的夜莺在歌唱，声音很微弱。接着，罗弗兰登听见了小孩的声音，或者说是他们的声音几经反射的回音，从一阵突然吹来的轻柔微风中传来。他一下子坐起来，叫出了有生以来最响亮的吠叫。

"我的老天！"月亮老人大喊着惊跳而起，彻底清醒了，他直接从吊床上跳到草地上，差点就踩到罗弗兰登的尾巴，"他们已经到了吗？"

"谁？"罗弗兰登问。

"啊，要是没听见他们，你叫什么叫？"老人说，"来

罗弗兰登

63

吧！走这边。"

他们沿着一条长长的灰色小径往下走，小径两旁有发出微光的石头标记，还有灌木遮阴。小径一直向前延伸，灌木丛变成了松树，夜晚的空气中弥漫着松香。接着，小径开始向上攀升；过了一阵，他们来到了群山包围的低谷的顶上。

罗弗兰登向下一个山谷俯瞰过去；所有的夜莺都停止了歌唱，就像关掉了水龙头，孩子们清脆甜美的歌声则飘扬起来，因为他们正在唱一首美妙的歌，许多声音融合成一首乐曲。

老人和狗一起从山坡上飞奔跳跃而下。我保证说的是实话！月亮老人能从一块岩石跳到另一块岩石！

"来，快来！"他喊道，"我或许是一只长了胡子的老山羊，但是野山羊也好，家山羊也好，你都抓不到我！"而罗弗兰登必须靠飞行才能跟上他。

如此，他们突然来到一座陡峭的悬崖边，不是很高，但又黑又亮，如同黑玉。往下探看，罗弗兰登看见下方是个暮色笼罩的花园；就在他望着花园的时候，光线变成了午后太阳的柔和光芒，不过他看不出这股照亮整片隐蔽之地，却丝毫没有外溢的柔和光芒是从哪里来的。花园里有灰色的喷泉和长长的草坪；到处都是孩童，睡眼蒙眬地跳着舞，梦游似的行走，并自言自语着。有些孩童像是刚从沉睡中醒来一样微微动作；有些已经完全清醒，大笑着四处奔跑：他们挖土、采花、搭帐篷和房子、追逐蝴蝶、踢球、爬树；大家都在唱歌。

"他们都是从哪里来的？"罗弗兰登问，既困惑又高兴。

"当然是从他们的家里和床上来的。"老人说。

"他们是怎么来的？"

"这点我完全不打算告诉你，你也永远不会知道。你很幸运，任何人以任何方式来到这里都很幸运；不过，不管怎么说，这些孩子不是像你那么来的。他们有些常来，有些很少来，大部分的梦都是我造的。当然，有些孩子会带来一部分的梦，就像带午餐上学一样，还有些梦（我很遗憾地说）是蜘蛛造的——但在这个山谷里可没有，我也不会放任它们这么乱来。现在我们走，去参加聚会吧！"

黑玉悬崖陡峭地下降，光滑到连蜘蛛都无法攀爬——也没有任何蜘蛛敢尝试，因为它很可能会滑下去，然后无论是它还是任何别的东西都无法再爬上来；而且花园里还隐藏着哨兵，更不用提还有月亮老人，没有他聚会就不完整，因为这些是他自己的聚会。

现在他一头滑到了这场聚会中间。他就是坐下像滑雪橇一样，嗖！直接闯进了一群孩子中间，罗弗兰登连滚带爬地落在他身上，完全忘记了自己会飞，或本来会飞——因为等他在谷底爬起身，他发现自己的翅膀已经

罗弗兰登

65

不见了。

"那只小狗在干什么？"有个小男孩对月亮老人说。罗弗兰登正像陀螺一样没完没了地打转，想看见自己的背。

"他在找他的翅膀，孩子。他以为他在滑下来的时候把翅膀磨掉了，但它们其实在我的口袋里。在这里不许有翅膀，这里的人不请假就不能离开，对不对？"

"对！长胡子老爹！"大约二十个孩子异口同声答道，其中一个男孩抓住老人的胡子爬到他的肩上。罗弗兰登料想男孩会被当场变成一只飞蛾，或一块橡皮，或别的什么东西。

但是老人只说："我说啊！孩子！你真是个攀爬高手呢。我得给你一点教训。"他把孩子一下抛向空中。那男孩没落下来，完全没有。他就黏在半空中了；月亮老人从口袋里掏出一根银绳子，抛上去给他。

"快爬下来！"他说。男孩立刻一溜烟滑进老人的怀里，老人趁机挠他痒痒。"你要是再笑得这么大声，就会醒过来。"老人说着把他放在草地上，然后走进人群中。

罗弗兰登被留在那里自娱自乐，就在他做好一个漂亮的黄球（他想："就像我家里那个一样！"）时，他听到了一个熟悉的声音。

"是我的小狗！"那声音说，"是我的小狗！我一直认为他是真的。真没想到他会在这里，我每天都在沙滩上找了又找，还吹口哨呼唤他！"

罗弗兰登一听到那个声音，立刻坐正并摆出乞求的姿势。

"我那会乞求的小狗！"小男孩老二说（当然正是他）；他跑上前来拍拍罗弗兰登，问："你跑到哪里去了？"

但是罗弗兰登一开口，只说得出："你能听懂我说的话吗？"

"当然可以，"小男孩老二说，"但是之前妈妈带你回家的时候，你根本不听我说话，虽然我已经尽了最大的努力用狗语跟你交谈了。不过我相信你也没什么想对我说的，你那时好像在想别的事情。"

罗弗兰登说他真的很抱歉，他告诉小男孩他是怎么从口袋里掉出来的；还有关于普萨玛索斯、阿鸥，以及他迷路后经历的许多冒险故事。因此小男孩和他的兄弟们终于知道了沙滩上那个奇怪的家伙，也知道了许多他们可能错过的有用的事。小男孩老二认为"罗弗兰登"是个棒极了的名字。"我也要这么叫你，"他说，"别忘了你还是我的！"

然后他们玩起球来，又玩了捉迷藏、赛跑，散了很长时间的步，猎兔子（当然没有结果，只是令人兴奋；兔子是最会躲藏的），还去了池塘里戏水，以及接二连三地玩各种各样的游戏，玩了很久很久；他们越来越喜欢彼此。在很像入睡时分的光线里，小男孩在沾着露水的草地上打了一个又一个的滚（那里似乎没人介意潮湿的草地或睡觉的时间），小狗也和他一起滚，甚至玩起了倒立，这还是自老嬷嬷哈伯德的死狗以后[1]，世界上头一次有狗这么做。小男孩哈哈大笑，一直笑到他突然消失，把罗弗兰登独自留在草地上！

"他醒了，就那么回事。"月亮老人突然现身了，"他回家了，也该是时候了。哎呀！现在离他吃早饭只有一刻钟了。今天早上他可来不及在沙滩上散步了。好啦，好啦！恐怕我们也该走了。"

于是，罗弗兰登非常不情愿地随着老人回到月亮的光亮面。他们一路走回去，花了很长的时间。罗弗兰登原本应该乐在其中的，但是他没有；因为他们看到了各种各样古怪的事物，经历了诸多冒险——当然绝对安全，因为有月亮老人在旁边。也还好有老人在，因为沼泽地里有许多令人恶心的吓人东西，要是没老人在，小狗很快就会被抓走的。如果说光亮面很干燥，黑暗面就很潮湿，充满了最不可思议的植物和动物，如果罗弗兰登特别留意了它们，我就会给你们讲讲。但是他没有；他

---

1 《老嬷嬷哈伯德》是一首英国儿歌，讲到她的狗死了，并且在她拿了葡萄酒回来以后，她发现死了的狗在倒立。——译者注

一直想着花园和那个小男孩。

最后,他们来到了灰色的边缘。他们的视线越过住了很多龙的灰烬山谷,穿过一处山脉的豁口,看到了洁白的大平原和闪闪发光的悬崖。他们看见地球升起,恰似一轮淡绿与金黄的月亮,又大又圆,挂在月亮山脉的山肩上。罗弗兰登心想:"那就是我的小男孩住的地方!"这距离看起来遥远得可怕。

"梦会成真吗?"他问。

"我的梦有一些会成真。"老人说,"有些会,但不是全部,而且很少会马上实现,实现时也不见得跟梦见时一样。不过,你为什么想知道有关梦的事?"

"我只是好奇。"罗弗兰登说。

"你是在想那个小男孩吧,"老人说,"我就知道。"然后他从口袋里掏出一架望远镜,拉伸后长得惊人。"我想,稍微看一眼对你也没害处。"他说。

待罗弗兰登终于学会闭上一只眼睛,睁开另一只眼睛后,他透过望远镜往外看——他清楚地看见了地球。他首先看见月光之路的尽头直落入海;然后他认为自己看见了长长的一列列小小的人影,又模糊又细瘦,飞快地从路上航行而下,不过他不敢肯定自己看清了。月光很快就消失了。阳光开始增强。突然,他看见了沙法师的小海湾(但是不见普萨玛索斯的踪影——普萨玛索斯不容别人窥探他);过了一会儿,两个小男孩走进了望远镜圆形的视野，手拉着手沿着海岸走去。小狗好奇地想：
"他们是在找贝壳还是找我？"

随即，镜中景物变换，他看见悬崖上小男孩父亲的白房子，还有向下一直延伸到海边的花园；在大门口，他看见——真是令人不快的意外——那个老巫师坐在一块石头上抽着烟斗，好像无所事事，打算永远在那儿守着，他的那顶旧绿帽子挂在后脑勺上，背心扣子解开着。

"那个老阿尔塔——你叫他什么来着——在大门口干什么？"罗弗兰登问，"我还以为他早就把我忘了呢。他的假期还没结束吗？"

"没有，他在等你，小家伙。他可没忘记。如果你现在出现在那里，不管你是真狗还是玩具狗，他都会马上给你施个新魔咒。倒不是说他很在意自己的裤子——裤子很快就补好了——而是他很恼火萨玛索斯插手；而萨玛索斯还没算计好怎么对付他。"

就在这时，罗弗兰登看到阿尔塔薛西斯的帽子被风吹跑了，巫师起身追了上去。他一眼看见巫师的裤子上有一块妙不可言的补丁，橘色带着黑点。

"我还以为巫师能把裤子补得好点呢！"罗弗兰登说。

"他可觉得他补得很漂亮！"老人说，"他在别人家窗帘上施法，那户人家获得了火灾的保险金，而他获得了鲜艳的花布，双方都很满意。不过，你是对的。我相信他的法力正在衰退。看到一个巫师在经历了这么多个世纪之后，逐渐丧失他的法力，真令人难过。不过，这对你来说可能是件幸事。"说完，月亮老人啪的一声合上了望远镜，他们再次出发。

"这是你的翅膀，拿去吧。"他们到达塔楼时他说，"现在飞吧，好好玩耍！别咬月光，也别杀我的白兔，饿了就回家！——或者哪里痛了也回家。"

罗弗兰登立刻就飞出去找月亮狗，跟他说了月亮另一面的事；不过月亮狗因为一位访客竟然可以去看他不准看的东西，感到有点嫉妒，所以假装不感兴趣。

"听起来根本就是个糟糕的地方，"他低吼道，"我很确定我不想看。我想你现在要对光亮面感到腻烦了，这里只有我陪着你，没有你那些两条腿的朋友。真令人遗憾，那个波斯巫师竟然这样一根筋，害你不能回家。"

罗弗兰登感到相当难过；他一遍又一遍地对月亮狗说，他能回到塔楼真的很高兴，他永远不会对光亮面感到腻烦。不一会儿，他们就重新成为好朋友，一起做了许许多多的事情。但是，月亮狗在发脾气时所说的那些话却应验了。那并不是罗弗兰登的错，他也尽量不表现出来，但不知怎地，所有的冒险与探索都不像以前那样令他兴奋了，他总想着他和小男孩老二在花园里玩得有多开心。

他们拜访了白月亮精灵（简称月精）的山谷，这些

罗弗兰登

月精骑着兔子到处跑，会用雪花做煎饼，还在他们整齐有致的果园里种植只有金毛莨花那么大的金苹果树。他们把碎玻璃和镀锡大头钉放在体型比较小的龙的窝巢外（趁他们在睡觉的时候），然后睁眼躺在床上等到半夜，听他们的愤怒咆哮——我已经告诉过你，龙的肚腹通常都很柔软，而且他们一辈子里每天都在午夜十二点出去喝一杯，不用说动不动还有别的时候。有时候两只狗甚至斗胆去逗蜘蛛——咬坏蜘蛛网，把一束束月光全放掉，然后及时飞走，而蜘蛛会从山顶掷出套索套他们。但是自始至终，罗弗兰登都在期待邮差阿鸥和《世界新闻报》（就连一只小狗都知道，它报道的大多是谋杀案和足球比赛，但有时在偏僻的角落里也会有点像样的消息）。

他错过了阿鸥的下一次到访，因为他外出漫游去了，但老人在他回来后还在阅读信件和新闻（而且老人似乎心情特别好，他坐在屋顶上，两脚垂在边缘晃荡，抽着一支硕大的白陶土烟斗，像火车头一样喷出一团团烟云，圆圆的老脸上堆满了笑容）。

罗弗兰登觉得他再也忍受不了了。"我这里面疼，"他说，"我想回到小男孩身边去，这样他的梦就可以实现了。"

老人放下他的信（是关于阿尔塔薛西斯的，非常有趣），从嘴里拿出烟斗。"你一定要去吗？不能留下来吗？这太突然了！我很高兴能认识你！有朝一日你一定要再来看我们啊。我随时都会**特**高兴见到你！"他一口气说了这么一大堆话。

"好吧！"他通情达理地继续说，"阿尔塔薛西斯已经摆平了。"

"怎么办到的？"罗弗兰登问，又真的兴奋起来了。

"他和一条人鱼结了婚，搬到深蓝海底去住了。"

"我希望她能把他的裤子补得好些！一块绿海藻补丁会跟他的绿帽子很般配。"

"我亲爱的小狗！他结婚穿的是一套全新的绿海草色套装，配着粉红色的珊瑚纽扣和海葵肩章；他们在海滩上烧了他的旧帽子！这一切都是萨玛索斯安排的。噢！萨玛索斯很有深意，就像深蓝海一样深，我料想他打算用这种方式把很多事情处理成他乐见的样子，不仅仅是你的事，我的小狗。

"我很好奇结果会怎样！在我看来，阿尔塔薛西斯这时正迈入他的第二十个或第二十一个童年时期，对所有鸡毛蒜皮的事都要小题大做一番。他的确是个顽固透顶的家伙。他以前是个挺不错的魔法师，但他现在脾气变坏了，变成了一个十足的讨厌鬼。他来到沙滩上，在午后的大太阳下用木铲子去挖老萨玛索斯，揪着他的耳朵把他从洞里拖出来，那位萨玛提斯特觉得这实在太过分了，我对此一点也不奇怪。他给我的信里是这么写的：'在我睡得最香的时候，费这大劲骚扰我，全为了一只倒霉的小狗。'你不用脸红。

"于是，等他们俩都冷静下来以后，他邀请阿尔塔薛西斯参加一场人鱼的聚会，一切就这么发生了。他们带阿尔塔薛西斯去月光下游泳，他就再也不回波斯或珀肖尔了。他爱上了富有的人鱼王的女儿，她虽然年纪大了点，但是很可爱，隔天晚上他们就结婚了。

"这说不定是件好事。海洋里已经有一阵子没有常驻的魔法师了。普洛透斯、波塞冬、特里同、涅普顿之类，全都在很久以前就变成小鱼或贝类了，而且不管怎么说，他们从来不知道地中海以外的事，也不关心——他们太喜欢沙丁鱼了。老尼奥德也早就退休了。当然，他与女巨人那场愚蠢的婚姻让他只能花一半心思处理正经事了——你还记得吧，她爱上他是因为他的脚很干净（方便保持家里整洁），但又因为他的脚是湿的而不爱他了，可惜为时已晚。我听说，他现在已经奄奄一息了；步履蹒跚啊，可怜的老家伙。燃油使他咳得厉害，他已经退休到冰岛的海岸去晒点太阳了。

"当然，还有海老人。他是我的表亲，我并不以此为荣。他算是个负担——我敢说你肯定听说过，他不肯走路，总是指望别人背着他走。他后来也因为这个死干非命。大概一两年前，他坐上了一个漂浮的水雷（你懂我的意思吧），而且是一屁股坐在引爆钮上！碰到这种情况，就连**我的**魔法也无能为力。这比蛋头先生跌下墙头还惨。"

险境奇谈

"不列塔妮亚怎么样？"罗弗兰登问，他毕竟是一条英国狗，尽管他其实对这一切有点厌烦，只想多听点跟自己有关的那个巫师的事，"我以为是不列塔妮亚统治着海浪。"

"她从来没真的涉足过这事儿。她宁可在海滩上拍抚狮子，手里拿着鳗叉坐在一便士硬币上——不管怎么说，在大海里要管的事可不止海浪。现在他们得到了阿尔塔薛西斯，我希望他能派上用场。我想，要是他们允许的话，他头几年会尝试在水螅上种李子树；那会比维持人鱼的秩序容易得多。

"哎呀呀！我讲到哪儿了？当然，如果你愿意，现在就可以回去。事实上，不用太客气，你是该回去了，越快越好。老萨玛索斯是你该第一个去拜访的人——你们碰面的时候，你可别学我的坏榜样，别忘了发那个'普'的音！"

结果阿鸥隔天又来了，带来了额外的邮件——一大堆写给月亮老人的信，还有几捆报纸：《海草周刊绘本》《海洋见解》《人鱼报》《海螺报》《水花早报》等等。这些报纸上全都刊登了一模一样的阿尔塔薛西斯于满月之夜在海滩上举行婚礼的（独家）照片，背景中那位咧着嘴笑的是著名的金融家（只是略表尊重的头衔）普萨玛索斯·普萨玛提德斯先生。不过这些照片比我们的好，因为至少是彩色的；而且人鱼新娘真的很漂亮（她的尾巴藏在浪花里）。

罗弗兰登

是时候说再见了。月亮老人对罗弗兰登露出满脸笑容；而月亮狗却装出满不在乎的样子。罗弗兰登自己耷拉着尾巴，开口时只说了："再见，小狗！你自己保重啊，别咬月光，别杀白兔，别吃太多晚饭！"

"你才是小狗！"月亮上的罗弗说，"可别再吃巫师的裤子啦！"他就说了这些。不过，我相信，他总是在假期里缠着月亮老人送他去找罗弗兰登玩，而且此后他获准去了好几次。

之后，罗弗兰登随着阿鸥返回了地球，月亮老人回到他的地窖里，月亮狗坐在屋顶上，目送他们直到再也看不见。

4

他们快到世界边缘的时候，一阵寒风从北极星刮来，掀起瀑布冰冷的水花泼打在他们身上。回去的路变得更费劲，因为老普萨玛索斯的魔法当时没有那么紧迫。他们很高兴能在狗岛上休息。但是罗弗兰登仍然是他中了魔法之后的大小，因此他在那里待得并不愉快。其他的狗都太大、太吵，也太傲慢；肉骨头树上长的肉骨头也都太大又太硬。

到了大后天的黎明，他们终于看到了阿鸥老家的黑色悬崖。太阳温暖地照在他们的背上，等他们降落到普萨玛索斯的小海湾时，沙丘的顶端已经干到发白了。

阿鸥轻叫一声，用喙敲了敲地上的一块木头。那一小块木头立刻直竖起来，变成了普萨玛索斯的左耳，接着另一只耳朵也竖了起来，很快，魔法师那丑陋的头和脖子也冒了出来。

"你们俩在大白天的这个时候是要干什么？"普萨玛索斯咆哮道，"这是我最喜欢睡觉的时间。"

"我们回来了！"海鸥说。

普萨玛索斯转向小狗说："我懂了，你让它载你回来。猎龙之后，我以为你会很容易地找到飞回家的路呢。"

"可是，先生，"罗弗兰登说，"我把翅膀留在月亮上了；那副翅膀其实不属于我。我宁可再做一只普普通通的狗。"

"哦！也好。不过，我希望你享受了那段身为'罗弗兰登'的时光。你应该玩得够开心。现在，你又成为罗弗了，如果你真的只想当罗弗的话；你可以回家去玩你的黄球，一有机会就在扶手椅上睡觉，或坐在主人腿上，重新做一只受宠的小狗。"

"那个小男孩呢？"罗弗说。

"傻瓜，我以为，你从他身边跑开了，一路跑到月亮上去！"普萨玛索斯假装恼怒又惊讶地说，不过会心地眨了眨眼，"我说回家，就是指回家。别噗啊噗地跟我争辩！"

可怜的罗弗正要说噗，因为他拼命地想说一句非常客气的"普-萨玛索斯先生"。他终于做到了。

险境奇谈

"普、普、普、萨玛索斯先生，"他用最令人感动的模样说，"请、请、请原谅我，但是我又遇见他了，现在我不该逃跑的；而且我其实属于他，不是吗？所以我该回到他那里去。"

"胡说八道！你当然不该，也不必回去！你属于先买下你的那个老太太，你得回到她那儿去。你这只傻小狗，要是你懂法律的话，你就知道，你不能收购偷来的东西，或被施了魔咒的东西。小男孩老二的妈妈白花了六便士买你，就这么回事。反正，梦中相会又有什么不好？"普萨玛索斯一口气说完，大大眨了下眼睛。

"我以为月亮老人的梦有一部分可以实现。"小罗弗悲伤地说。

"噢！你真这么想啊！嗯，那是月亮老人的事。**我的**任务是立刻把你变回原来的大小，把你送回你所属的地方。阿尔塔薛西斯已经去了其他有用的地方，所以我们不必再担心他了。过来这里！"

他抓住罗弗，胖胖的手在小狗的头上挥了挥，只见刹那之间——什么变化都没有！他重来了一遍，还是没有变化。

于是，普萨玛索斯从沙中钻了出来，罗弗头一次看见他有两条兔子一样的腿。他又是跺脚又是跳脚，把沙子踢上半空，践踏着贝壳，像只愤怒的哈巴狗一样喷着鼻息；但是依旧什么也没发生！

罗弗兰登

"这个海草巫师干的好事，让他头顶生疮脚底流脓！"他咒骂道，"这个摘李子的波斯佬干的好事，把他装进罐子里做成酱！"他不断大吼大叫，一直吼到累了，这才坐下来。

"行吧，行吧！"等他平静一点以后，他终于说，"活一天长一天见识！但阿尔塔薛西斯可真是乖僻到了家。谁能想到他在大喜之日还记得你，在去度蜜月之前还会把他最强的咒语浪费在一条狗身上——就好像他当初施下的咒还不足以耍弄一条小傻狗，不足以撕裂它那身狗皮似的。

"好吧！总而言之，我不必去想该怎么破解魔法了。"普萨玛索斯继续说道，"只有一种办法了。你得去找他，请求他原谅。但我发誓！我会记住他这笔账，直到大海是现在的两倍咸，一半湿。你们俩先去散散步，等半个钟头以后我气消一点了再回来！"

阿鸥和罗弗沿着海岸往悬崖上去，阿鸥慢慢地飞，罗弗独自小跑，非常伤心。他们在小男孩父亲的家门外停了下来；罗弗甚至走进大门，坐在男孩们窗下的花坛上。这时还是大清早，但是他满怀希望地汪汪叫，叫了又叫。小男孩们若非还在熟睡，就是不在家，因为没有人到窗前来。至少罗弗是这么想的。他忘记了，地球上的事和月亮上的后花园里是不一样的，阿尔塔薛西斯的魔法还在他身上，他的体型和叫声都非常小。

过了一会儿，阿鸥载着他悲伤地回到小海湾。那里却有一个全新的惊喜正在等着他。普萨玛索斯正在跟一头鲸说话！一头非常大的鲸，是露脊鲸中最年长的，名叫乌因。在小罗弗看来，他就像一座山，巨大的头颅卧在深深的海塘里，临近水边。

　　"抱歉啊，我一时之间找不到小一点的东西。"普萨玛索斯说，"但是搭乘他很舒服的！"

　　"进来吧！"大鲸说。

　　"再见！进去吧！"海鸥说。

　　"进去吧！"普萨玛索斯说，"快点！不要在里面乱咬乱抓；你可别让乌因咳嗽，要不然你会吃不消的。"

　　这简直和被要求跳进月亮老人地窖里的黑洞一样糟糕，罗弗往后退缩，于是阿鸥和普萨玛索斯不得不把他推进去。他们的确用了推的，连哄都没哄；鲸的大嘴啪的一声合上了。

　　里面确实很黑，而且鱼味十足。罗弗坐在那里不住发抖；就在他正襟危坐时（他甚至连搔搔耳朵都不敢），他听见，或者说自以为听见，鲸尾挥动拍水的唰唰声；他觉得，或者说自以为觉得，大鲸开始下潜，越潜越深，潜到了深蓝海的海底。

　　等到大鲸停下来，再次张开大嘴（他很高兴这么做：鲸喜欢把嘴张得大大的，像拖斗似的，让一大批食物涌入，但乌因是一头很体贴的鲸）。罗弗探出头去，外面好

罗弗兰登

深，完全深不可测，但是一点也不蓝，只有一种淡淡的绿光；罗弗走出来，发现自己走在一条白沙小径上，蜿蜒的小径穿过一片幽暗又奇妙的森林。

"沿路一直走！你不用走很远的。"乌因说。

罗弗沿路一直走，尽可能随着小径直走。不一会儿，他便看见前方一座雄伟宫殿的大门，看起来像是粉色和白色的石头砌成的，从门里透出的淡淡光辉照得它闪闪发亮；而众多窗户透出的是清澈明亮的绿光和蓝光。宫墙的四周长着巨大的海树，比宫殿高耸的大圆顶还高，在幽暗的水中发出微光。那些高大的海树有天然橡胶般的粗大树干，又能像草一样曲身摇摆，在海树那无数枝条的阴影里，挤满了像鸟儿一样聚栖的金鱼、银鱼、红鱼、蓝鱼和发出磷光的鱼。但是这些鱼不唱歌。唱歌的是宫殿里的人鱼。他们唱得何等动听啊！所有的海仙都齐声合唱，音乐从那些窗户漂流而出，成百上千的人鱼吹奏着号角、风笛和海螺来伴奏。

一些海妖精在树下的暗影里朝他咧嘴笑着，罗弗赶紧加快脚步，全速前进——但在深海中，他发现自己的脚步缓慢又沉重。他为什么没有被淹死呢？我不知道，但我想普萨玛索斯·普萨玛提德斯已经考虑过这一点（虽然他只要办得到就从不涉足大海，但他比大多数人更了解大海），在罗弗和阿鸥去散步的时候，他坐在那里冷静下来，想出了新的计划。

险境奇谈

总之，罗弗没有淹死；但他还没走到大门前，就已经希望自己是在别的地方，哪怕是在大鲸潮湿的嘴里。小径两旁的紫色灌木丛和海绵状海草丛中，有许多奇怪的形体和面孔在窥视他，着实令他感到十分不安。终于，他走到了那扇巨大的宫门前——那是一道用珊瑚镶边的金色拱门，门本身用珍珠母贝做成，上面嵌着鲨鱼的牙齿。门环巨大，上面嵌着白色的藤壶，所有藤壶的小小红色触须都垂在外面；但是，罗弗当然够不着它，就算够得着，他也拉不动。于是，他放声吠叫，令他惊讶的是，他的叫声相当响亮。他才叫到第三声，宫殿里的音乐就停了，门也打开了。

　　你猜开门的是谁？正是阿尔塔薛西斯本人，穿着看起来像李子色的天鹅绒上衣和绿色丝绸裤子；他嘴里仍叼着一根大烟斗，只是烟斗里喷出来的不是烟草的烟雾，而是七彩如彩虹的美丽泡泡；不过他没戴帽子。

　　"哈啰！"他说，"你可出现了！我就知道，你没多久就会腻烦了老普萨玛索斯的！（他对那个夸张的"普"音真是嗤之以鼻。）他可不是无所不能的。好了，你到这里来干什么？我们正在举行宴会，你却打断了音乐。"

　　"求求你，阿尔忒薛西斯先生，我是说，厄尔塔萨西斯。"罗弗开口说，他有些慌乱，又想尽量显得很有礼貌。

　　"哦，别费心把我的名字读对了，我不在乎！"巫师颇为不悦地说，"有话快说，并且长话短说；我没时间听你一堆废话。"自从他娶了富有的人鱼王的女儿，被任命为"太平洋与大西洋魔法师"（他们在他背后简称他为"太大师"）以后，他（在陌生人面前）就摆出一副自命不凡的样子。"你如果有要紧的事要见我，最好进大厅里等着；我跳完舞以后大概能挤出点空来。"

他把罗弗背后的门关上，走了。小狗发现自己身在一个巨大的黑暗空间里，上方是个光线幽暗的圆顶。周围全是挂着海草帘幕的尖顶拱门，大多是黑乎乎的；只有一道门灯火通明，门里传出响亮的乐声，那音乐声似乎没完没了，从不重复，也毫无休止的意思。

罗弗很快就等得不耐烦了，于是他走到光亮的门口，透过帘幕往里看。他看见里面是个宽敞的宴会厅，有七个圆顶和一万根珊瑚柱，依靠最纯粹的魔法照明，厅里充满了闪烁发光的温暖水流。所有的金发人鱼和黑发海妖都在边唱边穿梭着舞蹈——不是站在尾巴上跳舞，而是在清澈的水中游舞，忽上忽下，忽前忽后。

没有人注意到小狗的鼻子从门口的海草帘幕中伸进来，因此，他盯着看了一会儿之后，就悄悄溜了进去。这里的地面铺满了银色的沙和粉红色的蝴蝶贝，贝壳全都张开着，在轻轻打旋的水里翕张。他紧贴着墙，小心翼翼地在贝壳间寻路前进，就在这时，他头顶上突然传来一个声音：

险境奇谈

"多可爱的小狗啊！我敢确定，他是一只陆地狗，不是海中狗。他是怎么来的——这么一个小不点儿！"

罗弗抬头一看，只见一位金发上插着一把黑色大梳子的美丽人鱼女郎正坐在上方不远的岩架上；她那令人遗憾的尾巴垂荡着，手里正在缝补阿尔塔薛西斯的一只绿袜子。当然，她就是阿尔塔薛西斯的新婚太太（通常被称为太太公主；她很受爱戴，而她丈夫你就没法这么说了）。阿尔塔薛西斯这时正坐在她身边，不管他有没有时间听一长串唠叨，他都在听他夫人的训示，或者说，在罗弗出现之前他一直都在听。阿尔塔薛西斯夫人一看见罗弗，立刻停止了唠叨，也不再修补手中的袜子。她漂浮下来抱起罗弗，带他回到她的长榻上。这里其实是二楼窗边（室内的窗口）的座位——海里没有楼梯，同理也没有雨伞；门和窗之间也没有多大区别。

不一会儿，人鱼夫人就把她那美丽（而且颇宽大）的身子再次舒服地安置在长榻上，并把罗弗放在膝头；座位底下立刻传来一声可怕的咆哮。

"躺下，罗弗！躺下，好狗狗！"阿尔塔薛西斯太太说。只不过，她不是在对我们的罗弗说话，而是在对一只这会儿已经出来了的白海洋狗说话。然而不管她怎么说，这只白海洋狗都继续咆哮、抱怨，用小小的蹼脚拍打着水，用扁平的大尾巴猛抽着水，尖尖的鼻子里不断吹出泡泡。

"多么吓人的小东西!"这新来的狗说,"看他那可怜的尾巴!看看他的脚!看看他那身可笑的毛皮!"

"你去照照镜子,"罗弗坐在人鱼夫人的腿上说,"你保证不想看第二眼!谁给你起名叫罗弗的?——鸭子和蝌蚪的混种也敢假装是狗!"由此你能看出,他们俩可以说是一见倾心。

没错,他们俩很快就变成了好朋友——也许不像罗弗和月亮狗那样的朋友,只因为罗弗待在海底的时间比较短,而且海洋深处对小狗来说也不像月亮那样是个欢乐的地方,那里充满了光线从未照到,也永远不会照到的黑暗与可怕之地,因为那些地方直到光明彻底熄灭都不会被发现。那里住着可怕的东西,古老到无法想象,强大到无法施咒,庞大到无法测量。阿尔塔薛西斯已经发现了这件事。太大师的职位可不是世界上最舒服的工作。

等两只狗不再吵嘴,只是互相嗅闻时,他太太说:"这就游开,去自己玩吧!别咬火鱼,别啃海葵,别被蚌壳夹住;记得回来吃晚饭!"

"拜托,我不会游泳。"罗弗说。

"老天!真麻烦!"她说,"人人师!" 她是到目前为止,唯一一个当面这么叫他的——"终于有件事你能办了!"

"当然,亲爱的!"巫师说,既急于满足她的要求,也很高兴能展示他真的会魔法，证明自己不是完全无用的官员（海中的语言把这种人称为"赖皮贝"）。他从背心口袋里掏出一根小魔杖——那其实是他的钢笔，但再也派不上写字的用场了，因为人鱼用一种古怪的黏墨水，钢笔完全不能用——他朝罗弗挥了挥魔杖。

不管某些人怎么说，阿尔塔薛西斯是个有自己一套的出色魔法师（否则罗弗就不会有这些冒险经历了）——这固然是个小法术，但仍需要相当的练习。不管怎么说，在魔杖挥了第一下之后，罗弗的尾巴开始变得像鱼一样，他的脚也开始长蹼，身上的皮毛变得越来越像防水的雨衣。变化结束后，他一下子就适应了。他发现游泳比飞行要容易上手得多，愉快的程度则几乎不相上下，而且还不那么累——除非你想向下潜。

他绕着舞厅试游了一圈之后，所做的第一件事就是去咬另一只狗的尾巴。当然，这是出于好玩；但不管好不好玩，两只狗差点当场打了起来，因为这只海洋狗的脾气可以说是一点就炸。罗弗全靠拼命快逃，外加敏捷迅速，这才逃脱。瞧瞧！一场追逐大战上演，窗里窗外钻进钻出，沿着黑暗的通道和圆柱穿梭，忽外忽上绕着圆顶追个没完；直到最后，海洋狗体力耗尽，坏脾气也耗尽，他们才一起在旗杆旁最高的圆顶上坐下。人鱼王那面由海草制成，红绿相间、缀满珍珠的旗帜，在旗杆上飘扬着。

"你叫什么名字？"海洋狗喘过气来以后问，"叫罗弗是吗？"他说，"那是我的名字，所以你不能叫这个名字。是我先叫这个名字的！"

"你怎么知道？"

"我当然知道！你一看就还是只幼犬，而且你来到这里还不到五分钟。我是好久好久以前就中了魔法的，有好几百年了。我想我是所有狗里第一只叫罗弗的。

"我的第一个主人就叫罗弗，名副其实，他是个真正的海盗，在北方水域中航行。他有一艘长船，上面张着红帆，船头雕得像龙，他叫它'红龙'，非常爱它。我那时虽然只是一只幼犬，但很爱他，不过他不怎么注意我，因为我个头不够大，不能去打猎，而他也不带狗出海。有一天，我不经允许就上船出海去了。他正在和妻子告别；那时刮起了风，人们把红龙号从滚轴上推下海，白色的浪花飞溅到龙颈上。我突然觉得，如果我不跟着他去，我以后就再也见不到他了。于是我想办法偷溜上船，藏在一个水桶后面。直到我们出海很远，看不见陆地以后，他们才找到我。

"就是那时候，他们叫我'罗弗'，拉住我的尾巴把我拖出来。有个人说：'这儿有个出色的海盗啊！'另一个眼睛古怪的人说：'他的命数会很奇特，永远回不了家了。'一点没错，我再也没回过家；而且我再没长大过，尽管我年纪变大了，当然也更聪明了。

"那次航行中发生了一场海战，我在刀林箭雨中跑到前甲板上，但是黑天鹅号的船员登上了我们的船，把我主人的手下全都驱赶下船。他是最后一个离开的。他站在船首的龙头旁，接着就那么一身铠甲一头扎进海里。我也跟着他跳了下去。

"他比我更快沉到海底，人鱼抓住了他。但我告诉那些人鱼，要尽快把他送回陆地上，因为如果他不回家，会有许多人哭泣。那些人鱼对我笑了笑，把他抬起来带走了。如今有些人说他们把他带到了岸上，有些人对我摇摇头。人鱼是靠不住的，除非是保守他们自己的秘密；在保密这方面，他们比牡蛎更厉害。

"我常常想，人鱼一定是把他埋在白沙里了。在离这里很远的地方，还躺着那艘红龙号的一部分，黑天鹅号的人把它凿沉了；我上次路过时它还在那里。沉船的四周和顶上长满了海草，只有龙头除外；不知怎地，上面连藤壶都不长，在它底下有个白沙堆成的小丘。

"我离开那些地方很久了。我慢慢变成了一只海中狗——那段年日里，海中的老妇人经常施展魔法，其中有一个对我很好。她把我当作礼物送给了人鱼王，也就是现任人鱼王的祖父。从那时起，我就一直待在这座宫殿里来来去去。这就是我的故事，发生在好几百年前，

罗弗兰登

从那时起，我已经见过无数的涨潮和退潮，但我从来没有回过家。现在，给我讲讲你的故事吧！我想，你该不会是从北海来的，对吗？——当年我们习惯称它英格兰海——你大概也不知道奥克尼群岛的那些老地方吧？"

我们的罗弗不得不承认，除了"大海"，他过去什么也没听说过，就连"大海"他也不甚了了。"但是我去过月亮。"他说，把他的月亮之行尽可能明白地讲给他这位新朋友听了。

海洋狗非常喜欢罗弗的故事，并且至少相信了一半。"真是个精彩的故事，"他说，"这么久以来我听到的故事，数这个最好。我见过月亮。你知道，我偶尔会浮到海面上，但我从来没想过月亮会是这样子的。老实说，那只天上狗崽的脸皮可真厚啊。三只罗弗！两只就已经够糟了，三只简直无法想象！而且我一点也不相信他年纪比我大；哪怕他有个一百岁，我也会非常吃惊的。"

海洋狗很可能是对的。你也注意到了，那只月亮狗很爱吹牛。"不管怎么说，"海洋狗继续说，"他的名字只不过是自己取的。我的名字是别人给我取的。"

"我的也是。"我们的小狗说。

"但你那个名字没有任何来由，而且那时候你也没赢得它。我喜欢月亮老人的主意。我也叫你罗弗兰登；如果我是你，我就坚持叫这个名字——你似乎永远不知道自己下次会去到哪里！咱们下去吃晚饭吧！"

险境奇谈

这顿晚饭鱼味十足，但是罗弗兰登很快就习惯了；鱼味大餐似乎和他有蹼的脚很相称。吃过晚饭，他突然想起自己为什么要大老远跑到海底来，于是他去找阿尔塔薛西斯。他发现阿尔塔薛西斯在吹泡泡，并把泡泡变成真正的球来取悦那些人鱼小孩。

"拜托你，阿尔塔薛西斯先生，可以麻烦你把我变成——"罗弗兰登请求道。

"噢！走开！"巫师说，"你没看到我没空吗？现在不行，我很忙。"阿尔塔薛西斯向来就这么打发他认为无足轻重的人。他很清楚罗弗想要什么，但他自己一点儿也不着急。

所以罗弗兰登只好游开，去睡觉了，或者说是栖息在长在花园一块高大岩石上的一丛海草里。年老的大鲸正好就在底下休息；要是有人告诉你，鲸不会沉下海底，也不会在海底打盹几个钟头，你不必理会他们。老乌因在各方面都与众不同。

"怎么？"他说，"你过得怎么样？我看你还是玩具大小。阿尔塔薛西斯是怎么回事？他是没办法，还是不愿意？"

"我想他有办法。"罗弗兰登说，"你看我的新样子！可是，要是我一谈到身材大小，他就一直说他有多忙，没时间听长篇大论的解释。"

"嗯哼！"大鲸一边说，一边用尾巴把海树拍得横了过去——那尾巴掀起的水流差点把罗弗兰登从那块高大的岩石上冲下来，"我认为太大师在这个地方混不好；不过我用不着担心。你迟早会没事的。同时，明天还有很多新鲜的东西要看。去睡觉吧！再见！"说完他就游进了黑暗中。尽管如此，他带回小海湾的报告仍然使老普萨玛索斯非常恼火。

宫殿里的光全都熄了，没有月光或星光能穿透漆黑的深水落到这里。绿色变得越来越暗，直到一片漆黑，除了发光的大鱼从草丛中缓慢地游过，这里没有一丝光亮。不过，罗弗兰登那天晚上睡得很香，隔天晚上，以及之后的几个晚上，都是这样。第二天，还有第三天，他到处找那位巫师，却遍寻不着。

一天早晨，在他已经开始觉得自己像一只海中狗，并怀疑自己会永远待在这里的时候，海洋狗对他说："让那个巫师见鬼去吧！我是说，别管他！今天就免了他一回。我们去游个很长的泳吧！"

他们出发了，结果这次长泳变成了持续好几天的远足。他们在这段时间里游的距离令人吃惊；你得记住，他们是被施了魔法的生物，海洋里的普通生物很少有能跟上他们的。当他们厌倦了海底的悬崖和山脉，厌倦了中等高度的竞速，他们开始不断地往上升，越升越高，在水中直上了一英里多；等他们浮出水面时，放眼不见任

险境奇谈

何陆地。

周围的大海一片平静、安定、灰蒙蒙的。接着，一阵黎明前的寒风使它突然翻腾起来，成片变暗。转瞬间，太阳从大海边缘喷薄而出，绯红如饮烈酒；他飞快地跃上天空，开始了每日的行程，并将所有波浪的边缘都染成金色，浪与浪之间的阴影也转为深绿。有一艘船航行在海天相接之处，正朝着太阳前进，它的桅杆被火红的阳光映成了漆黑。

"那艘船是去哪里？"罗弗兰登问道。

"噢！日本或火奴鲁鲁或马尼拉或复活节岛或星期四岛或海参崴，或者别的什么地方，我想。"海洋狗说。他的地理概念有点模糊，尽管他吹嘘过自己几百年来遨游四海，"我想这是太平洋；但我不知道是哪一部分——感觉起来是在温暖的水域。太平洋是相当大的一片海域。我们去找点吃的吧！"

几天之后，他们回来了，罗弗兰登又立刻去找巫师；他觉得自己已经让巫师休息得够久了。

"拜托你，阿尔塔薛西斯先生，能不能麻烦你——"他像往常一般开始说。

"不！我不能！"阿尔塔薛西斯拒绝得比往常更坚决。不过，这次他真的很忙。投诉的邮件纷至沓来。当然，你可以想象，大海中所有的事情都会出岔子，即使是最好的大大师也防不胜防，而且有些事情甚至不该跟他扯上半点关系。像是偶尔有沉船残骸扑通落下压在某人鱼的海屋顶上；海床发生爆炸（噢，没错！像我们一样，他们也有火山和各种各样讨厌的事物），炸掉了某人鱼上等的金鱼群，或珍贵的海葵苗床，或独一无二的珍珠贝，或闻名遐迩的岩石和珊瑚花园；或者有野蛮的鱼在大路上打架，殃及了人鱼小孩；或者是心不在焉的鲨鱼群游进了餐厅的窗户，破坏了晚餐；或者是漆黑深渊里那些深沉、阴暗、说不得的怪物在做可怕又邪恶的事。

　　人鱼族一直以来忍受着这一切，但也不无抱怨。他们喜欢抱怨。当然了，他们过去常常给《海草周刊》《人鱼报》和《海洋见解》写信；但是他们现在有了一位太大师，因此他们也写信给他，并把一切都怪到他头上，甚至连他们自己养的宠物龙虾咬了他们的尾巴都要怪他。他们说他的法力不足（有时确实如此），他的薪资应该削减（这是实情，但说出来很伤感情）；说他架子摆得太大，靴子都装不下（这话也大致不错：他们本该说是拖鞋，他太懒了，不怎么穿靴子）；他们还说别的一大堆事来烦阿尔塔薛西斯，天天早上都是，星期一尤甚。星期一总是最糟糕的（来信超出别的日子几百封）。今天正是星期一，因此阿尔塔薛西斯朝罗弗兰登丢了块石头，还好小狗逃得快，像小虾逃出网子那样一溜烟跑了。

　　他跑到花园，发现自己的身形依旧，庆幸得不行。我敢说，他要是稍慢一步，那个巫师就会把他变成一条

险境奇谈

海蛞蝓，或者把他送到彼方的背面（管它是什么地方），甚至把他送到深渊里（那是在最深的海底）。小狗深感恼火，于是跑去找海中罗弗抱怨一番。

"总而言之，你最好让他休息休息，等星期一过了再说。"人鱼狗建议说，"我要是你，以后就绝不会星期一去。走吧，再去畅游一次！"

这次之后，罗弗兰登让巫师休息了很长一段时间，长到他们几乎把对方忘了——几乎而已：狗可不会很快忘记丢来的石块。但从表面上看，罗弗兰登已经完全定居下来，成为宫廷里一只永久的宠物。他总是跟着海洋狗外出，人鱼小孩也常常跟他们一起去。在罗弗兰登看来，他们不像真正的两条腿的孩子那样快活（不过想也知道，罗弗兰登并不真正属于海洋，因此他的判断得打个折扣），但他们仍然让他很开心；要不是后来发生的那些事，他们说不定会把他永远留在海底，最终让他把小男孩老二忘得一干二净。等我们讲到那些事的时候，你可以自行判断其中有没有普萨玛索斯的干系。

不管怎么说，有很多人鱼小孩可以做玩伴备选。老人鱼王有上百个女儿和上千的孙辈，他们全都住在同一座宫殿里；并且他们都很喜欢这两只罗弗，阿尔塔薛西斯夫人也不例外。很可惜罗弗兰登从来没想过把自己的经历告诉她；她知道怎么对付太大师，不管他当时心情如何。不过，要是那样的话，罗弗兰登当然就会更快回去，从而错过许多见识。他是和阿尔塔薛西斯夫人以及一些人鱼小孩一起去参观大白窟的，那里储藏着所有失落在海中的珠宝，以及许多本来就一直在海中的珍宝，当然还有无数的珍珠。

还有一次，他们去拜访了海底住在小玻璃房里的小海仙。那些小海仙很少游泳，而是在海床平坦光滑之处漫步和唱歌，驾着由成群最小的鱼拖拉的贝壳马车，或者手握细线做的缰绳，骑在小绿蟹身上（当然这缰绳无法防止螃蟹横着走，因为它们本来就横着走）。小海仙和那些更大、更丑、更吵闹的海妖精有过节，那些海妖精成天只知道打架、捕鱼、骑着海马到处横冲直撞。海妖精可以离水生活很久，还能在暴风雨中在海边逐浪嬉戏。有些小海仙也能这么做，但他们更喜欢在宁静温暖的夏夜里，流连在那些孤寂的海岸上（因此，理所当然地，很少有人见到他们）。

有一天，老乌因又出现了，并让两只狗换换口味，骑着他出去玩；那感觉就像骑在一座移动的大山上。他们出去了好多天，直到世界的东方边缘时才回头。大鲸在那里浮出海面，喷出的水柱那么高，以至于大量的水都被喷出了世界边缘之外。

另一次，大鲸带他们到世界的另一边（或者说去到他敢去的极限），那是一段更漫长、更刺激的旅程，是罗

险境奇谈

弗兰登所有历险中最精彩的一次，但这要等到他后来长得更大、更有智慧之后，才明白过来。起码还得再讲一整个故事，才能给你说清楚他们在神秘海域的历险，以及他们在穿过黯影海域，抵达魔法群岛再过去的仙境大海湾（我们是这么称呼它的）之前，所瞥见的那些不为人知的陆地，还有他们最后遥遥望见极西之地精灵家园的山脉，以及照在粼粼水波上的仙境之光。罗弗兰登觉得自己瞥见了坐落在山脉脚下那座青翠山丘上的精灵之城，正是遥远处闪烁的一点白光；但是因为乌因突然下潜，因此他无法确定。如果他看得没错，那么他就是少数几个在我们的世界里来来去去——无论是用两条腿还是四条腿——并且声称曾经瞥见过那片土地的生灵之一，不管那是从多遥远的地方。

"要是给人发现了，我会受罚的！"乌因说，"域外之地的人不准到这儿来；现在也几乎没人这么做了。可别说出去！"

我之前怎么说狗的？他们不会忘记坏脾气的人对他们丢的石块。所以，尽管见识了各种各样的奇景，经历了这些惊人的旅程，罗弗兰登始终把这事记在心里。他一回到家，它就又从他心里冒出来了。

他的第一个念头是："那个老巫师在哪里？对他客气根本没用！只要我有一丁点儿机会，我就还要把他的裤子咬破。"

他在尝试和阿尔塔薛西斯单独谈谈却徒劳无功之后，却看见魔法师从一条通往宫殿外的皇家大道上走过，此时就是这么想的。到了魔法师这把年纪，他当然已经骄傲到不会去长出尾巴或鳍，或去学学怎么好好游泳。他做的唯一像鱼的事儿就是畅饮（即使在海里也是如此，所以他一定渴得很）；他花了大把本来应该用在公务上的时间，在自己的私人寓所里用魔法变出苹果酒，装进大酒桶里。要是想快速出行，他就赶车。罗弗兰登看见他时，他正赶着他的快车——一个由七条鲨鱼拖着的、形状像鸟蛤的巨大贝壳。海民纷纷迅速闪开让路，因为鲨鱼会咬人。

"我们跟上去！"罗弗兰登对海洋狗说，然后他们就真的跟上去了。每当贝壳车从悬崖下经过，这两只坏狗就把石头丢进车里。我告诉过你，他们的速度快得惊人；他们飞一般赶到前方，躲在海草丛里，把他们能找到的任何松动的东西都推下去。这让巫师大为恼火，但是他们非常小心，不让他发现。

阿尔塔薛西斯在出发前火气就大得很，还没走远就怒火冲天，愤怒中不是没夹杂着焦虑。因为他要去调查一个突然出现的、很不寻常的漩涡所造成的损害——而且是在他一点也不喜欢的海域。他觉得（他的感觉非常正确）那个方向上有些令人讨厌的东西，最好别去招惹。

险境奇谈

我敢说，你猜得到那是什么事；阿尔塔薛西斯就猜到了。古老的大海蛇正在苏醒，或者说半醒着考虑要不要醒。

大海蛇多年来一直在沉睡，但现在他开始翻身。当他把身子伸直时，肯定能长达一百英里（有些人说他能从世界的这一头伸到世界的那一头，不过那太夸张了）；他蜷着的时候，除了深渊（他曾经住在那里，并且许多人都希望他回那里去），全世界的海洋里只有一个洞穴可以容纳他，不幸的是，那个洞穴离人鱼王的宫殿还不到一百英里。

当他在睡梦中舒展开一两圈时，海水就会翻腾、震动、压弯海民的房子，破坏方圆数百里内居民的安宁。但是，派太大师去调查这件事很不明智，因为不消说，海蛇太庞大、太强壮、太古老、太呆头呆脑，谁都控制不了（用来形容他的词还有原始的、史前的、自海中冒出的、难以置信的、神话的、蠢笨的等等）；这一点阿尔塔薛西斯再清楚不过了。

就连月亮老人努力五十年，也不可能编制出够大、够长或够强的咒语来束缚他。月亮老人只尝试过一次（因为收到了特别的要求），结果，至少有一块大陆沉入了海里。

可怜的老阿尔塔薛西斯驾车直达海蛇洞的洞口。可是他刚一下车，就看见海蛇的尾巴尖从洞口伸了出来。那条尾巴比一排巨大的水桶还要粗大，是绿色的，而且

罗弗兰登

黏糊糊的。只这一幕就够他受的了。他当即就想在这条大虫翻身前赶紧打道回府——因为所有的虫蛇都会出其不意地翻身。

是小罗弗兰登搞砸了一切！他对海蛇毫无了解，自然也不知道他有多巨大；他满脑子想的都是捉弄那个坏脾气的巫师。因此，当阿尔塔薛西斯站在那里，好像傻呆呆地盯着那条大蛇露出来的尾巴发愣，而他的鲨鱼座驾又毫无提防时，罗弗兰登觉得机会来了，就悄悄爬上前，咬了一条鲨鱼的尾巴，只是好玩。只是好玩！这可真是好玩得要了命！受惊的鲨鱼往前一蹿，车也朝前一蹿；正要转身上车的阿尔塔薛西斯一下子摔了个四脚朝天。接着那条鲨鱼就咬了它此刻唯一够得着的东西，就是在它前面的鲨鱼；被咬的又咬了下一条；如此这般，直到七条鲨鱼的最后一条，因为没有别的东西可咬——老天爷啊！这个蠢货，真希望它没往前一蹿咬了海蛇的尾巴！

海蛇立刻就来了个突如其来的大翻身！两只狗接下来只知道自己在疯狂翻搅的海水中被卷得到处乱转，忽而撞上头昏脑涨的鱼群，忽而撞上旋转的海树，在那些被连根拔起的海草、沙子、贝壳、海蛞蝓、海螺和各种零碎东西里吓得魂不附体。而海蛇继续翻身，使得情况越来越糟。老阿尔塔薛西斯紧抓着鲨鱼的缰绳，也被翻腾的海水旋得七上八下，同时不忘对它们发出最严厉的斥骂。我是说，对鲨鱼。幸运的是，他始终都不知道这是罗弗兰登干的。

我不知道那两只狗是怎么回家的。总而言之，他们花了很长、很长的时间才回到家。他们先是被海蛇活动掀起的巨浪冲上了岸，接着被大海另一端的渔民抓住了，只差一点就被送进了水族馆（那种下场着实可怕）；他们险而又险地逃过了这一劫，不得不拼尽全力冲过地底下没完没了的骚动，回到家里。

当他们终于回到家，却发现那里也发生了可怕的骚动。所有的人鱼都围在宫殿周围，齐声大喊：

"叫太大师出来！"（对！他们公然这么喊他，不再用更长或更有尊严的称呼了。）"叫太大师出来！**叫太大师出来！**"

太大师躲在地窖里。阿尔塔薛西斯太太终于在那里找到了他，费了一番功夫让他现身。等他从阁楼的窗户探出头来往外看，所有的人鱼都呐喊道：

"别再胡闹了！别再胡闹了！**别再胡闹了！**"

人鱼们如此喧闹沸腾，以至于全世界各地住在海边的人都认为大海比平时咆哮得更大声。的确如此！与此同时，海蛇不停地翻身，漫不经心地追咬自己的尾巴尖。不过，谢天谢地！他还没完全清醒过来，否则他可能会出来生气地甩动尾巴，然后就会有另一块大陆沉没。（当然，那是否真的令人遗憾，取决于沉没的是哪一块，以

罗弗兰登

及你又生活在哪一块。）

但人鱼并不生活在大陆上，而是生活在海里，恰在海洋的深浓之处；而这会儿海洋越来越浓浊了。他们认定人鱼王有责任叫太大师整出某种咒语、补救措施或解决办法，让海蛇安静下来：海水晃得太厉害，他们都没法动手把吃的送进嘴里，也没法擤鼻子；而且大家互相碰来撞去；海水动荡不稳，让所有的鱼都晕海了；水还变得十分浑浊，充满泥沙，害大家都在咳嗽；所有的舞蹈都不得不停止。

阿尔塔薛西斯抱怨连连，但是他必须做点什么。因此，他回到自己的作坊，闭关了两周。在这期间发生了三次地震，两次海底飓风，还有几次人鱼暴动。然后他出关了，在离海蛇洞一段距离的地方释出一个威力极其强大的咒语（并配上了安抚的咒语）；人人都回家坐在地窖里等待，只有阿尔塔薛西斯太太和她不幸的丈夫除外。巫师有责任留在原地（保持在一段距离之外，但这距离可不安全）观测结果；阿尔塔薛西斯太太则有责任留下来监视巫师。

结果咒语只是让海蛇做了一个可怕的噩梦：他梦见自己浑身长满了藤壶（十分难受，而且这有几分真实），并且在火山里被慢慢地烘烤着（非常痛苦，不幸的是这完全是幻想出来的）。这把他惊醒了！

也许阿尔塔薛西斯的魔法产生了超出预想的效果。

总之，海蛇没有出来——这对本故事来说真是大幸。他把头枕到尾巴上，打了个呵欠，嘴张得跟洞一样宽大，喷了喷鼻息，声音大到所有海中王国躲在地窖里的人都听见了。

海蛇说："别再**胡闹**了！"

又说："如果这个唠叨不停的巫师不马上走开，如果他敢再涉足大海，我就要**出来**。我会第一个吃掉他，然后把一切都打得稀烂。就这样。晚安！"

阿尔塔薛西斯太太把突发急症昏倒的太大师扶回了家。

等他恢复过来——还挺快的，因为大家确保了这一点——他立刻就解除了海蛇身上的魔咒，并打点好了自己的行李。所有的人鱼都在叫嚷：

"把太大师送走！可算解脱了！就这样。再见！"

人鱼国王说："我们不想失去你，但我们认为你该走了。"阿尔塔薛西斯一下子感到自己非常渺小，无足轻重（这对他有好处）。就连海洋狗也嘲笑他。

但有趣的是，罗弗兰登为此十分心烦意乱。毕竟，他自己很清楚阿尔塔薛西斯的魔法不是没有效果的。而且，咬了鲨鱼尾巴的是他，不是吗？还有，整件事情都是从他咬了巫师的裤子开始的。再说，他自己是一只陆地狗，看着可怜的陆地巫师被所有这些海中居民嘲弄，感觉有些受不了。

不管怎样，他走到老家伙跟前说："求求你，阿尔塔薛西斯先生——！"

"嗯？"巫师十分和蔼地说（他很高兴没有被称为太大师，而且他有好几个星期没听到有人喊他"先生"了）。"嗯，有什么事吗，小狗狗？"

"对不起，真对不起。我是说，非常抱歉。我从来没想过要损害您的声誉。"罗弗兰登想的是海蛇和鲨鱼的尾巴，但（幸运的是）阿尔塔薛西斯以为他指的是裤子。

"算了，算了！"他说，"过去的事我们就不用提了。话说得少，和好得快。我想我们最好还是一起回家吧。"

"但是，阿尔塔薛西斯先生，"罗弗兰登说，"可以麻烦你把我变回原来的大小吗？"

"当然！"巫师说，很高兴发现还有人依旧相信他能办事，"当然！不过，因为你还在这底下，所以保持你现在这个样子最好也最安全。让我们先离开这里吧！现在我真的很忙。"

他真的很忙。他进到作坊里，把所有的随身物品、徽章、术符、备忘录、配方书、秘方、仪器，以及装着各种魔咒的袋子和瓶子都收了起来。凡是能烧的，他都扔进防水熔炉里烧了；其余的全倒进后花园里。后来那里发生了不寻常的事：所有的花都开始疯长，蔬菜都变得硕大无比，吃过这些蔬菜的鱼有的变成了海蠕虫、海猫、海牛、海狮、海虎、海魔、鼠海豚、儒艮、乌贼章鱼、海牛和各种祸患，还有的干脆就中了毒；此外，幽灵、幻象、迷惑、错觉和幻觉层出不穷，宫殿里的人鱼再也不得安宁，不得不搬家离开。事实上，他们在失去那个巫师之后，再想起他反倒有了尊重。但那是很久以后的事了。此时此刻，他们正吵吵嚷嚷着要他离开。

一切准备就绪之后，阿尔塔薛西斯对人鱼王道别——人鱼王相当冷淡；就连人鱼小孩们都似乎无动于衷，因为他常常很忙，很少有机会玩吹泡泡（我跟你讲过的）。在他无数的小姨子中，有几个努力表现得彬彬有礼，特别是阿尔塔薛西斯太太在场的时候；但实际上人人都巴不得赶紧目送他走出大门，这样才能快点送个谦卑的信息给海蛇：

"大人，那个令人遗憾的巫师已经走了，再也不会回来了。请您安歇吧！"

当然，阿尔塔薛西斯太太也走了。人鱼王有那么多女儿，少一个也没什么大不了，更不用说这只是排行第十的女儿了。人鱼王给了她一袋珠宝，并在门口给了她一个湿湿的吻，然后就回宝座上去了。但是其余的人都很难过，尤其是阿尔塔薛西斯太太为数众多的外甥女、外甥；他们也很难过失去了罗弗兰登。

最难过、最沮丧的要数那只海洋狗，他说："不管什么时候，只要你到了海边，就给我捎个信，我会探头浮出水面看看你。"

"我不会忘记的！"罗弗兰登说。然后他们就走了。

罗弗兰登

那头最年长的大鲸正等着。罗弗兰登坐在阿尔塔薛西斯太太的怀里，等他们一行都在鲸背上坐好，就出发了。

　　所有的人都大声说："再见！"然后说，"可算摆脱这废物了。"后面这句是小声说的，但又没小到听不见的程度。这就是阿尔塔薛西斯担任太平洋和大西洋魔法师的下场。从此以后，谁负责人鱼们的魔法，我就不知道了。我想，老普萨玛索斯和月亮老人俩人做好了安排吧；这活他俩完全能胜任。

险境奇谈

5

　　大鲸在一处僻静的海边靠岸，那里离普萨玛索斯的小海湾很远很远——这是阿尔塔薛西斯强烈要求的。阿尔塔薛西斯太太和大鲸留在原处，巫师自己则（把罗弗兰登揣在口袋里）步行走了几英里的路，到邻近的海滨小镇去，用他身上那套华丽的天鹅绒套装（在大街上引发了一场轰动），交换了一身旧套装、一顶绿帽子和一些烟草。他还给阿尔塔薛西斯夫人买了一把浴椅（你可别忘了她的尾巴）。

　　下午，等他们再次坐在海滩上时，罗弗兰登又一次开了口："求求您，阿尔塔薛西斯先生。"巫师正背靠着大鲸抽着烟斗，貌似已经很久没这么开心过了，而且一点也不忙。"如果您不介意的话，可不可以把我变回原来的形状还有原来的大小？拜托！"

"噢，好好好！"阿尔塔薛西斯说，"我本来想在开忙之前先打个盹儿；不过我不介意。咱们把这事结了吧！在哪儿呢我的——"说到这里他突然住了口，一下子想起来，自己在深蓝海底把所有的魔咒都烧了丢掉了。

这下他真心懊恼到了极点。他起身开始摸索长裤的口袋，还有背心口袋，还有外套口袋，里里外外都翻找了一遍，任何一个口袋里都找不到一丁点魔法。（当然找不到，这个傻老头啊；他慌乱到甚至忘了这身衣服还是他在一两个小时前从当铺里买来的。事实上，这衣服本来属于一个老管家——至少是这个老管家卖出来的——而他在典当之前早把口袋彻底翻遍啦。）

巫师坐下来，用一条紫手帕擦擦额头，又显得痛苦不堪了。"我真的非常、非常抱歉！"他说，"我从来没打算让你永远、永远保持这副模样。但是我现在实在没有办法了。你就把它当作教训，记着千万别咬那些仁慈宽厚的好巫师的裤子吧！"

"一派胡言！"阿尔塔薛西斯太太说，"仁慈宽厚的好巫师，还真敢说啊！你要是不立刻把小狗变回原来的形状和大小，什么仁慈、宽厚、巫师就全别提了——还有，我也一定要回到深蓝海底去，再也不回你身边来。"

可怜的老阿尔塔薛西斯,他那担惊受怕的程度看上去简直和海蛇捅出大乱子时一样。"亲爱的!"他说,"我非常抱歉,但是在普萨玛索斯开始插一脚(这个老混蛋!)之后,我就在这只狗身上施加了最最强大的抗解除咒语,只是为了让他瞧瞧,他不是什么都办得到的,我才不会让那些沙滩兔子巫师干涉我的私人小玩笑。可是,我在海底打包清理的时候,忘记留下解药了!我向来把它装在一个黑色小袋子里,挂在我作坊的门上。

"天哪,我的天哪!我相信你一定同意,这本来只是开个小玩笑而已。"他转向罗弗兰登说,他那老鼻子因为丧气难过而变得又大又红。

他继续说:"天哪,天哪,我的天哪!"边说边摇着头和胡子,始终没注意罗弗兰登根本没注意他,而大鲸却在一旁眨眼示意。阿尔塔薛西斯太太已经起身去到她的行李旁,这会儿边笑边拿出一个黑色的旧袋子。

"行了,别甩你的胡子了,赶紧干正事吧!"她说。阿尔塔薛西斯看到那个袋子,一时之间惊讶得目瞪口呆,半天合不拢嘴。

"过来!"他太太说,"这是你的袋子,对吧?我把它从你堆在花园里的那个肮脏垃圾堆上捡回来了,还捡了其他几件属于**我的**小东西。"她打开袋子往里瞧,巫师那根钢笔魔杖跳了出来,同时还冒出一股奇怪的烟,那股烟把自己扭曲成种种奇怪的形状和奇特的面孔。

罗弗兰登

阿尔塔薛西斯猛回过神来，喊道："拿来，快给我！你这是在白白浪费它！"接着一把抓住罗弗兰登的后颈，说时迟那时快，啪的一声把挣扎哀叫的小狗扔进袋子里。他随即一手把袋子翻转了三次，另一只手挥动着钢笔，然后——

"谢天谢地！这样应该可以啦！"他说着打开了袋子。

只听砰的一声大响，哎呀！看哪！袋子不见了，只剩下罗弗，就像那天早上他在草坪上第一次遇见巫师之前一样。嗯，也许不完全一样；他变大了一点，因为现在他又长大了几个月。

他兴奋得无法形容，所有的东西在他看来似乎都无比有趣，而且小多了，就连最年长的鲸也不例外；他感觉自己又强壮又凶猛，无与伦比。有那么片刻，他渴切地盯着巫师的裤子；但是他不希望整个故事从头再来一次，因此，在高兴地原地绕圈狂奔一英里，吠到几乎把脑袋都吠掉之后，他跑回来说："谢谢你！"甚至还加了一句，"很高兴认识你。"着实非常礼貌了。

"没事！"阿尔塔薛西斯说，"这是我最后一次施展魔法了。我要退休了。至于**你**，最好回家去。我没有多余的魔法可以送你回家了，所以你得走路。但这对一只年轻力壮的小狗来说不算什么。"

于是罗弗道了别，大鲸眨了眨眼睛道别，阿尔塔薛西斯太太给了他一块蛋糕；随后有很长一段时间，他没再见到他们。很久很久以后，他去了一处从未去过的海边，这才得知了他们的经历；因为他们就在那儿。当然，大鲸不在，但退休的巫师和他太太在。

他们在那个滨海小镇定居下来，阿尔塔薛西斯改名为"太大先生"，在海边开了一家卖香烟和巧克力的小店——不过他非常、非常小心，从来不碰水（就连淡水都不碰，他发现那也没什么困难）。对巫师来说，这个行当不怎么样，但他至少努力清理了他的顾客留在海滩上的垃圾；他还靠着"太大硬糖"赚了很多钱，这种硬糖是鲜艳的粉红色，非常之黏。也许糖里还有那么微不足道的一点点魔法，因为孩子们太喜欢它了，就算不小心把糖掉在沙上，他们也捡起来照吃不误。

但是阿尔塔薛西斯太太，我应该说是"太大太太"，赚的钱要多得多。她管理换泳衣的帐篷和篷车，教游泳课，驾着白色小马拉的浴椅回家，在下午戴上人鱼王给她的珠宝，变得声名大噪，因此没有人敢提及她的尾巴。

不过，与此同时，罗弗正沿着乡间的小路和公路，靠自己的嗅觉吃力地前进——狗鼻子的嗅觉最终一定能把他带回家。

"这样看来，月亮老人的梦未必都会实现——就像他自己说的那样。"罗弗一边走一边想，"这个梦显然就不

罗弗兰登

会实现。我甚至不知道那两个小男孩住的地方叫什么名字，真遗憾。"

他发现，陆地对狗来说常常和月亮或海洋一样危险，只是更加乏味。一辆又一辆的汽车呼啸开过，里面挤满了（罗弗认为）同样的人，全都在全速（还全都尘土飞扬，废气熏天）奔向某个地方。

"依我看，他们当中有一半不知道自己要去哪里，为什么要去那里，而且就算到了那里，他们也意识不到。"罗弗一边咳嗽一边哽着嗓子抱怨道。他的脚在又硬又暗又黑的路上走得很累。于是他转而走进田野间，漫无目的地追逐小鸟和兔子之类，冒了不少小小的险，又同别的狗打了几场愉快的架，还有几次从大狗面前飞奔而逃。

就这样，在故事开始后的数个星期或数个月（他也不清楚到底是多久）之后，他终于回到了自己的花园门口。有个小男孩在草坪上玩那个黄球！他从来没料到，那个梦竟然成真了!!

"这不是罗弗兰登吗!!!"小男孩老二大叫一声。

罗弗立刻坐正，摆出乞求的姿势，嗓子却哽住了，一声吠叫也发不出。小男孩亲了亲他的头，冲进屋里大声喊道："我那只会乞求的小狗回来了，而且变成了真正的大狗!!!"

他把这一切都告诉了他的奶奶。罗弗又怎么会想到，自己曾经的主人正是小男孩的奶奶？要知道，他中了魔法时，才到她家一两个月而已。不过我很好奇普萨玛索斯和阿尔塔薛西斯对此知道多少。

老奶奶（看见她的小狗安然无恙地回来了，既没被汽车撞坏，也没被卡车压扁，着实大吃一惊）不明白小男孩究竟在说什么；尽管他一遍又一遍地把所知的一切都一五一十地告诉了她。她费了好大的劲才明白（她当然耳背得厉害），这只小狗应该叫"罗弗兰登"，而不是"罗弗"，因为月亮老人是这么说的（"老实说，这孩子的想法多古怪呀"）；以及，小狗其实不属于她，而是属于小男孩老二，因为是妈妈把他和虾子一起带回家来的（"很好，亲爱的，你喜欢的话就归你；但我想他是我从园丁的兄弟的儿子那里买来的。"）。

当然，我没跟你细说他们的全部争论，因为太长太复杂了，当双方说得都对的时候，常常就是这样。你只需要知道，从那以后，他就**叫**罗弗兰登，并且**属于**那个小男孩了。当孩子们拜访完老奶奶要回家时，他就回到他曾经坐上五斗柜的那栋房子里。当然，他再**也没去**坐在柜子上了。他有时住在乡下，有时（大部分时间）住在海边悬崖上的白房子里。

他和老普萨玛索斯混得很熟，虽说从未熟到可以省略那个"普"字，但是熟到等他长成一条威严的大狗时，他可以把正在睡觉的普萨玛索斯从沙里挖出来，和他聊很多很多天。的确，罗弗兰登变得非常有智慧，在当地享有盛誉，并且经历了各种各样其他的冒险（其中有许多次小男孩也参与了）。

但我在这里讲给你听的，很可能是最不寻常、最令人兴奋的部分。只有廷克说她一句也不信。真是只善妒的猫啊！

完　结

哈莫农夫贾尔斯

或用俗话说：

农夫贾尔斯，泰姆勋爵

龙厅伯爵

小王国之王的

崛起及愉快冒险

引 言

　　论及小王国[1]的历史，如今只余断简残篇；不过，王国起源的记述碰巧被保存下来了：这多半不是纪实，而是传说，因为它显然是后来汇编成篇的，里面充斥着奇闻轶事，并非来自严肃认真的编年史，而是来自其作者经常提及的流行歌谣。对作者来说，他记录的事件发生在相当遥远的过去，但他似乎一直生活在小王国的领地上。

1　小王国（Little Kingdom），作者杜撰的国度。——译者注

他所展示的地理知识（并非他的强项）都是关于那个国度的，至于王国以外的地区，无论是北是西，他显然一无所知。

之所以将这个奇特的传说从它那相当与世隔绝的拉丁语翻译成联合王国的现代英语，有个理由是：我们可以从中瞥见不列颠历史上黑暗时期的人民生活，此外它还指出了一些晦涩难解的地名的起源。有些人可能会觉得主人公的性格和冒险经历本身就很有吸引力。

这个小王国的边界，无论是在时间上还是在空间上，都因为史实证据稀少而难以确定。自布鲁图斯来到不列颠以来，已经多次改朝换代，诸多国王来来去去。在洛克林、坎贝尔和艾尔巴克领导下的分裂，只是多次史地更迭的起始。[1]一方面是对微不足道的独立的热爱，另一方面是各个国王对扩张领土的贪婪，二者使得这段时代充满动荡，战争与和平快速交替，欢乐与悲伤不断轮转，正如研究亚瑟王统治的历史学者[2]告诉我们的：那是个边界尚未确定的时代，有人可能突然崛起或猝然陨落，吟游歌手拥有丰富的素材和热切聆听的观众。而在那漫长

---

1 布鲁图斯（Brutus）是传说中不列颠王国的创造者，他的三个儿子洛克林（Locrin）、坎贝尔（Camber）和艾尔巴克（Albanac）三分王国，成为英格兰、威尔士和苏格兰的起源。——译者注
2 指《高文爵士与绿骑士》的作者，前面的一句话源自这篇中世纪诗歌的第一节。——译者注

的岁月里的某个时候，也许在科尔王之后，但在亚瑟王或英格兰七大王国之前，[1]就是我们在此讲述的事件发生的时间；其地理背景是泰晤士河流域，并远达西北的威尔士国界。

小王国的首都显然就像我们的首都一样，位于国土东南角，但它的范围很模糊，似乎从未沿着泰晤士河上溯深入到西部，也从未越过奥特穆尔[2]抵达北方；它的东部边界也不明确。有个关于贾尔斯的儿子乔治乌斯和其仆人苏维特奥利乌斯（苏特）的传说留下的片段，提到在法辛霍曾经设有对抗中央王国[3]的哨所。但那些与本故事无关，现在呈现的故事是原汁原味的，没有任何改动或进一步的评论，不过原来浮夸的标题已经被恰当地简化为"哈莫农夫贾尔斯"。

---

1 科尔王（King Coel）即不列颠的卢修斯，相传是一位二世纪的不列颠国王。亚瑟王时代指的是大约五世纪末、六世纪初，七国时代则是五世纪到九世纪。——译者注

2 本故事中的地名都是牛津方圆几十里内的村镇。哈莫即今泰姆（Thame），在牛津以东二十公里；奥特穆尔（Otmoor）在哈莫西北二十公里；法辛霍（Farthingho）在哈莫西北四十公里；橡林屯（Oakley）在哈莫西北十公里；龙厅（Worminghall）又名乌勒（Wunnle），在哈莫西北七公里。——译者注

3 原文是Middle Kingdom。——译者注

哈莫农夫贾尔斯

哈莫农夫贾尔斯

　　哈莫的埃吉迪乌斯其人，住在不列颠岛的正中央。他的全名是哈莫地方的埃吉迪乌斯·阿赫诺巴布斯·尤利乌斯·阿格里科拉[1]；因为在很久很久以前，在英格兰岛还很愉快地分成许多小王国的那段时期，大家都有一长串堂皇响亮的名号。那个时候时间多，人又少，所以大多数人都是有头有脸的人物。不过，那个时代已经过去了，所以在接下来的内容里，我将以通俗的形式给他起个简化的名字：他就是哈莫的农夫贾尔斯，长了一把红胡子。

1　Ægidius Ahenobarbus Julius Agricola de Hammo，这是他的拉丁语姓名，各部分含义分别对应下文的贾尔斯、红胡子、农夫、哈莫。——译者注

哈莫只不过是个小村庄，但那时的村庄都很自命不凡，而且仍是独立自主的。

农夫贾尔斯有一条狗，名叫加姆。狗子们能在方言里有个短名就该知足了：拉丁文的长名是保留给比他们高等的主人使用的。加姆就连狗拉丁文[1]都不会说，不过他能用通俗的语言（那个时代大多数狗都能）来威吓、吹嘘或甜言蜜语。威吓的对象是乞丐和入侵者，吹嘘的对象是其他的狗，对他的主人则要甜言蜜语。加姆对贾尔斯既敬又怕，因为贾尔斯威吓和吹嘘的本事比他更大。

那是个不慌不忙的时代，而例行生活也跟慌忙不沾边。人们不慌不忙也完成了工作，并且既做了大量的工作又谈了大量的话。可谈的事儿很多，因为值得记住的事件发生得十分频繁。不过，在这个故事开始的时候，哈莫事实上已经有相当长一段时间没发生什么值得记住的大事了。这正合农夫贾尔斯的心意：他是个慢吞吞的迟钝人，颇有点墨守成规，只关心自己的事。（他说）他忙得不可开交，要把狼挡在门外[2]；那意思就是，他打算让自己像先父那样又胖又安逸。他的狗也忙着帮助他。他俩都没怎么想过自家的田地、村庄和最近的集市之外的

1　习语 dog latin 意为不正规的拉丁语，这里 dog 本是伪劣的意思，作者把它当双关用了。——译者注

2　习语 keep the wolf from the door 意为勉强不用挨饿受冻。——译者注

哈莫农夫贾尔斯

广阔世界。

　　但是广阔的世界就在那里。森林就在不远之处，西边和北边是荒山以及令人生畏的边境山区。当时世间还游荡着许多怪物，比如巨人：粗鲁，没有教养，有时还很能惹麻烦。其中有个巨人尤其如此，他比同伴们更高大也更愚笨。我在历史文献里找不到他的名字，不过这无关紧要。他非常魁梧，手杖就像棵大树，脚步也很沉重。他挥手拨开榆树就像拨开高高的青草；他踩塌了不知多少路，毁了不知多少花园，因为他的大脚能在地面上踏出深井一般的大洞；如果他一腿绊到一栋房子，那房子就完了。他无论走到哪里，都要造成满目疮痍，因为他的头远在屋顶之上，放任脚自己乱踩。他不仅近视，还耳聋。幸好，他住在遥远的荒野里，很少去人类居住的地方，至少不会故意去。他在深山里有一座破败不堪的大房子，但是由于他耳聋、愚笨，以及巨人稀少，他几乎没什么朋友。他经常独自一人在荒山和山脚下空旷的地方漫游。

　　在一个晴朗的夏日，这个巨人又外出散步，漫无目的地四处乱逛，在树林里造成了很大的破坏。突然，他注意到太阳正在下山，觉得吃晚饭的时间快到了，可是他发现自己来到了一个完全不认识的地方，迷路了。他乱猜了一个错误的方向，一直往前走啊走，走到天黑。然后他坐下来等月亮升起。之后，他在月光下走了又走，一心一意大步前进，急着赶回家去。原来，他出门前把他最好的一口铜锅忘在了火上，这会儿正担心锅底要烧焦。但他是背对着群山往前走，已经走到人类居住的地方了。没错，这会儿他正朝着埃吉迪乌斯·阿赫诺巴布斯·尤利乌斯·阿格里科拉的农庄和（俗称）哈莫的村落走来。

那是个月光皎洁的夜晚。牛群在农场里，农夫贾尔斯的狗也跑出去自己溜达了。狗喜欢月光，也喜欢兔子。当然，他一点也不知道还有个巨人跟他一样也在外溜达。这本来会给他一个擅自外出的好理由，不过更是他该乖乖待在厨房里的好理由。大约半夜两点左右，巨人来到农夫贾尔斯的农场，撞毁了围篱，践踏了庄稼，把割下的干草垛踏为平地。在五分钟之内，他造成的破坏比皇家猎狐队在五天内造成的还多。

加姆听到沿着河岸传来一声又一声巨响，赶紧奔到农庄所在的低矮山脚西侧，想看看出了什么事。突然间，他看见巨人一步跨过了河，正踩在主人心爱的奶牛加拉西娅身上，把那可怜的牲畜踏扁了，就像主人踩死蟑螂一样。

这可把加姆吓坏了。他惊恐地狂吠一声，掉头就跑，狂奔回家。他完全忘了擅自溜出来的事，一口气径直奔到主人卧室的窗下吠叫。他叫了半天都毫无反应。农夫贾尔斯可没那么容易被叫醒。

"要命了！要命了！要命了！"加姆喊道。

哈莫农夫贾尔斯

窗户突然打开，一只瞄得准准的瓶子飞了出来。

"嗷！"狗叫着，动作熟练地跳到一旁，"要命了！要命了！要命了！"

农夫探出头来，说："滚你的蛋，死狗！你干啥呢？"

"没干啥。"狗说。

"没干啥！你给我等着！我明天一早就来剥你的皮。"农夫说着砰的一声关上窗户。

"要命了！要命了！要命了！"狗又叫道。

贾尔斯的头又探了出来："你再叫一声，我就宰了你。"他说，"你这个蠢蛋，啥事找上你了？"

"没事，"狗说，"可是有事找上你了。"

"你这话什么意思？"贾尔斯发火发了一半就吓了一跳。加姆以前从来不会顶撞他。

"你的农场里有个巨人，超级巨大的巨人，他正朝这边走过来。"狗说，"要命了！要命了！他正在践踏你的羊。他还踩烂了可怜的加拉西娅，她被踩得像门前的擦鞋垫一样扁。要命了！要命了！他压毁了你所有的围篱，踩扁了你所有的庄稼。主人，你必须敏捷又勇敢地采取行动，否则你马上就要一无所有了。要命了！"加姆长嚎起来。

"闭嘴！"农夫说，并关上了窗户。"老天爷保佑！"他自言自语道，虽然这个夜里很暖和，他却打了个寒战，浑身发起抖来。

"回去睡觉，别傻了！"他老婆说，"还有，明天早上淹死那条狗。狗说的话就不用信；每次抓到他们偷溜或偷东西，他们就胡说八道。"

"有可能，阿加莎，"他说，"不过也有可能不是。总之我农场上一定出了什么事，不然加姆就不是狗而是兔子。那条狗被吓坏了。他本来可以等早上送牛奶时偷偷从后门溜进来，哪里犯得着在夜里跑来乱嚎？"

"别站在那里啰唆！"她说，"你要是信狗说的，那就听他的建议：敏捷点、勇敢点！"

"说得倒是轻松！"贾尔斯回答。事实上，他是有点相信加姆的话。在这夜深人静的时刻，出现巨人似乎没那么不可能。

总之，自己的财产是不能无视的；农夫贾尔斯对付入侵者有个绝技，几乎没人吃得消。于是，他穿上马裤，走到厨房，取下挂在墙上的喇叭枪。可能有人会问，什么是喇叭枪。事实上，据说有人拿这问题去请教过牛津的四位大学者，[1]他们思考之后回答："喇叭枪是一种口径很大的短枪，可以发射许多钢珠或子弹，能在有限射程内不需要精确瞄准就打死人。（在文明国家，现已被其他火器取代。）"

1　指第一版《牛津英语词典》的四位编辑，下文定义摘自该词典。——译者注

哈莫农夫贾尔斯

不过，农夫贾尔斯的喇叭枪有个张开如号角一般的大嘴，它不会射出钢珠或子弹，而是射出他舍得塞进去的任何东西。这枪没打死过人，因为他很少给枪装弹，也从来不发射它。光是让人看到他有这把枪，通常就足以达到目的了。而且这个国家还算不上文明，因为喇叭枪还没被别的火器取代：当地其实就只有这么一种枪，而且数量很少。人们更爱用弓箭，火药主要拿来放烟花用。

言归正传，农夫贾尔斯取下喇叭枪，填装了大量火药，以防万一需要采取极端措施；他在那个大嘴枪口里塞进了旧钉子、铁丝、瓦罐碎片、骨头、石头以及别的垃圾。然后他穿上高筒靴和外套，穿过菜园走了出去。

月亮低低悬挂在他背后的天上，除了灌木丛和树木长长的黑影，他什么糟糕的东西也看不见，但他能听到山坡上传来可怕的踩踏声。不管阿加莎会怎么说，他都不觉得自己敏捷或者勇敢；但他觉得财产比小命还重要。因此，他虽然吓得快要掉裤子，还是硬着头皮朝山顶走去。

冷不防地，巨人的脸从山侧冒了出来，月光反射在他又大又圆的眼睛里，还把他的脸映得一片惨白。他的脚还在底下远处，在农场里踩出大洞。月光使巨人眼花，让他没看见农夫；但是农夫贾尔斯看到了他，被吓得魂不附体。他不假思索地扣动扳机，喇叭枪砰地发出一声巨响。幸运的是，它多多少少对着巨人那张丑陋的大脸，因此枪里的垃圾、石头、骨头、碎片、铁丝和六七颗钉子都飞了出去。由于射程确实够近，凭着运气而不是农夫的抉择，这些破烂东西有许多都打中了巨人：一块瓦罐碎片扎进了他的眼睛，一颗大钉子扎进了他的鼻子。

"该死！"巨人粗鲁地说，"我被蜇了！"他没听见射击的轰响（须知他是聋子），但他不喜欢钉子扎他的感觉。他很久没遇到能刺穿他那厚皮的昆虫了；不过他曾经听人说，在遥远的东方沼泽里，有蜻蜓咬起人来像火烫的钳子一样。他以为自己肯定碰到了类似的东西。

"这里显然不利于健康。"他说，"今晚我可不能再朝这条路走下去了。"

于是，他从山坡上捞起几只羊，打算回家吃，然后掉头跨过河，迅速大步朝西北偏北方走去。他终于找到了回家的路，因为他终于找到了正确的方向；但是他的铜锅底已经烧穿了。

至于农夫贾尔斯，他在喇叭枪发射的时候，被后坐力掀翻在地；他躺在那里望着天空，胡思乱想着巨人过来时会不会把他也踩扁。但是什么事都没发生，轰隆踩踏的脚步声逐渐远去消失了。于是他爬起来，揉了揉肩膀，捡起喇叭枪。接着，他突然听到了大家的欢呼声。

原来哈莫大多数居民一直躲在窗后朝外看；有几个人穿上衣服（在巨人走后）跑了出来。这会儿一些人正边跑上山坡边高喊。

哈莫农夫贾尔斯

其实村民早就听到了巨人可怕的隆隆脚步声，大多数人都立刻钻进了被子里，有些则钻到了床底下。但是加姆对主人既自豪又害怕。他觉得主人生起气来真是神勇可畏，因此他很自然地认为任何巨人都会这么想。所以，他一看到贾尔斯带着喇叭枪走出门来（通常这是暴怒的信号），他就冲到村子里，又吠又喊：

"出来！出来！快出来！起来！快起来！快来看我伟大的主人！他勇敢又敏捷。他打算射杀一个擅闯进来的巨人。快出来啊！"

村里大多数房子都能看到山顶。当村民和狗看到巨人的脸从山顶冒出来时，全被吓得屏住了呼吸；除了那条狗之外，人人都认为事态严重，贾尔斯一定无法应付。接着，只听喇叭枪发出一声巨响，巨人就突然转身离去。他们大惊兼大喜之下，纷纷拍手欢呼，加姆更是兴奋狂吠到差点把脑袋都吠掉了。

"好哇！"他们大喊，"这回他可学到教训了！埃吉迪乌斯大师给了他一记狠的。现在他回家去等死了，他活该得到报应。"然后他们又一起欢呼起来。不过，他们一边欢呼，一边为自己着想也在心里暗暗记下，那把喇叭枪原来是货真价实能发射的。关于这一点，大家曾在村里的酒馆起过争论，不过现在这事已经证实了。从此以后，农夫贾尔斯就没遇到过擅闯的麻烦。

等到一切都显得安全了，一些胆子比较大的人马上爬上山，和农夫贾尔斯握手。有几个人——牧师、铁匠、磨坊主，还有一两个有头有脸的人物——拍了拍他的背。这可没让他开心（他的肩膀痛得要命），但他觉得有必要邀请他们到家里坐坐。他们在厨房里围坐成一圈，举杯祝他健康，大声称赞他。贾尔斯毫不掩饰地猛打哈欠，但只要酒还没喝完，他们就当没看到。等大家都喝了一两杯（贾尔斯自己喝了两三杯），他开始觉得自己确实很勇敢；等大家都喝了两三杯（他自己喝了五六杯），他觉得得自己就像他的狗认为的那样勇敢了。在众人像挚友一样道别时，他也衷心地拍打他们的背。他的大手红润又厚实，所以他报了一拍之仇。

第二天，他发现这个消息越传越离奇，他成了当地的大人物。等到下星期过了一半，这消息已经传遍方圆二十英里内的所有村庄。他成了"乡间英雄"。他觉得这真是太叫人愉快了。到了下一个赶集日，他在市集上喝了一大堆免费酒水，多到可以泛舟：也就是说，他喝到几乎涨破肚子，唱着古老的英雄之歌打道回府。

最后，连国王也听说了这件事。在那个美好的年代，英格兰岛上的"中央王国"的首都，离哈莫大约二十里格[1]远，宫廷里的贵族通常对各省乡下人的作为不屑一顾。但如此迅速地驱逐一个危害如此巨大的巨人，似乎

1　一里格约4.8公里。——译者注

值得注意，也值得一点嘉奖。因此，在适当的时候——也就是大约三个月后，在圣米迦勒节[1]那天——国王送来了一封华贵的信。这封信用红墨水写在白羊皮纸上，表达了王室对"我们忠诚的臣民和备受爱戴的哈莫地方的埃吉迪乌斯·阿赫诺巴布斯·尤利乌斯·阿格里科拉"的嘉奖。

这封信的签名是一块红色的墨渍，但宫廷书记又加了一句：

> 朕，奥古斯都·博尼法修斯·安布罗西乌斯·奥勒良努斯·安东尼努斯，虔诚者，伟岸者，中央王国统领、国王、僭主兼巴西琉斯，签字恩准。[2]

上面还贴着一个大大的红色封印。所以这份文件显然是真的。它让贾尔斯十二万分开心，并且广受褒奖，尤其当大家发现只要向贾尔斯要求看看它，农夫就会请你在炉火边坐下喝一杯的时候，它就更受大家欢迎了。

比褒奖状更好的是随同赏赐下来的礼物。国王送了

1　九月二十九日。——译者注
2　原文为拉丁语。——译者注

一条腰带和一把长剑。说实话，国王自己从来没用过这把剑。剑是祖传的，在他的武器库里已经挂了不知道有多少年了。武器库的管事既说不出它的来历，也搞不清它的用途。这种普通的重剑在当时的宫廷里已经过时了，所以国王认为给乡下人当礼物正合适。但是农夫贾尔斯收到这礼物很开心，他在当地变得声名大噪。

贾尔斯颇为享受这样的事态转变。他的狗也是，加姆一直没挨先前恫吓的那顿鞭打。贾尔斯认为自己是个公正的人；他内心觉得这件事有一部分要归功于加姆，不过他从来没把这念头说出口。他依旧会在感觉必要时臭骂那只狗和朝狗扔东西，但对许多小事农夫就睁只眼闭只眼了。加姆养成了到很远的地方闲逛的习惯。农夫走到哪里都是昂首阔步，诸事顺遂。那个秋天和初冬的工作都进行得很顺利。万事如意——直到龙来了。

在那个年代，英格兰岛上的龙已经很稀少了。在奥古斯都·博尼法修斯的中央王国里，已经很多年没有人见过龙了。当然，王国的西方和北方仍然有险恶的边境和渺无人烟的山脉，但它们离得很远。在很久很久以前，那些地方住着好些各式各样的龙，他们四处掠夺。但那时中央王国的国王骑士以胆量闻名，许多散逛的龙被杀，或者身负重伤逃回老巢，于是其他的龙都不敢再往这边来了。

哈莫农夫贾尔斯

那时国王的圣诞宴会上仍有以龙尾做一道大菜的习俗，每年都会选出一名骑士去执行猎龙的任务。他应该在圣尼古拉斯节[1]出发，并在不迟于圣诞夜宴会的时候带着龙尾巴返回。不过，多年来王家御厨已经研发出一种奇妙的仿龙尾点心，用蛋糕和杏仁酱做成，上面还有硬糖霜做的精致鳞片。被选中的骑士会在圣诞夜捧着这道点心进入大厅，与此同时弦乐与号声大作伴奏。大餐之后，大家在圣诞节享用这道仿龙尾点心，每个人都说（为了取悦厨师）它比真正的龙尾巴美味得多。

当又有一条真正的龙出现时，情况就是这样。龙的事都要怪那个巨人。在他那趟冒险结束后，他常在山里走动，去看望散居各地的亲戚，他走访的次数比以往更频繁，到了他们难以忍受的地步。因为，他总是想借一口大铜锅。但是，不管他是不是借得到锅，他都会一屁股坐下，用他那种拖拖拉拉的方式开始讲述东方的美丽乡野，以及外面广阔世界上的一切奇观。他已经认定自己是个伟大又勇敢的旅行家。

"那真是个好地方啊，"他会说，"非常平坦，落脚柔软，有很多可以随便吃的东西：遍地牛羊啊，你知道吧，只要你仔细看，就很容易发现它们。"

"但那里的人呢？"他们问。

1　十二月六日。——译者注

"我连个影子都没看见。"他说，"没看见也没听见有骑士，我的好伙计们。就是河边上有几只讨厌的苍蝇叮人。"

"那你怎么不回去住在那里？"他们问。

"这个吗，常言说，金窝银窝不如自家的狗窝啊。"他说，"不过，哪天等我想了，我多半就回去了。不管怎么说，我已经去过那里一次了，这可是多数人比不上的。现在把那口铜锅借我吧。"

"还有那些肥沃的土地，"对方会急急忙忙地问，"那块遍地牛羊，没人看守的美地在哪里？在哪个方向？离这里有多远？"

"噢，"他会答道，"在东边或者东南边。但是路很远。"接着他会夸张吹嘘自己走了多远的路，穿过了多少树林、丘陵和平原，其他那些腿没他长的巨人都压根没去过。总之，谈话就这么没完没了地持续。

如此，炎夏过去，严冬降临。山里严寒，食物匮乏。巨人越发大声谈到低地牧场的牛羊。山里的龙都竖起耳朵聆听。他们都饿扁了，这些传言对他们具有极大的吸引力。

"看来，屠龙骑士都是神话传说啊！"那些比较年轻、没什么经验的龙说，"我们一直都是这么认为的。"

"他们似乎终于变得越来越少了。"比较老也比较有智慧的龙这么认为，"他们离得远，人数少，不再可怕了。"

有一条龙着实动了心。他叫克瑞索飞莱斯·戴夫斯，[1]因为他具有古老尊贵的血统，而且非常富有。他狡猾、好奇、贪婪，全副武装，不过胆子不是很大。但是，不管怎么说，他一点也不怕苍蝇或随便哪种大大小小的昆虫；而且饿得快没命了。

于是，在寒冬的某一天，大约圣诞节前一星期，克瑞索飞莱斯展开翅膀飞离了窝巢。他在午夜时分悄悄降落在奥古斯都·博尼法修斯国王兼巴西琉斯统治的中央王国中心。他在短短时间内就造成了巨大的破坏，打烂、烧毁了许多东西，生吞了许多牛羊和马匹。

那地方离哈莫其实还很远，但是加姆受到了生平最大的惊吓。他出门游荡到了很远的地方，仗着主人的恩宠，冒险在外一两个晚上都没回去。他正沿着树林的边缘追踪一股诱人的气味，没想到一个转弯，突然间嗅到一股闻所未闻的骇人气味；他一脑门子撞上了刚刚降落的克瑞索飞莱斯·戴夫斯的尾巴。此前世上就没见哪条狗曾经像加姆这样夹着尾巴飞逃回家的。龙听到他的哀鸣，转头喷着鼻子哼了一声；但加姆已经远远跑出龙能抓住的范围了。加姆死命狂奔了一整夜，在差不多吃早饭的

1　名字源自希腊语和拉丁语，意为黄金守护者·富有者。——译者注

时候赶到了家。

"要命了！要命了！要命了！"他在后门外吠叫起来。

贾尔斯听到了他的叫声，很不喜欢那腔调。那让他想到在诸事顺遂之时，往往会有意外发生。

"老婆，让那条死狗进来。"他说，"让他吃顿棍子！"

加姆跌跌绊绊地走进厨房，圆瞪着眼睛，耷拉着舌头。"要命了！"他嚎了一声。

"你这回又在干啥？"贾尔斯说着，扔了一根香肠给他。

"没干啥。"加姆气喘吁吁地说。他太慌乱了，都没注意到那根香肠。

"好，那就别再干了，不然我就剥了你的皮。"农夫说。

"我啥也没做错。我也没想害谁。"狗说，"但是我不小心撞上了一条龙，差点没吓死。"

农夫被嘴里的啤酒呛到了。"龙？"他说，"你这个没事找事的混蛋！偏偏在一年中的这个时候，在我忙得不可开交的时候，你去找一条龙来干什么？它在哪里？"

"哦！在北边，越过山坡以后很远的地方，比那些巨石阵什么的还要过去。"狗说。

"哦，在那边啊！"贾尔斯说，大松了一口气，"我听说那边的人都是怪人，他们那里出什么事都不奇怪。让他们操心去吧！别再拿这样的故事来烦我了。滚出去！"

加姆出了门，把这个消息传遍了全村。他没忘记补充道，他的主人一点也不害怕。"他可冷静了，继续吃他的早饭。"

村民们在自家门口七嘴八舌谈论这事。"多像古代啊！"他们说，"正好就在圣诞节前。太合时宜了。国王一定会非常开心！今年圣诞节他可以吃到真正的龙尾巴了。"

但在第二天传来了更多消息。这条龙显然格外巨大和凶猛，他正在造成可怕的破坏。

"国王的骑士在干啥？"大家开始嘀嘀咕咕。

其他人已经问了同样的问题。事实上，受克瑞索飞莱斯侵袭最严重的几个村庄，已经派出了信使，这会儿赶到了国王面前。他们鼓足勇气，尽量大声又频繁地问他："陛下，您的骑士们在干啥？"

但是骑士们啥也没干；他们还没正式收到龙出现的消息。因此，国王正式且全面地知会了他们这件事，要求他们尽早采取必要的行动。随后，当他发现他们的"尽早"根本一点也不早，事实上还一天拖过一天时，他着实大发雷霆。

然而，骑士们找出的各种借口无疑都站得住脚。首先，认为凡事应该按部就班的御厨已经为这个圣诞节做好了龙尾大餐，如果在最后一刻拿来一条真正的龙尾，肯定会冒犯他，这万万不应该，因为他是个非常值得敬重的仆人。

险境奇谈

"别管尾巴了！把龙的头砍下来，结果他就行！"受害最严重的村庄来的使者们喊道。

但圣诞节已经到了，而且，最不幸的是，圣约翰节[1]那天还安排了一场盛大的比武大会，众多王国的骑士都应邀前来争夺一份珍贵的奖品。在比武大会结束前派中央王国最好的骑士去猎龙，显然很不合理，这会破坏他们获奖的机会。

随后就是新年假期了。

但是，夜复一夜，龙都在前进；每次前进都让他更接近哈莫。到了元旦那夜，大家已经能看到远处的火光了。龙停在离哈莫大约十英里的一片树林里，林子烧得不亦乐乎。当他心情好的时候，是一条火辣辣的龙。

之后，村民们开始盯着农夫贾尔斯，在他背后窃窃私语。这让他十分不自在，但他假装没注意到。第二天，龙又逼近了几英里。这下，连农夫贾尔斯自己也开始大声批评国王的骑士们是废物了。

"我真想知道他们是怎么混饭吃的。"他说。

"我们也想知道！"哈莫的每个人都这么说。

但磨坊主补充："我听说，有些人仍然能单凭功绩获得骑士封号。说起来，我们的好埃吉迪乌斯已经是个骑士了。国王不是送给他一封红色的信和一把宝剑吗？"

---

1 十二月二十七日。——译者注

哈莫农夫贾尔斯

137

"册封为骑士，可不能只凭一把宝剑。"贾尔斯说，"就我所知，还要有授封仪式之类的。不管怎么说，我还有自己的活儿要干。"

"噢！但是，我一点也不怀疑，如果有人要求国王，他一定会举行仪式的。"磨坊主说，"不如我们去要求他吧，趁还来得及！"

"没门儿！"贾尔斯说，"授封仪式可不适合我这种人。我是个农夫，也挺自豪当农夫，我就是个平常的老实人，大家都说，老实人在宫廷里吃不开。这事倒是更适合您啊，磨坊主人。"

牧师笑了，但不是因为农夫的回嘴而笑，而是因为贾尔斯和磨坊主总是针锋相对，据哈莫当地的说法，他俩是"知心敌人"。牧师突然灵机一动，心中一喜有了主意，但他当时没再说什么。磨坊主就不那么高兴了，他皱起了眉头。

"平常那是肯定的，可能也算老实，"他说，"但是，你用得着先进宫廷当上骑士，然后再去屠龙吗？我昨天还听埃吉迪乌斯先生说呢，有勇气就足够了。他肯定和任何骑士一样有勇气吧？"

所有站在一旁的村民大喊"当然没有！"以及"确实有啊！为哈莫的英雄欢呼三声！"。

随后，农夫贾尔斯回家了，深感不自在。他发现，想要维护在当地的声誉，可能需要与时俱进，而那可能相当棘手。他踢了狗一脚，然后把剑藏进厨房的橱柜里。在此之前，它一直悬挂在壁炉上方。

第二天，这条龙前进到了邻村奎尔刻屯（俗称橡林屯）。[1]他不仅吃了羊、牛和一两个小孩，连屯里的牧师也吃了，因为牧师鲁莽地想劝龙改邪归正。这消息随后引发了一场可怕的骚乱。哈莫的全体居民在本地牧师的率领下爬上了山坡，造访农夫贾尔斯。

"我们都指望你了！"他们说，然后把贾尔斯围在当中盯着看，直到农夫的脸变得比胡子还红。

"你打算什么时候动手？"他们问。

"呃，我今天没办法，这是事实。"他说。

"我的牧工生病了，手头还有一大堆事要处理。我会想想这事的。"

于是村民都走了；但是到了晚上，有传言说龙逼得更近了，于是大家又回来找他。

"我们都指望你了，埃吉迪乌斯先生。"他们说。

"那个，"他说，"真是不巧，我的母马瘸了，母羊又要生小羊。我会尽快想想这事的。"

于是他们再次离开，但是不无怨言和窃语。磨坊主窃笑不止。牧师则待了下来，怎么赶也赶不走。他不客

1　奎尔刻屯（Quercetum）是橡林屯（Oakley）的拉丁语翻译。——译者注

哈莫农夫贾尔斯

气地吃了晚饭，还说了些尖锐的话。他甚至问起那把剑怎么样了，并坚持要亲眼看一下。

宝剑放在一个橱柜里，架子的长度勉强够把它搁上去。农夫贾尔斯刚把它取出柜子，它就从剑鞘里弹了出来，农夫手里的剑鞘也一下子掉落在地，仿佛它很烫手似的。牧师吓得跳了起来，连手上的啤酒也打翻了。他小心翼翼地捡起宝剑，试着将它插回剑鞘，但是连一英尺也插不进去；并且，他的手一离开剑柄，宝剑就又干净利落地弹了出来。

"天啊！这真是太奇怪了！"牧师说，仔细地查看了剑鞘和剑刃。他是一个识文断字的人，不像那农夫只勉强识得几个大字，甚至连自己的名字都未必读得出来。这就是为什么贾尔斯从未注意到剑鞘和剑上那些模糊可见的奇怪字母。至于国王的武器库管事，他对剑和剑鞘上的符文、名称和其他象征力量与意义的符号，已经司空见惯，所以他压根就没动脑筋；反正，他认为它们已经过时了。

但是牧师看了很久，并皱起眉头。他原本期待在剑或剑鞘上发现一些文字，这正是他昨天想到的事；但他现在对眼中所见感到惊讶，因为文字和符号确实存在，但是他怎么也看不懂。

"这把剑的剑鞘上有铭文，啊，剑上也可以看到一些题铭符号。"他说。

"真的?"贾尔斯说,"那有什么特别的意思吗?"

为了争取时间,牧师说:"这上面的文字很古老,语言也原始,我得再仔细地检查一下。"他请农夫把剑借给他带回家过夜,农夫欣然把剑给了他。

牧师回到家,从书架上取下许多学术书,一直读到深夜。第二天早上,大家发现龙逼得更近了。哈莫的村民们全都闩上门,关上窗;那些有地窖的人都躲进地窖,坐在烛光中瑟瑟发抖。

可牧师却悄悄溜出门,挨家挨户地走访,把他在书房里的发现告知所有愿意从门窗缝隙或钥匙孔中聆听的人。

他说:"我们的好埃吉迪乌斯,拜国王之赐,现在是名剑考迪莫达克斯的主人了,这把剑在流行的骑士传奇里有个更俗气的名称,叫作'咬尾剑'。"

那些听到这个名字的人,通常会打开门。

他们都听过"咬尾剑"的威名,因为那把剑属于王国里最伟大的屠龙者贝洛马里乌斯。有些传说声称他是国王的高外祖父。有许多歌谣和故事讲述他的英雄事迹,就算宫廷里已经忘了这位英雄,民间仍然记得他。

牧师说:"只要方圆五英里内有龙在,这把剑就不会归鞘。毫无疑问,只要这把剑在勇士手中,绝对是万龙莫敌。"

哈莫农夫贾尔斯

于是，大家又振作起来；有些人打开窗户，探出头来。最终，牧师说服了一些人跟他一起去游说，但只有磨坊主是真心愿意加入游说的行列。在他看来，能看到贾尔斯进退两难地出丑，就值得冒这个险。

他们一边爬上山坡，一边焦虑地朝北边河对岸探头探脑。没看见龙的踪迹。他很可能睡着了；整个圣诞节期间，他都吃得又饱又好。

牧师（和磨坊主）捶了捶农夫家的门。没有人应门。于是他们捶得更大声。最后，贾尔斯出来了。他满脸通红。他和牧师一样一直坐到深夜，喝了好多麦酒；起床之后又继续喝。

他们围拢在他身边，喊他"好埃吉迪乌斯""勇敢的阿赫诺巴布斯""伟大的尤利乌斯""可靠的阿格里科拉""哈莫的骄傲""乡间英雄"。他们说起考迪莫达克斯、咬尾剑、不肯归鞘的剑、不成功便成仁。又说起农夫的荣耀、国家的脊梁，以及同胞的利益，直到贾尔斯被说得头昏脑涨、眼花缭乱。

"行了！一次一个人说！"他一有机会赶紧插嘴，"这是干什么？这都是干什么？你们很清楚，我早上忙得很。"

于是大家让牧师解释了一番。接着，磨坊主开心地如愿看到农夫着实是进退两难了。但是，事情的结果却没有遂了磨坊主的愿。首先，贾尔斯已经喝了好多烈性麦酒。其次，当他得知他的剑竟是鼎鼎大名的"咬尾剑"

时，冒出了一种骄傲又振奋的古怪感觉。他小时候就非常爱听贝洛马里乌斯的故事，在懂事之前，他有时会幻想自己拥有一把神奇的英雄宝剑。于是，他突然决定，要带着"咬尾剑"去屠龙。不过，他这辈子讨价还价惯了，因此他又做了一次努力来推迟行动。

"什么！"他说，"要我去屠龙？就穿着这身老旧的绑腿和马甲？据我所知，屠龙可是需要穿铠甲的。我家里什么铠甲都没有，这是事实。"

他们都承认这事有点棘手，但他们派人请来了铁匠。铁匠听完摇摇头。他是个慢吞吞、阴沉沉的人，大家喊他"阳光山姆"，不过他的真名是法布里修斯·孔克塔托尔[1]。他干活时从不吹口哨，除非他预言的灾难（例如五月降霜）当真发生了。他成天都在预言各种各样的灾难，因此几乎没什么坏事是他没预见到的，他也就能把这些成功的预言都归功于自己。这是他最大的乐趣，所以他当然不愿意做任何事来避免灾难发生。他又摇了摇头。

"我不能凭空就造出盔甲来。"他说，"而且这不是我的专长。你最好请木匠给你做个木盾牌。倒不是说木盾牌能有多大帮助。毕竟他是条火辣辣的龙。"

1　原文Fabricius Cunctator，是对公元前三世纪罗马将军Quintus Fabius Maximus Verrucosus名字的双关语，他因在第二次布匿战争中对汉尼拔率领的迦太基军队采取防御策略而获得绰号Cunctator，意为"拖延者"。Fabricius在拉丁语中是"铁匠"的意思。——译者注

他们听了都垮下脸来；但是磨坊主可没那么容易改掉把贾尔斯送去屠龙的计划，如果他肯去的话；要是他最后不肯去，那么他在本地也会声名扫地。"那锁子甲呢？"他说，"锁子甲肯定有用，而且也没必要做得很精细。它是打造来实用的，不是为了穿去宫廷里炫耀。吾友埃吉迪乌斯，你那件旧皮背心呢？铁匠铺里有一大堆链环。我猜，法布里修斯师傅自己都不知道那里有什么压箱宝呢。"

"你这话太外行了。"铁匠说，心情好了起来，"你指的要是真正的锁子甲，那你是得不到的。做锁子甲需要矮人的手艺，每个小环都得扣上另外四个小环。就算我有那个手艺，我也得做好几个星期才行。而不等做完，我们就都已经入土啦，"他说，"或者起码是进了龙肚子里。"

他们全都沮丧地绞着手，铁匠则露出了笑容。但是大家这会儿都惊慌失措，不愿放弃磨坊主的计划，于是他们向他寻求建议。

"这个嘛，"他说，"我听人说，从前啊，那些买不到南方出产的锃亮锁子甲的人，会把铁环缝在皮衣上，觉得这就能解决问题。我们能不能这么做呢？"

于是，贾尔斯不得不拿出他的旧皮背心，铁匠则匆忙赶回了他的铁匠铺。大家把铺子里的边边角角翻了个遍，把那堆旧金属翻了个底朝天，它们都很多年没人碰了。正如磨坊主所说，他们在金属堆底下找到了一大堆锈得发黑的小铁环，不知是从哪件被遗忘了的锁子甲上掉下来的。任务似乎越来越有希望，但铁匠山姆变得越来越不情愿，越来越沮丧，他不得不当场就开始工作，收集、分类和清洁那些铁环；(他高兴地指出)对一个像埃吉迪乌斯先生这样背阔胸宽的人来说，这些铁环显然不够，于是大家又要他把旧链条拆开，把链环锤打成他能做出的最精细的铁环。

他们把小些的铁环缝在皮背心的胸前，把大些也笨重些的铁环缝在背后；然后，由于还有更多的铁环被做了出来（可怜的山姆被逼迫得不轻），他们拿来一条农夫的马裤，把铁环缝上去。磨坊主还在铁匠铺一个黑暗角落里的架子上找到一个旧头盔的铁框架，他叫鞋匠也开始干活，尽量用皮革包住它。

这些活计耗掉了当天剩余的时间，以及第二天一整天——这天是十二夜，也就是主显节[1]前夕，但是大家都没顾上庆祝。农夫贾尔斯灌了比往常更多的麦酒来庆祝这个节日；万幸的是，龙在呼呼大睡，暂时把饥饿和刀剑忘得干干净净。

主显节一大早，他们捧着手工精心制作的奇特成果上山了。贾尔斯正等着他们。现在他也找不到借口拖延

---

1 一月六日。——译者注

哈莫农夫贾尔斯

了。于是，他穿上缝满铁环的背心和马裤。磨坊主暗自窃笑不已。接着，贾尔斯穿上马靴，装上一对旧马刺，并戴上了皮套头盔。但临到最后，他戴上一顶旧毡帽盖住了头盔，又在锁子皮背心外披上了他那件灰色的大斗篷。

"先生，你这是为什么？"大家问。

"这啊，"贾尔斯说，"你们可能觉得屠龙要像坎特伯雷的铃铛一样叮当作响，[1]但我可不那么看。要我说，一路招摇让龙早早就知道你要来，那可不聪明。头盔的意思一看就懂，是要挑战死斗。让那条大虫看见冒出树篱的只是我的旧毡帽，也许我能在麻烦开始之前走得更近一点。"

他们缝铁环的方式是环环相叠，每个环都松松地垂在底下的环上，确实搞得叮当作响。披在外头的斗篷倒是起到了阻隔叮当声响的作用，但贾尔斯这身行头着实显得奇怪，这一点他们没告诉他。他们费了好大的劲才把腰带系在他的腰上，再把剑鞘挂在腰带上；但他必须把剑拿在手上，因为除非全力按住，否则剑不肯待在剑鞘里。

农夫叫来加姆。在他看来，自己这人挺公正的。"狗

---

1 《坎特伯雷故事集》中朝圣者马上的铃铛。——译者注

子，"他说，"你得跟我来。"

那条狗嗥叫起来。"要命了！要命了！"他喊道。

"立刻给我闭嘴！"贾尔斯说，"不然我就让你尝尝我的厉害，比任何龙都厉害。你认得那条大虫的气味，说不定你能证明一次自己不是个废物。"

接着农夫贾尔斯叫来他的灰母马。她斜睨了他一眼，又嗅了嗅马刺。但她让他上了马，然后他们就出发了，人、马、狗谁都不觉得高兴。他们小跑着穿过村庄，所有人都鼓掌欢呼起来，不过多数是从窗户里发出的。农夫和他的母马尽可能地摆出好脸色；但加姆毫不知羞，耷拉着尾巴从旁偷偷溜过。

他们过了村庄尽头河上的桥，等走到村民都看不见的地方以后，立刻就放慢了脚步。但不管走多慢，他们还是很快就出了属于农夫贾尔斯和其他哈莫居民的土地，来到了龙曾经到过的地方。只见断树残枝、烧毁的树篱和焦黑的草地，还有一种诡异可怕的寂静。

阳光灿烂，农夫贾尔斯不禁觉得自己要是有胆子脱下一两件衣服多好；他也疑惑自己是不是有点喝多了。"这个圣诞假期到头来不错啊，"他想，"我要能不活到头，那就算我走运了。"他拿一块大手帕抹了抹脸——手帕是绿的不是红的；因为红色布料会激怒龙，至少他是这么听说的。

但是他没有找到龙。他骑马沿着许多宽路和窄径走

哈莫农夫贾尔斯

过，也穿过了其他农夫的荒芜田地，但仍然没有找到龙。当然，加姆完全就是个废物。他一直紧跟在母马后面，不肯用鼻子探寻。

最后，他们来到了一条蜿蜒曲折的小路上，这条路没受到什么破坏，看起来宁静又祥和。顺着路走了半英里以后，贾尔斯开始琢磨，自己这算不算已经尽了义务，把维护名誉该做的都做完了。他认定自己已经找得够久也够远了，正想掉头回家去吃晚饭，告诉他的朋友龙一看到他来就飞走了，这时他拐了个急弯。

龙就在那里，横卧在一道垮塌的树篱中间，吓人的脑袋就在路中央。"要命了！"加姆喊完掉头就跑。灰母马扑通一屁股坐在地上，农夫贾尔斯倒栽进了沟里。当他探出头时，龙正神采奕奕地看着他。

"早上好！"龙说，"你看起来很惊讶。"

"早上好！"贾尔斯说，"我是很惊讶。"

"打扰一下，"龙说。他竖起了一只耳朵，心里满是疑虑，因为刚才农夫摔倒时他听见有铁环叮当作响。"恕我冒昧，你该不是碰巧在找我吧？"

"不，绝对不是！"农夫说，"谁想得到会在这里碰到你呢？我只是出来骑马兜个风而已。"

他忙不迭地从沟里笨手笨脚地爬出来，往后退向那匹灰母马。她这时已经站起来了，正在啃路边的青草，一副事不关己的模样。

险境奇谈

"那我们真是巧遇啊，"龙说，"这是我的荣幸。我猜，你穿的是节日服装吧。也许是一种流行新款？"农夫贾尔斯的毡帽已经掉下来了，灰斗篷也滑开了；但他还是硬着头皮应付。

"是的，"他说，"是全新的款式。但我得去追我的狗了。我猜他是去追兔子了。"

"我猜不是，"克瑞索飞莱斯舔了舔嘴唇（表明他觉得此事颇有趣）说，"我想他到家会比你早得多。不过，请您继续走吧，先生——让我想想，我还不知道您的名字呢。"

"我也不知道你的，"贾尔斯说，"我们这就挺好。"

"悉听尊便。"克瑞索飞莱斯说，又舔了舔嘴唇，但假装闭上了眼睛。他的心肠邪恶（所有的龙都是这样），但不怎么勇敢（这也不罕见）。他更喜欢吃不必费力就能吃到的餐点，但在睡了一顿好觉之后，他又胃口大开了。橡林屯的牧师太柴了，他已经多年没尝过肥滋滋的胖子了。现在，他下定决心，要尝尝这顿送上门来的人肉，他只是在等那老傻瓜放松戒备。

不过，这老傻瓜并不像表面上那么蠢，他眼睛一直盯着龙，甚至在尝试上马时也不松懈。然而，那匹母马却另有想法，在贾尔斯尝试上马时她又踢又闪。龙不耐烦了，蓄势要扑上来。

"打扰一下！"他说，"你是不是掉了什么东西啊？"

哈莫农夫贾尔斯

这是个老把戏，但它成功了；因为贾尔斯确实掉了东西。他刚才摔倒的时候，把考迪莫达克斯（俗称咬尾剑）掉在地上了，这会儿它就躺在路边。农夫弯腰把剑捡起来；那条龙立刻一跃而起，但是没有咬尾剑快。剑一到农夫手里，立刻往前一跃，寒光一闪，直刺龙的眼睛。

　　"嘿！"龙紧急刹住去势，说道，"你手里拿的什么？"

　　"只不过是咬尾剑，国王赐给我的。"贾尔斯说。

　　"是我错了！"龙说，"请您原谅。"他卑躬屈膝地趴下，农夫贾尔斯感到安心了一点。龙说："我认为你这样对我不公平。"

　　"哪里不公平？"贾尔斯说，"再说，我为什么要对你公平？"

　　"你隐瞒了自己的赫赫威名，假装我们是偶然相遇。但你显然是家世显赫的骑士。先生，按照过去的骑士惯例，在这种情况下，要先正式交换头衔和资格，然后才下战帖。"

　　"也许过去是这样，也许现在还是这样。"贾尔斯说，开始自鸣得意。无论是谁，如果有一条庞大又尊贵的龙伏在他面前卑躬屈膝，难免会有点扬扬得意。"不过你这条老大虫犯的错可不止一个。我不是什么骑士。我是哈莫的农夫埃吉乌斯；我不能容忍入侵者。我以前拿喇叭枪射过巨人，而他造成的破坏可不如你。当时我也没下什么战帖。"

龙这下心惊胆战了。"那个该死的巨人竟是个骗子!"他想,"可悲的我被骗了。现在面对这个勇敢的农夫和一把如此锋利、咄咄逼人的剑,到底怎么办才好?"他搜肠刮肚,也想不出应对的先例。"我名叫克瑞索飞莱斯,"他说,"富有的克瑞索飞莱斯。我能有幸为您效劳吗?"他补充了一句奉承话,一只眼睛盯着宝剑,希望能逃过一战。

"你这硬皮的老坏蛋可以滚了。"同样希望能逃过一战的贾尔斯说,"我不想再看见你。马上离开这里,滚回你肮脏的老巢去!"他朝克瑞索飞莱斯走去,双臂乱挥,就好像在吓唬乌鸦。

这对咬尾剑来说足够了。它突然腾空回旋,然后砍落,正砍在龙右翼的关节上;这干脆利落的一击把龙吓坏了。当然,贾尔斯全然不懂屠龙的正确方法,否则宝剑就会砍在龙身上比较柔软的地方了;但是咬尾剑在一个缺乏经验的人手中已经尽了力。这一击对克瑞索飞莱斯来说也足够了——他好几天都用不了翅膀了。他爬起来转身要飞,却发现自己飞不起来。农夫跳上母马的背。龙开始拔足狂奔。母马也一样。龙飞奔过一片田野,气喘吁吁。母马也一样。农夫咆哮呐喊,就好像在看赛马似的,而且一直挥舞着咬尾剑。龙跑得越快,就越晕头转向。这一路上,灰母马始终拼尽吃奶的力气,紧追在龙的后面。

哈莫农夫贾尔斯

他们从田间小路呼啸而过，穿过篱笆的缺口，越过一片又一片的田野，横过一条又一条的小溪。龙冒着烟，吼叫着，彻底迷失了方向。最后，他们突然来到哈莫的桥，从桥上呼啸而过，又一路咆哮着穿过村里的街道。这时加姆厚颜无耻地从小巷中溜出，加入了追逐的行列。

所有的人都站到了窗前或爬到了屋顶上。

有些人大笑，有些人欢呼；有些人敲打白铁桶、平底锅和烧水壶；还有一些人吹号角、吹笛子、吹口哨；牧师也敲响了教堂的大钟。哈莫已经有一百年没这么热闹过了。

龙跑到教堂外时，终于放弃了。他躺在路中央喘着粗气。加姆跑过来嗅闻了他的尾巴，但克瑞索飞莱斯已经顾不上担心丢脸了。

他气喘吁吁地说："好心的人们，勇敢的战士。"农夫贾尔斯策马上前，村民们也手持干草叉、杆子和拨火棍聚拢过来（不过在安全的距离外）。"好心的人们啊，别杀我！我非常富有。我会赔偿我所造成的一切损失。我会支付所有被害者的葬礼费用，特别是橡木屯的牧师；他会拥有一座高贵的纪念碑——虽然他实在是太瘦了。我还会送你们每人一件大礼，只要你们放我回家去拿。"

"给多少？"农夫说。

"这个吗，"龙一边说，一边快速计算。他注意到村民的人数可不少，"每人十三镑八便士？"

险境奇谈

"胡说八道！"贾尔斯说。"乱开价！"大家说。"骗鬼！"狗说。

"每人两几尼金币，小孩半价？"龙说。

"那狗呢？"加姆问。"继续讲！"农夫说，"我们都听着呢。"

"每人十英镑和一包银币，每只狗都给个金项圈？"克瑞索飞莱斯焦急地说。

"杀了他！"开始失去耐心的村民们喊道。

"每人一袋金子，外加给女士们钻石？"克瑞索飞莱斯急忙说。

农夫贾尔斯说："这才像话，但还不够。"加姆说："你又把狗忘了。"男人们说："袋子多大？"他们的妻子说："多少钻石？"

"天哪！天哪！"龙说，"我要破产了。"

"你活该。"贾尔斯说，"你可以选择破产，还是当场去世。"他挥舞着咬尾剑，龙畏缩后退。"赶快决定！"大家喊道，都越来越大胆，凑得越来越近。

克瑞索飞莱斯眨了眨眼睛，但内心深处却暗暗笑了起来：大家都没注意到那无声的颤动。众人的讨价还价开始让他感到好笑。大家显然都期望从他这里捞点油水，却对这广阔又邪恶的世界知之甚少——事实上，现在整个王国中都没人有过与龙打交道的实际经验，也不了解龙的诡计。克瑞索飞莱斯缓过气来，理智也恢复了。他

哈莫农夫贾尔斯

153

舔了舔嘴唇。

"你们自己开个价吧！"他说。

听了这话，大家立刻开始七嘴八舌抢着说。克瑞索飞莱斯饶有兴致地听着。只有一个声音让他觉得不安，那就是铁匠的声音。

"记住我的话，这不会有好结果的。"他说，"随你们怎么说，大虫不会回来的。[1]但是不管回不回来，都不会有好结果。"

村民们对他说："如果你这么想，那就别掺和讨论。"然后继续讨价还价，不再理会那条龙。

克瑞索飞莱斯抬起头来；但是，如果他想扑向村民，或者想在争论中开溜，他就要大失所望了。农夫贾尔斯就站在旁边，嘴里嚼着一根稻草，若有所思；但他手里握着咬尾剑，眼睛正盯着龙。

"你给我好好躺着！"他说，"否则不管有没有金子，都会叫你好看。"

龙只得老实躺平。最后，牧师被推举成代言人，他走到了贾尔斯身边。"坏大虫！"他说，"你必须把你所有的不义之财都搬到这里来；等赔偿了你所伤害的人之后，我们自己会公平地分享剩下的。然后，如果你郑重发誓

---

1 A worm won't return，仿拟习语 a worm will turn（最温顺的生物也会报复）。——译者注

不再打扰我们的地界，也不再怂恿任何别的怪物来骚扰我们，我们就让你全须全尾地离去，返回你自己的家。现在，你先按着大虫的良心发个必须遵守的重誓，愿意（带着赎金）回来。"

克瑞索飞莱斯装模作样地迟疑了一会儿之后，接受了。他甚至流下了滚烫的眼泪，哀叹自己的破产，直到路上都出现了几个冒着热气的水坑，但所有人都不为所动。他只得发下好些惊人的重誓，说会在圣希拉留斯和圣费利克斯节[1]那天带着所有的财富回来。这给了他八天的时间，即使是那些对地理一无所知的人也能想到，这时间实在太短，根本不够来回一趟。尽管如此，他们还是让他走了，而且还一路送他到桥头。

"下次见啊！"他边过河边说，"我相信我们全都很期待再见的时刻。"

"没错！"他们说。当然，他们非常愚蠢。因为，虽然他发的誓本来应该会使他的良心背负着悲伤和对灾祸的极大恐惧，但是，唉！他根本没有良心啊！倘若头脑简单的村民想象不到尊贵血统竟有如此缺憾，那么至少有学问的牧师也该猜到的。也许他确实猜到了。他是个语法学家，无疑比其他人更能预见未来。

铁匠摇了摇头，返回他的铁匠铺。"不祥的名字。"

---

1 一月十四日。——译者注

哈莫农夫贾尔斯

他说，"希拉留斯和费利克斯！我可不爱听这两个词。[1]"

国王当然很快就听说了这个消息。它像野火一样迅速传遍王国，一点细节都没漏下。国王深受触动，原因多种多样，尤其是钱财那一项。他马上决定亲自骑马去哈莫一趟，那里似乎经常发生这类奇事。

龙离开四天后，国王骑着他的白马，带着众多骑士和号手，以及一列庞大的辎重队，过桥而来。所有村民都穿上了最好的衣服，夹道欢迎。车队在教堂大门前的空地上停下来。农夫贾尔斯被引荐给国王，他在国王面前跪下；但国王让他起身，竟然还拍了拍他的背。骑士们都假装没注意到这个亲热的举动。

国王命令全村村民都到河边农夫贾尔斯的大牧场上集合，等大家（包括加姆，他觉得自己也算在内）都聚集起来以后，奥古斯都·博尼法修斯，国王兼巴西琉斯慷慨而愉悦地向他们发表讲话。

他仔仔细细地解释，那条恶龙克瑞索飞莱斯的财富都是属于他的，因为他是这片土地的主人。他轻描淡写地说自己是这片山野的藩王（这事是有争议的）；但是，"毫无疑问，"他说，"那条大虫的所有财宝都是从朕的祖先那里偷走的。然而，众所周知，朕既公正又慷慨，朕善良的臣民埃吉迪乌斯理当得到适当的奖励；同理，在

---

1 这两个人名的本义是"欢快"。——译者注

场所有朕忠诚的子民，从牧师到最小的孩童，都会得到象征尊重的信物。因为哈莫令朕十分满意。至少在这里，一群强壮又廉洁的人尚在，仍然保留着朕之民族古老的勇气。"底下的骑士们则在自顾自地讨论帽子的新款式。

村民们鞠躬行礼，恭敬地感谢他。但是如此一来，他们反而希望自己当初答应了龙提出的每人十镑的提议，把这件事保密。毕竟他们还算明白，国王的信物肯定不会有这么多。加姆注意到国王没提到狗。农夫贾尔斯是村民里唯一真正满意的人。他很确定自己会得到一些回报，并且非常高兴自己能从这件麻烦事里全身而退，同时在当地的名声比以前更响亮了。

国王并没有走。他在农夫贾尔斯的牧场上搭起了大帐，好在远离首都的这个可怜的村庄里尽量过得快活，等待一月十四日到来。在接下来的三天里，王家随从几乎吃光了这里所有的面包、黄油、鸡蛋、鸡、培根和羊肉，喝光了每一滴陈年麦酒。然后，他们开始抱怨吃不上饭。不过，国王大方支付了所有的费用（把这一切全挂在国库的账上，他希望国库很快就能重新充盈起来）；因此，哈莫的居民心满意足，因为他们不知道国库的实际状况。

一月十四日到了，就是圣希拉留斯和圣费利克斯节，

哈莫农夫贾尔斯

所有的人都早早起身。骑士们都穿上盔甲。见到那个农夫也穿上本村自制的锁子甲外套，骑士们都笑起来，直到看见国王皱起了眉头。农夫也佩上了咬尾剑，它像抹了油一样轻松地滑进剑鞘，安稳待在那里。牧师死死地盯着那把剑，暗自点头。铁匠哈哈大笑。

正午到了。人们等得心焦，都吃不下饭。下午慢慢地过去了。尽管如此，咬尾剑仍然没有跃出剑鞘的迹象。山丘上的守望者和爬到大树梢上的小男孩，无论在空中还是陆地上，都看不到任何预示龙归来的迹象。

铁匠吹着口哨四处踱步，但一直到夜幕降临，群星出现，村里的其他人才开始怀疑龙根本就没打算回来。不过，他们想起他发的那些惊人的重誓，还是继续抱着希望。然而，当午夜降临，约定的这一天结束时，他们失望极了。铁匠却很开心。

"我早就告诉你们了。"他说。但大家还是不相信。

一些人说："他毕竟受了重伤。"

其他人说："我们给他的时间不够。回山区的路长得很哪，他又要带很多东西。说不定他不得不去找帮手了。"

但是第二天过去了，接着又一天过去了。这下大家都放弃了希望。国王气炸了。食物和饮料全部告罄，骑士们都在大声抱怨。他们想赶快回到宫里享乐。但是国王想要钱啊。

他向他忠诚的臣民告别，言词冷淡简洁，并且取消了一半挂给国库的账单。他对农夫贾尔斯相当冷淡，点了点头就把他打发了。

"稍后你们会接到朕的消息。"他说，带着骑士和号手一起驱马上路了。

村民中比较乐观，头脑也比较简单的人认为，宫廷里很快就会传来消息，召唤埃吉迪乌斯先生去晋见国王，至少封他为骑士。过了一周，消息来了，但跟他们想的不一样。这消息是书面形式，一式三份并签了名：一份给贾尔斯，一份给牧师，还有一份要钉在教堂的大门上。只有寄给牧师的那份抄本是有用的，因为宫廷的书写字体很怪异，对哈莫的人来说就像拉丁文天书一样看不懂。但牧师把它翻译成通俗的语言，在讲坛上朗读给大家听。这封信简明扼要（就王家书信而言）；国王显然下令十分匆促。

朕奥古斯都·B.A.A.P.与M.，国王等等宣布，为了我们国家的安全，为了维护朕的荣誉，朕决定对自称'富有的克瑞索飞莱斯'的大虫或龙进行追捕，并对他的轻罪、重罪、失职罪和伪证罪予以严惩。谨此命令所有王家骑士，整装待发，只等埃吉迪乌斯·A.J.阿格里科拉先生一到达朕的王宫，就立即出发执行这

哈莫农夫贾尔斯

159

项任务。埃吉迪乌斯既已证明其人值得信赖，能力足以对付巨人、龙和其他扰乱国王安宁的敌人，朕由此命令他立刻骑马出发，以最快的速度加入朕的骑士队伍。

大家说这是至高无上的荣誉，跟被封为骑士也差不多了。磨坊主很嫉妒。"咱们的老朋友埃吉迪乌斯这下扬名四海了，"他说，"我希望他回来的时候还认得我们。"

"也许他永远不会。"铁匠说。

"你够了你，老马脸！"农夫怒气冲冲地说，"荣誉个屁！要是我还回得来，就连磨坊主来陪我我都很欢迎。不过，想到我有一阵子用不着看见你俩了，多少让人好受点。"说完他就走了。

对国王的召唤你就不能像对邻居那样大找借口了；所以，不管母羊有没有生小羊，不管田地要不要耕作，不管用不用挤牛奶或是打水，他都得骑上他的灰母马出发。牧师为他送行。

"我希望你随身带了结实的绳子？"牧师说。

"干吗？"贾尔斯说，"我好拿来上吊用吗？"

"不是！振作起来，埃吉迪乌斯先生！"牧师说，"在我看来，你有非常可靠的运气。但是你要带上一条长绳子，因为你可能需要它，除非我的预测不准确。这就再会了，祝你平安归来！"

"行吧！等我回来，我会发现我的房子和田地全都荒凉了吧。该死的龙！"贾尔斯说。然后，他把一大捆绳子塞进马鞍旁的袋子里，爬上马背出发了。

他没有带上那条狗，因为那家伙一整个上午都躲得不见踪影。但是等他走了以后，加姆偷偷溜回家，待在家里整夜嚎叫，然后被打了一顿，却还是继续嚎叫。

"要命了，呜要命了！"他嚎道，"我再也见不到亲爱的主人了，他是那么神勇可畏。我真希望能跟他一起去，真的。"

"闭嘴！"农夫的妻子说，"不然你别想活着看到他是不是会回来。"

铁匠听到了狗的嚎叫，幸灾乐祸地说："这真是个凶兆啊。"

很多天过去了，没有任何消息传来。"没有消息就是坏消息。"他说，放声高歌起来。

农夫贾尔斯抵达王宫时，满身尘泥，疲惫不堪。但骑士们个个身穿擦得锃亮的铠甲，头戴闪闪发光的头盔，站在自己的马旁整装待发。国王的召令和农夫的加入惹恼了他们，所以他们坚持照着字面意思执行命令，贾尔斯一到就出发。可怜的农夫连蘸酒面包都没来得及咽一口，就又上路了。那匹母马气坏了。幸好她对国王的看法没法表达出来，因为那非常大逆不道。

哈莫农夫贾尔斯

那时天色已晚。贾尔斯想："这会儿已经太晚了，不可能开始猎龙的。"他们也确实没走太远。骑士们出发之后就不着急了。他们悠闲地骑在马上，拉长成一条散乱的队伍，骑士、侍从、仆人和驮着行李的小马，三三两两地前进；农夫贾尔斯骑着疲惫的母马在后面慢慢跑着。

夜幕降临时，他们停下来搭起了帐篷。没人给农夫贾尔斯准备任何补给，结果他不得不到处去借。母马怒不可遏，发誓再也不效忠奥古斯都·博尼法修斯家族。

次日，他们骑着马继续前进，接下来的一天也一样。到第三天，他们远远看见了朦胧又荒凉的山脉。不久，他们走进了并不完全拥护奥古斯都·博尼法修斯为王的地区。于是他们更小心谨慎地前进，更紧密地聚拢在一起。

第四天，他们抵达了荒山和险恶地带的边界，据说那里居住着传说中的各种生物。突然，有个打头骑行的人在溪边的沙地上发现了不祥的脚印。他们把农夫叫来。

"这些是什么，埃吉迪乌斯先生？"他们问。

"龙的脚印。"他答。

"你领路吧！"他们说。

于是，他们就在农夫贾尔斯的带领下，向西前进，他皮衣上所有的铁环都叮当作响。那没什么要紧，因为所有的骑士都在说说笑笑，还有个吟游诗人骑着马唱着歌跟他们一起前进。他们不时唱起副歌，大伙儿一起唱，歌声响亮又有力。这让人深受鼓舞，因为这是一首好

险境奇谈

162

歌——是在很久以前，在战争比比武会更常见的日子里作的歌曲；但他们这样喧哗很不明智。现在，这片土地上的所有生物都知道他们来了，西边所有洞穴里的龙都竖起了耳朵。他们再也没有机会趁老克瑞索飞莱斯打盹的时候抓住他了。

也许是运气使然（或者是那匹灰母马自己的杰作），当他们终于来到黑沉沉的山脉阴影下时，农夫贾尔斯的母马瘸了。他们现在已经开始沿着陡峭多石的山路骑行，吃力地往上爬，同时心里越来越不安。母马一点一点地退到后面去，跌跌撞撞，一瘸一拐的，显得逆来顺受，叫人十分不忍，最后，农夫贾尔斯不得不下马步行。很快，他们就发现自己落到后方驮行李的小马当中，但是没有人注意到他们。骑士们正忙着讨论优先顺序和礼仪问题，注意力都被分散了。否则，他们一定会注意到现在龙的脚印不但明显，而且数量众多。

事实上，他们已经来到了克瑞索飞莱斯经常出没的地方，或者是他每天在空中锻炼后的栖落之地。低矮的山丘和小路两边的斜坡上，遍布烧焦和遭到践踏的痕迹。这里几乎没有草，烧黑的帚石楠和金雀花扭曲的残枝挺立在大片的灰烬和烧焦的大地上。多年来这里一直是龙的游乐场。一堵黑压压的山墙若隐若现地横在他们面前。

农夫贾尔斯很担心他的母马；也很高兴终于有借口不用再出头惹眼了。在这么阴沉又险恶的地方，骑在这样一支马队前面当领头人，让他十分忐忑。又过了一会儿，他更高兴了，有理由感谢他的好运（和他的母马）。因为大约正午时分——这天是圣烛节[1]，也是他们出发后的第七天——咬尾剑跃出了剑鞘，龙也从洞穴里出来了。

龙没有事先警告，也没有客套，一冲出来就发动了攻击。他咆哮着朝他们直扑而下。尽管他拥有古老尊贵的血统，但先前他在远离自己窝巢的地方时，并没有表现得很勇猛大胆。但是，此刻他满腔怒火，因为是在自己家门口战斗，并且得保卫他所有的财宝。他绕过山肩，势如万钧雷霆，声如狂风闪电。

关于排名优先权的争论戛然而止。所有的马无不东躲西藏，有些骑士摔下了马背。驮着行李的小马和仆人们立刻转身就跑。他们对排名顺序毫不在意。

突然间，一股浓烟喷来，他们纷纷感到窒息，就在浓烟中，龙撞上了队伍的最前端。好几个骑士还没来得及发出正式的挑战就丧命了，另外有些骑士连人带马被扫落山坡。至于其余的人，不管他们愿不愿意，他们的马都自行做主载着主人转身快逃。绝大多数人也确实只想快跑。

但是那匹老灰马纹丝不动。也许她害怕在陡峭的石道上摔断腿。也许她太累了，跑不动。她从骨子里知道，

1　二月二日。——译者注

长了翅膀的龙追在你身后比挡在你面前更糟糕，你得跑得比赛马更快才行。此外，她之前见过这位克瑞索飞莱斯，记得在自己的家乡追着他跑过田野和小溪，直追到他在村里的街道上乖乖趴下为止。不管怎么说，她撑开四腿站直了，还打了个响鼻哼了一声。农夫贾尔斯的脸色白得不能更白，但他站定在她身边，因为似乎也做不了别的了。

于是，顺着队伍一路冲下来的龙冷不防迎面撞见手里还握着咬尾剑的宿敌。这他可万万没料到。他像只大蝙蝠一样急转向一旁，扑倒在靠近路边的山坡上。那匹灰母马走了过来，完全忘了要装作跛脚。备受鼓舞的农夫贾尔斯则已经急忙攀上了马背。

"打扰一下啊，"他说，"你该不是碰巧在找我吧？"

"不，绝对不是！"克瑞索飞莱斯说，"谁想得到会在这里碰到你呢？我只是在附近随便飞飞而已。"

"那我们真是巧遇啊，"贾尔斯说，"这是我的荣幸，因为我一直在找你。还有啊，我要跟你抱怨一件事，其实是好几件事。"

龙打了个响鼻。农夫贾尔斯挥动手臂想驱开热风，咬尾剑却顺势一闪向前劈去，差点砍上了龙的鼻子。

"喂！"龙喊，赶紧停止喷气。他开始发抖后退，全身的火都熄了。"我希望您不是来杀我的吧，好先生？"

哈莫农夫贾尔斯

他哀叫道。

"不！不！"农夫说，"我根本没提杀啊。"那匹灰母马吸了吸气。

"那么，我能不能问一下，你跟那些骑士在一起干吗？"克瑞索飞莱斯说，"骑士专干屠龙的事，要是我们不先宰了他们的话。"

"我跟他们没有任何关系。他们对我来说啥也不是。"贾尔斯说，"反正，他们现在死的死，逃的逃。话说，你上次在主显节说的话还算不算数？"

"怎么了？"龙焦急地说。

"你迟了近一个月都没回去，"贾尔斯说，"该交的钱还没到账呢。我是来讨债的。你给我添了这么多麻烦，得请我原谅。"

"我确实要请你原谅！"龙说，"我真希望你没费这么大麻烦来一趟。"

"这次要把你的宝藏一点不剩全拿走，而且别跟我要花样。"贾尔斯说，"否则保证你没命，我会剥了你的皮挂在我们教堂的尖顶上，当作警告。"

"这太残酷了！"龙说。

"交易就是交易。"贾尔斯说。

"既然要我付现，那我能不能留一两枚戒指和一点点金子？"他说。

"一个铜扣子都别想留！"贾尔斯说。就这样，他们继续讨价还价了半天，像在集市上的人一样斤斤计较争个不休。然而，结果正如你所预料的，就算你有三寸不烂之舌，在讲价这件事上很少有人比农夫贾尔斯更能坚持不让。

龙不得不一路走回洞穴去，因为贾尔斯紧握着咬尾剑跟在他身边。只有一条狭窄的小径盘山而上，几乎容不下他们两个并行。

母马紧跟在后面，一脸若有所思的模样。

这段路不过五英里，但是陡峭难行；贾尔斯走得非常吃力，气喘吁吁，但是眼睛一直紧盯着那条大虫。最后，他们走到了山的西侧，来到了洞口前。那洞又大又黑，令人望而生畏，黄铜大门在巨大的铁柱上摆动。显然，在早已被遗忘的年代里，这里曾是一个坚固辉煌的地方；因为龙造不出这样的工事，也挖不出这样的矿洞，而是在有机可乘时，住进古代英雄和巨人的坟墓和宝库里。这座深山宝库的大门是敞开的，他们在门投下的阴影里停下脚步。到目前为止，克瑞索飞莱斯还没有逃脱的机会，不过他现在来到了自家的大门口，他往前一跃，准备钻进去。

农夫贾尔斯用剑身猛拍了他一下。"停！"他说，"在你进去之前，我有话对你说。你要是不马上拿些值钱的东西出来，我就进去找你，并从你的尾巴开始剁起。"

母马抽了抽鼻子。她无法想象农夫贾尔斯真能为了任何钱财独闯龙穴。但是克瑞索飞莱斯挺愿意相信的，因为咬尾剑显得那么雪亮锐利。也许他是对的，尽管那匹母马很聪明，但她还不明白主人身上发生的改变。农夫贾尔斯有好运做靠山，在两次遇龙之后，他开始幻想没有一条龙能对抗他了。

不管怎样，克瑞索飞莱斯马上就出来了，捧着20（金衡）磅的金银，还有一箱子戒指、项链和别的漂亮宝物。

"给你！"他说。

"给我啥？"贾尔斯说，"你要是指这些，这些连你当初答应的一半都不到。我敢说，这更不到你所拥有的一半。"

"当然不到！"龙说，他发现农夫似乎变得比那天在村里更聪明了，这让他颇为不安。"当然不到！但我没办法一下子全捧出来啊。"

"我敢打赌，两次也捧不完。"贾尔斯说，"你再进去，而且出来的速度再快一倍，不然我就让你尝尝咬尾剑的厉害！"

"千万别啊！"龙说，立刻以两倍的速度跳进去又奔出来，"给你！"他说，放下好大一袋黄金和两箱钻石。

"再搬一次！"农夫说，"再加把劲搬！"

"太难了，太残酷了。"龙一边说，一边又进去了。

但是，灰母马这时候开始为自己担心了。"我说，谁要负责把这么重的一大堆东西搬回家啊？"她一边想，一边忧心忡忡地久久盯着那些袋子和箱子，农夫猜到了她的心思。

"姑娘，别担心！"他说，"我们会让那条老大虫来搬。"

"发发慈悲吧！"龙第三次从洞穴里出来时无意中听到了这句话，他这次扛着的宝物最多，还有一堆华丽的珠宝，像翠绿和鲜红的火焰。"发发慈悲吧！这所有的东西如果都要我扛，我怕是就要累死，而再多一袋我就扛不动了，杀了我也扛不动。"

"就是说，里面还有更多宝物是吗？"农夫说。

"是的，"龙说，"足够让我保持体面。"他说的竟然接近事实，这着实是个少见的奇迹，而且事实证明他这么说很明智。"如果你肯把剩下的留给我，"他非常狡猾地说，"我将永远做你的朋友。我会把这些财宝送到阁下您自己的家，而不是国王那里。而且，我还会帮您保住它。"

农夫听了，左手掏出一根牙签，苦思了一分钟。然后他说："一言为定！"他表现出的判断力值得称道。换了一名骑士的话，就会为整个宝藏坚持到底，并给宝藏招来诅咒。同样的，如果贾尔斯把大虫逼入绝境，大虫最终可能背水一战，不管对方手里有没有咬尾剑。如此一来，贾尔斯就算自己不送命，也会被迫杀掉他的运输工具，把他大部分收获留在山里。

总之，事情就这么了结了。农夫把身上的口袋都塞满珠宝，以防万一；他还拿了一小批财宝让灰母马驮着。

哈莫农夫贾尔斯

剩下的东西他都装在箱子和袋子里，绑在克瑞索飞莱斯的背上，直到他看起来像个王家搬运车一样。他不可能飞，因为他驮的东西太多了，何况贾尔斯还把他的翅膀绑上了。

"这根绳子可算是派上大用场了！"他想，满怀感激地想起了牧师。

于是，龙小跑着出发，喷着气冒着烟，母马紧随在后，农夫握着闪闪发亮、充满威胁的考迪莫达克斯。龙一点也不敢耍花招。

尽管驮着沉重的负担，母马和龙回去的速度还是比骑士队伍来的速度快。因为农夫贾尔斯很着急，尤其考虑到他袋子里就没剩多少食物，另一方面，他不信任发下重誓还能违背的克瑞索飞莱斯，还有，他想不清要怎样才能既不送命又不遭受重大损失地安度这一夜。不过，在夜幕降临之前，他又碰上了好运，因为他们追上了六七个匆忙逃离的仆人外加小马，他们因为惊恐四散奔逃，这会儿正在荒山中迷路，贾尔斯喊住了他们。

"嘿，伙计们！"他说，"回来！我有份差事要给你们，办好了保证报酬丰厚。"

他们很高兴能有向导，于是就去为他效劳了。他们想，现在他们的报酬可能真的会比往常来得更高。于是他们继续前进，一共有七个人，六匹小马，一匹母马和一条龙。贾尔斯开始觉得自己像个贵族老爷，不禁挺起了胸膛。他们尽量减少停歇的次数。到了晚上，农夫贾尔斯用绳子把龙的四条腿分别拴在四个尖桩上，派了三个人轮流看守他。但灰母马一直半睁着一只眼睛注意着，以防那几个人为了自己的利益耍什么花招。

三天后，他们越过边界回到了自己的国家；他们的到来引起了从东海岸到西海岸前所未有的惊奇和骚动。他们驻足的第一个村庄不但免费向他们提供大量吃喝，村里一半的年轻人还想加入他们的队伍。贾尔斯挑了十二个有出息的小伙子，答应给他们优厚的报酬，并给他们买了他能买到的最好的马匹。他开始有了打算。

休息了一天以后，他又骑马上路了，新的护卫紧随其后。他们唱着歌颂他的歌：粗犷又即兴，但在他听来十分悦耳。有些人欢呼，有些人大笑。这是一幅既欢乐又美妙的景象。

不久，农夫贾尔斯向南拐了个弯，朝自己的家园走去，根本没走近国王的宫廷，也没给宫廷送任何口信。但是埃吉迪乌斯先生归来的消息像星火燎原一般从西方传开了；这让人大为吃惊，同时不知所措。因为就在他现身之前，刚送到一份王家公告，要求所有的城镇和村庄为那些在山中隘口壮烈牺牲的勇敢骑士哀悼。

结果，贾尔斯所到之处，哀悼都被抛到脑后，钟声大作，人们聚集在路边，高声欢呼，并挥舞着帽子和围巾。但他们对那条可怜的龙发出嘘声，直到龙开始为自

哈莫农夫贾尔斯

171

己做的交易后悔不已。对一个拥有古老尊贵血统的生物来说，这实在是奇耻大辱。当他们回到哈莫时，所有的狗都轻蔑地朝他狂吠。只有加姆没吠，因为他的眼睛、耳朵和鼻子全都忙着注意他的主人了。不瞒你说，他简直疯了，沿街一路翻着筋斗。

哈莫当然热烈欢迎了贾尔斯，但最让他开心的，莫过于看见磨坊主不知所措，以及铁匠狼狈万分。

"这事还没完，记住我说的！"铁匠说，但他想不出比这更触霉头的话了，所以只能丧气地低下头。农夫贾尔斯带着六个仆人和十二个有出息的小伙子，还有龙和所有的宝物，上了山坡，在家安静地待了一阵子。只有牧师被邀请到他家小坐。

消息很快传到了首都，大家忘了现在是国殇时期，也忘了自己的生意，全都聚集在街道上。现场人声鼎沸，喧嚣不已。

国王在他巨大的宫殿里，咬着指甲，扯着胡子，在悲痛和愤怒（还有对财政的焦虑）的夹击下，他的情绪十分阴沉，以至于没有人敢和他说话。但城中的喧哗终究传到他耳中，那听起来既不像哀悼，也不像哭泣。

"这是在吵什么？"他质问，"告诉百姓们进屋去，体面地哀悼！这听起来简直像在赶鹅集。[1]"

---

1 一年一度的英国传统集市之一。——译者注

"陛下，龙回来了。"臣子们回答说。

"什么！"国王说，"快召唤朕的骑士，不管还剩多少都召来！"

"没有必要，陛下。"臣子们回答，"有埃吉迪乌斯先生跟在后面，那龙驯良乖顺得很。或者说，我们是这么听说的。消息刚传来，而且众说纷纭，互相矛盾。"

"上天保佑啊！"国王说，看起来大松了一口气。

"想想看，朕还下令后天为那个家伙唱悼歌呢！把这事取消！朕的财宝有消息吗？"

臣子们回答："陛下，据报财宝货真价实地堆积如山。"

"什么时候会送到？"国王急切地说，"这位埃吉迪乌斯真是好样的，他一来就立刻送他来见朕！"

这话让大家有些迟疑，无法启齿。最终，有人鼓起勇气说："陛下明鉴，我们听说那个农夫直接打道回府了。不过，毫无疑问，时机一到他就会打扮妥当，赶到这里来。"

"毫无疑问。"国王说，"但是，去他的打扮！他没有理由不来报告就回家去。朕对此大大不悦！"

时机出现了，然后又过去了，许多后来的时机也同样如此。事实上，农夫贾尔斯已经回来整整一个星期，甚至更久，可是他依旧没给宫廷里送去任何消息。

到了第十天，国王的怒火爆发了。"派人去把那家伙

哈莫农夫贾尔斯

173

找来！"他说。他们就派人去了。从王宫到哈莫，来回都要辛苦骑一天的路。

两天后，信使回来颤抖着报告："陛下，他不肯来！"

"天打雷劈！"国王怒道，"命令他在下周二到，否则判他终身监禁在大牢里！"

到了周二，倒霉到家的信使独自回来报告："陛下明鉴，他还是不肯来。"

"十倍的天打雷劈！"国王骂道，"把这个笨蛋打入大牢！现在就去，派几个人把那个小气鬼用铁链捆了给朕捉拿回来！"他对站在一旁的大臣们咆哮。

"派多少人？"他们结结巴巴地问，"他那里有一条龙，还有……还有咬尾剑，以及——"

"以及扫帚棍和提琴弓！[1]"国王骂道。接着他命人牵来他的白马，召集他的骑士（剩下的几位），并带上一队武装士兵，怒气冲冲地出发了。所有的人都惊讶地跑出家门来观看。

但是农夫贾尔斯现在已不仅仅是个乡间英雄了：他现在是国家的宠儿。人民在骑士和武装士兵经过时并未欢呼，不过他们仍然向国王脱帽致敬。国王离哈莫越近，脸色就越难看；有些村子的村民直接关上门，连脸都不露。

---

1 fiddlestick，比喻无用的琐事。——译者注

于是，国王从滔天暴怒变成了暗自恼火。当他终于到了河边，对岸就是哈莫与那个农夫的家园时，他一脸阴沉。他内心真想一把火烧掉这个地方。但是农夫贾尔斯骑着灰母马立在桥上，手里握着咬尾剑。除了躺在路当中的加姆，不见任何其他人。

"早上好，陛下！"贾尔斯开心得像明亮的白昼，没等国王开口便说。

国王冷冷地看着他。"你的言行举止不配出现在朕面前。"他说，"但这不能成为你得召时不来的借口。"

"事实上，陛下，我没想过这事。"贾尔斯说，"我有自己的一堆事要忙，而且我已经为了办你的差事浪费掉太多时间了。"

"十倍的天打雷劈！"国王又暴怒吼道，"你如此傲慢无礼，该下地狱！从现在起，你不会得到任何奖赏；你要是能逃过绞刑，算你运气。除非你现在就请求朕原谅，把剑还给朕，否则朕就绞死你。"

"咦？"贾尔斯说，"我想，我已经拿到我的奖赏了。我们这里有句俗话：谁发现，谁保管；谁保管，就归谁。我想啊，咬尾剑和我在一起比和你的人在一起更好。不过，请问这些骑士和士兵是来干吗的？"他问，"如果你是来拜访我，那么少带点人才会受到欢迎。如果你是想抓走我，那需要带更多人来才行。"

哈莫农夫贾尔斯

175

国王被噎得说不出话来，骑士们满脸通红，全低头看着自己的鼻尖。有些士兵因为国王背对着他们，忍不住咧嘴笑了。

"把我的剑还给我！"国王好不容易发出声音吼道，但忘记了用"朕"来代替"我"。

"把你的王冠给朕！"贾尔斯说。这话令人震惊，中央王国自开国以来，还没有人敢说这样的话。

"天打雷劈！把他抓住捆起来！"国王当然怒不可遏地吼道，"你们还在等什么？还不赶紧抓住他，杀了他！"

士兵们策马上前。

"要命了！要命了！要命了！"加姆喊道。

就在那时，龙现身桥上。他一直躺在河中，藏在对岸下方。现在他喷出可怕的蒸汽，因为他喝了许多加仑的水。桥上登时浓雾弥漫，雾中只能看见龙血红的双眼。

"滚回家去，你们这些笨蛋！"他吼道，"不然我就把你们撕成碎片。山隘上还躺着一些骑士冰冷的尸体呢，很快河里会躺更多。所有国王的马和所有国王的人！[1]"他咆哮着。

接着他纵身向前，一爪抓向国王的白马，白马奔蹿

---

1 这句的原文是all the King's horses and all the King's men，引自英国童谣《蛋头先生》。——译者注

逃开，速度快得恰似国王的口头禅"十倍的天打雷劈"。其他的马也紧跟着撒腿就跑：有些先前就见过这条龙，还记忆犹新。士兵使出吃奶的力气四散飞奔，不过避开了往哈莫的方向。

那匹白马只被抓伤，没跑多远又被国王带了回来。不管怎么说，他是马的主人，而且也不能让人说他害怕这世界上任何一个人或一条龙。当他返回原地时，雾已经散了，不过他所有的骑士和人马也都散了。现在，局面完全不同了，国王只剩孤身一人，却要和手持咬尾剑还带着一条龙的粗壮农夫谈判。

但是空谈无用。农夫贾尔斯很固执。他不会让步，也不肯动手，虽然国王当场挑战他，要单打独斗。

"不，陛下！"他笑着说，"回家去冷静冷静吧！我不想伤害你；但你最好赶紧离开，否则我可不为这条大虫的行动负责。日安！"

这就是哈莫桥一役的结局。国王没有得到哪怕一分钱的财宝，农夫贾尔斯也没有说任何一句道歉的话，他开始自我感觉无比良好。更有甚者，从那一天起，中央王国在本地的管辖权就告一段落。方圆数英里内，人们都把贾尔斯当作他们的领主。国王不管用哪种头衔，都使唤不动哪怕一个人去对抗叛乱的埃吉迪乌斯，因为他已经成了国家的宠儿，歌谣的主角；要压制所有颂赞他英勇事迹的歌谣，根本做不到。其中最受欢迎的一曲，是

哈莫农夫贾尔斯

用一百句仿英雄双行体所描述的哈莫桥之会。

克瑞索飞莱斯在哈莫逗留了很长时间，这对贾尔斯大有裨益，因为养着驯顺之龙的人，自然会受到尊敬。在牧师的许可下，龙住在储纳什一税物的谷仓里，被十二个有出息的小伙子看守。就这样，贾尔斯的第一个头衔出现了：Dominus de Domito Serpente，用俗话来说，就是驯龙勋爵，简称"驯爵"。因此，他广受尊敬；但他仍然象征性地向国王纳贡：六条牛尾和一品脱苦酒，在圣马提亚日[1]，也就是桥上之会那天送出。不过，不久之后，他的头衔从勋爵晋升为伯爵，而"驯伯"的绶带可真是长呢。

几年后，他成了尤利乌斯·埃吉迪乌斯亲王，不再纳贡。贾尔斯既然非常富有，自然为自己建造了一座富丽堂皇的厅堂，并召集了一大批强壮的武装士兵。他们聪明又快乐，因为他们用的是钱能买到的最好的装备。

那十二个有出息的小伙子都成了队长。加姆有了金项圈，并在有生之年都可以随心所欲地游荡。他是一条骄傲又快乐的狗，令同伴们都受不了；因为他有个神勇可畏的主人，他期待所有狗都会尊敬他。那匹灰母马得享天年，并且从未透露她对这一切的想法。

最后，理所当然，贾尔斯成了小王国的国王。他在

1　二月二十四日。——译者注

哈莫以埃吉迪乌斯·德拉康纳瑞乌斯[1]的名号加冕；但大家还是更习惯称他为驯龙的老贾尔斯。因为在他的宫廷里流行的是村言俚语，他讲话时从来不用拉丁文。他的妻子成了体型壮硕又威严的王后，并对家庭用度严加管束。绕过阿加莎王后办事可不容易——起码得绕很远的路才行。

如此这般，贾尔斯终于成了受人尊敬的长者，留着一把垂到膝盖的白胡子，有个非常受人尊敬的宫廷（在这个宫廷里美德经常受到奖赏），还有一个全新的骑士团。他们被称为"龙卫"，旗帜以龙为记：十二个有出息的小伙子当上了长官。

我们必须承认，贾尔斯的崛起绝大部分归于运气，虽然他在抓住好运的过程中也展现了一定的机智。好运和机智伴随了他的一生，并让他的朋友和邻居都沾了大光。他给了牧师非常丰厚的报酬，就连铁匠和磨坊主也分得一份。因为贾尔斯负担得起慷慨大方。但在他成为国王之后，他颁布了一道严格的法律，禁止不祥的预言，并规定磨坊为王室垄断行业。铁匠转行做了殡仪业，磨坊主却成了奉承王室的仆人。牧师当上了主教，并将他的座堂设在哈莫的教堂，教堂也扩建到了相称的规模。

---

1 Draconarius本义为"与龙有关的人"，历史上指罗马军队里的龙旗手，这里解作"驯龙者"。——译者注

哈莫农夫贾尔斯

如今，那些仍然生活在小王国中的居民，会注意到在上述这段历史中，我们今天所说的一些城镇和村庄的名称在当时的真正含义。因为对此类事物深有研究的学者告诉我们，作为新王国首府的哈莫，由于在哈莫之主（Lord of Ham）和泰姆之主（Lord of Tame，亦即驯爵）之间的自然混淆，导致众所周知的后一个名称保留到了今天；毕竟Thame里多出个h是没有正当理由的愚蠢之举。[1]为了纪念令他们名利双收的龙，德拉康纳瑞乌斯家族在贾尔斯和克瑞索飞莱斯初次相遇的地方，也就是泰姆西北四英里处，建造了一座宏伟的厅堂。这地方在整个王国里被称为奥拉·德拉康纳瑞亚，或者通俗地称为"龙厅"（Worminghall），是以国王的名字和他的旗帜命名的。

从那时起，大地的面貌发生了不少变化，王国改朝换代，森林覆没，河川改道，唯有山丘还在，但它们也被风雨侵蚀了。但那地的名称仍然流传，尽管现在大家叫它乌勒（至少他们是这么告诉我的）；因为村庄昔日的光彩已经褪尽了。但在这个故事所讲的年代里，它是"龙厅"，是王室居所，龙的旗帜在树顶飘扬；在咬尾剑尚存于世时，那里一切都美好又快乐。

1　Thame是得名自泰晤士河的小镇，名称中的h不发音。本故事为它杜撰了另一个名称来历。——译者注

后 记

克瑞索飞莱斯经常恳求放他自由；事实上，要养活他的成本十分高昂，因为他还在一直长大——龙就像树一样，只要还活着，就会一直长个不停。因此，几年以后，当贾尔斯觉得自己地位稳固之后，他就让这条可怜的大虫回家了。他们以各种方式互道珍重，并签署了互不侵犯的协定。在龙的坏心肠里，他对贾尔斯所怀的好感胜过对任何人。要知道，有咬尾剑的存在，他本来会轻易送命，失去所有财宝。事实上，他的老巢里确实还有一大堆宝藏（正如贾尔斯怀疑的）。

他缓慢而吃力地飞回山上，因为翅膀太长时间没用，变得笨拙僵硬，并且他的体型和鳞甲都大大增加了。一回到家，他立刻赶走了一条小龙，那条小龙趁克瑞索飞莱斯不在的时候，胆大妄为地定居在这洞穴里。据说，二龙大战的响声传遍整个维奈多提阿[1]。等他把落败的对手吞下肚后，他感到了极大的满足，心情也好多了，耻辱留下的伤疤也抚平了，于是他沉睡了很长一段时间。不过，最后，他突然惊醒，起身去找那个最高又最笨的

---

1 Venedotia，格温内斯王国的拉丁语名称。这是中世纪威尔士西北部的一个王国。——译者注

哈莫农夫贾尔斯

181

巨人，那个在很久以前的一个夏夜里挑起了所有麻烦的始作俑者。他狠狠地骂了巨人一顿，那可怜的家伙沮丧不已。

"原来是喇叭枪吗？"他挠着头说，"我还以为是马蝇呢！"

终
或用俗话说

完 结

险境奇谈

182

汤姆·邦巴迪尔历险记

前　言

　　《红皮书》里有大量诗歌。其中一些出现在"魔戒之主的败亡"的记述中，或者在附录的故事与编年史中，还有更多散见于未编集的纸页，有些则是随手写在页缘与空白处。最后这类大多是胡言乱语，如今即使字迹可以辨认，通常也是难以理解的，不然就是记忆不清的片段。编号第四、十二及十三首，就是从这些边角料整理出来的；不过更能代表其共同性质的则是一段信笔涂抹，写在比尔博记录"当冬寒开始侵肤欺骨"的那一页上：

　　　　风向鸡被大风吹得团团转
　　　　没法再把尾巴翘得老高；

　　　　　　　汤姆·邦巴迪尔历险记

鸫鸟被严霜一口口冻咬

连一只蜗牛都抓不起了。

"我全身都冻硬啦!"鸫鸟哭喊,

"羽毛全不管用。"风向鸡这么答;

于是他俩开始高声哀号。

本选集取自较早的作品,主要是关于第三纪元末夏尔的传说与笑话,显然都是霍比特人的作品,尤其出自比尔博与他的友人们,不然就是他们的直系后人;不过这些作者很少署名。叙事以外的这类东西出自许多人之手,而且很可能是从口耳相传记录下来的。

据《红皮书》说,这里的编号第五首是比尔博所作,第七首是山姆·甘姆吉所作。第八首标示了"SG",归为山姆所作应该可以接受。第十一首也标示了"SG",不过山姆最多只是润色了一下霍比特人似乎很喜爱的一个古老的动物寓言(bestiary)传说。至于第十首,在《魔戒》里山姆说过,这是夏尔的传统歌谣。

第三首则代表了另外一种似乎能逗霍比特人开心的类型:一段诗歌或者故事,在结尾处又回到了开头,因此可以一直念到听众不想再听为止。《红皮书》里有几个例子,但其他的都很简单粗糙。第三首是最长的,也最精致。这首显然是比尔博所作,因为它明显与比尔博在埃尔隆德之家朗诵的长诗有关,而那首长诗是比尔博自己的作品。那首长诗的原版是一首"无意义的诗歌"，但是这个幽谷版本将其转型，运用在高等精灵与努门诺尔的埃雅仁迪尔传说上，虽然稍嫌不协调。这很可能是因为比尔博发明了它的格律，并引以为豪。这些格律并没有出现在《红皮书》的其他诗歌中。此处收录的是较早的形式，必定是早期比尔博历险归来之后所作。虽然从中可以看到精灵传统的影响，但他并没有认真对待，使用的名字（德尔里林、塞尔拉米依、贝尔玛瑞依、艾瑞依）也只是模仿精灵风格发明的，实际上根本不是精灵语。

在其余诗歌中，都可看出第三纪元末那些事件的影响，以及夏尔接触幽谷与刚铎之后扩展眼界带来的影响。第六首在此处虽然与比尔博的月仙一诗放在一起，但是与最后的第十六首一样，必定都源自刚铎。这两首显然以人类的传说为基础，这些人类居住在海岸地区，熟悉流入海洋的河流。第六首明确提到了贝尔法拉斯（"刮着风的贝尔湾"），以及多阿姆洛斯的提力斯艾阿尔（Tirith Aear），即向海之塔。第十六首提到南方王国里流入大海的七条河流[1]，并使用了高等精灵语形式的刚铎人名费瑞

1　莱芙努伊河、墨松德河-奇利尔河-凛格罗河、吉尔莱恩河-色尔尼河、安都因河。

尔，意为"凡人之女"。[1]在长滩与多阿姆洛斯，有许多传说是关于古代精灵的住地以及墨松德河口的海港，"向西的船"早在第二纪元末埃瑞吉安陷落时就已开始从那处海港离去。因此，这两首诗歌只是对南方王国故事的再创作，不过比尔博可能是经由幽谷得知这些故事的。第十四首也是依托于幽谷的精灵及努门诺尔传说，涉及第一纪元末的英雄岁月，似乎也有关于图林与矮人密姆的努门诺尔故事的影子。

第一及第二首显然来自雄鹿地。对于这片地区以及林木繁茂的柳条河谷即林谷（Dingle）[2]，这两首诗流露的认知很可能是泽地以西的霍比特人并不具备的。这两首诗也显示，雄鹿地的住民知道邦巴迪尔[3]，不过他们无疑对他的力量所知甚少，就像夏尔居民也不了解甘道夫的力量；邦巴迪尔与甘道夫都被视为仁慈之人，也许神秘莫测，却充满

---

1 一位刚铎公主以此为名，阿拉贡南方王国一系的血统正是源自她。山姆之女埃拉诺也有一个女儿叫这个名字，但如果她的名字与这首诗有关，一定是直接取自这首诗；它不可能源自异界。

2 栅墙（Grindwall）是柳条河北岸的一个小码头；它在柳篱之外，所以受到一道延伸至水中的"grind"或栅栏的严密监视和保护。荆丘村（Breredon，意为 Briar Hill，"荆棘丘"）是一个小村，位于这个码头后面的高地上，高篱尽头与白兰地河之间的狭长河岬中。在夏尔溪（Shirebourn）的出水口——溪口（Mithe），有一处浮桥码头，那里有条小径通往深岸村，然后一直延伸到穿越灯芯草岛及斯托克的堤道。

3 事实上，他的这个名字很可能就是我们起的（是雄鹿地的形式），除此之外，他还有许多更古老的名字。

喜剧色彩。第一首年代较早，以霍比特人的各种邦巴迪尔传说拼凑而成。第二首也采用了类似的传统，不过邦巴迪尔在这里对朋友们的讥讽是开玩笑的，而朋友们的反应则是感到有趣（带点畏惧）；这首的完成年代很可能要晚得多，是在弗罗多与同伴们造访邦巴迪尔之家以后。

这里收录的霍比特人诗歌通常有两个特点：喜欢用奇特的词语，而且喜欢押韵与格律的把戏——单纯的霍比特人显然把这些特点视为优点或者魅力，但无疑只是在模仿精灵的惯常做法。至少从表面上看，这些诗歌还是轻快或轻佻的，但有时人们会不安地怀疑其中含意远不止于此。明显源自霍比特人的第十五首则是例外。它是年代最晚的作品，属于第四纪元，但它被收录在这里，因为有人在诗前潦草地写下了"Frodos Dreme"[1]。这一点很值得注意，虽然这首诗不大可能出自弗罗多之手，但从标题可以看出，这首诗与弗罗多在最后三年的三月与十月所做的黑暗绝望的梦有关。但其中肯定还有其他传说，涉及染上"漫游狂热"的霍比特人，这些人后来即使回来了，也变得古怪且难以沟通。在霍比特人的想象中，大海始终隐隐存在；但是在第三纪元末，夏尔的普遍情绪则是对大海的恐惧，以及对所有精灵传说的不信任，而且这种情绪并没有因为第三纪元末发生的事件与变化而完全消散。

---

1 "弗罗多的梦"。——译者注

1

汤姆·邦巴迪尔历险记

老汤姆·邦巴迪尔，乐天老伙计；
他身穿外套天蓝色，脚蹬黄皮靴，
套裤全皮制，系着绿腰带；
头顶高帽子，插着天鹅羽。
他住在上头那座小山下，在那边
草地泉眼涌出柳条河，流进林谷里。

夏日里，原野上老汤姆四处逛
这里追着影子跑、那里摘点毛茛花，

逗弄花丛里大黄蜂嗡嗡忙，
更有溪边闲坐，消磨无数时光。

汤姆一把长胡须，不觉垂进水中央，
河婆的女儿名金莓，浮上来
扯住胡子往下拽。汤姆扑通一声
咕嘟咕嘟喝着水，沉到睡莲下。

"嘿，汤姆·邦巴迪尔！你要上哪儿去？"
美丽的金莓说，"你满嘴吐泡泡，
吓坏了棕河鼠、小鳍鱼，
惊扰了小鹧鸪，还淹了你的羽毛帽！"

"可爱的姑娘，请你帮我拿回来！"
汤姆说，"我倒不在乎泡点水。
河流的女儿，然后你快回家！
在柳树根下，荫凉深水里睡一觉。"

年轻的金莓往下游，回到母亲家里
在最深的水底。但汤姆没跟随；
他坐在虬曲的柳树根上，好太阳底下，
晒着黄皮靴，还有羽毛湿答答。

头顶上，苏醒的老柳树开始唱，

晃悠的枝丫下，汤姆入了梦乡；

突然树枝咔嗒响，一把抓个正着，

汤姆·邦巴迪尔，还有外套帽子和羽毛。

"哈，汤姆·邦巴迪尔，你打什么主意？

往我里面偷看，看我坐在自家木屋里

大口喝河水，又拿羽毛搔我痒痒，

浇我一脸水，就像阴雨天滴滴答答？"

"柳树老头！快放我出去！

你的树根不比枕头，又弯又硬，

硌得我浑身疼。你喝你的河水！

然后学学河流的女儿，回家睡觉去！"

听他这么说，老柳树放开他；

锁上自家木屋大门，坐在树里

自言自语，咕咕哝哝吱吱嘎嘎。

汤姆出了柳树窝，来到柳条河。

好一会儿他坐在树荫底下

听枝头鸟儿啁啾鸣唱。

蝴蝶绕头翩翩飞舞，

直到灰云四合，夕阳西下。

汤姆·邦巴迪尔历险记

193

汤姆起身往回赶。大雨噼啪，
流淌的河水上圈圈涟漪溅响。
一阵风过，落叶雨滴披披纷纷；
汤姆蹦蹦跳跳，蹿进地洞把身藏。

老獾猡探出脑袋一片雪白
黑色的眼睛亮闪闪。就在山底
他和一大家子挖土安居。他们
攥住汤姆的蓝外套，
把他拉进地底，拽着他往下
一路钻进地道里。

他们在隐蔽的家里坐下，低声盘问：
"吓！汤姆·邦巴迪尔！你从哪里
发着抖闯进我家大门？大獾一家逮住你。
我们进来的这条路，你永远也出不去！"

"老獾猡，你给我听好，
现在马上让我出去！我这就得走。
给我带路去你家后门，在野玫瑰丛下；
洗洗你脏兮兮的爪子，擦擦鼻头的泥！
然后学学美丽金莓和柳树老头，
抱着你的干草枕头，回家睡觉去！"

险境奇谈

野獾一家说：“真是对不起！”
他们给汤姆带路，走到玫瑰丛下，
然后回家躲起来，瑟瑟发抖，
把每一道门都堵上，一起把土挖。

大雨已停。天空放晴，夏日薄暮已降临
老汤姆·邦巴迪尔回家路上笑哈哈，
他打开门锁，推开窗板，
厨房里飞蛾绕着油灯飞；
汤姆望见窗外，苏醒的星星眨巴眼，
纤细新月已经早早向西。

小山下黑夜已至。汤姆点起蜡烛；
嘎吱嘎吱走上楼，打开房门。
“哈哈哈，汤姆·邦巴迪尔，看看黑夜给你送了啥！
我一直躲在门后。现在可把你抓！
你不记得了吧，山顶那圈
石阵底下
尸妖住在古老墓冢里！
他又逃出来啦，要把你拖进地底下。
他要把你变得苍白冰冷，汤姆·邦巴迪尔倒霉啦！”

“滚出去！关上门，永远别再来！

带上你闪烁的眼睛，空洞的笑声！
滚回草地下的墓穴，把你的骷髅
枕在石头上，学学柳树老头，
学学年轻的金莓、地洞里的野獾！
回去抱着陪葬的黄金、早已遗忘的怨仇！"

尸妖跳出窗户，踉踉跄跄，
像个幽影穿过院落，翻过围墙，
哀号着跑上山顶，颓圮的石阵，
钻回冷清的古冢，一身骨头喀喀响。

老汤姆·邦巴迪尔高枕安眠，
睡得比金莓更甜，比老柳树更酣，
比野獾一家舒服，比尸妖温暖；
睡得像陀螺四平八稳，鼾声似风箱。

他在晨曦中醒来，吹着八哥的口哨，
唱着："来吧，哒哩咚，欢乐咚，我心爱的你！"
拍打风尘仆仆的帽子、羽毛、皮靴与外套，
敞开窗子，迎接灿烂的阳光普照。

睿智的老邦巴迪尔，谨慎的老伙计；
他身穿外套天蓝色，脚蹬黄皮靴，

山顶还是林谷里，谁都没法抓住他，
林中小径、柳条河畔，他随意徜徉，
有时乘着小舟，在莲花丛间游荡。
有一天，他捉住了河流的女儿，
她身穿绿衣，长发飘飘，坐在急流里，
朝着树上的鸟儿，吟唱古老的水中歌谣。

汤姆抓紧她，吓得河鼠四处逃
芦苇嘶鸣，苍鹭啼叫，她的芳心狂跳。
汤姆说："可抓住了你，我的漂亮女郎！
宴席已经备好，请跟我一起回家！
黄奶油，蜜蜂蜡，白面包涂黄油；
窗台上的玫瑰花，都往屋里探头。
请你来到山脚下！别惦记你母亲
她在芦苇塘，深水里你可找不着好夫婿！"

汤姆·邦巴迪尔的婚礼喜气洋洋，
他头戴金毛莨，羽毛帽子搁一旁；
新娘身穿银绿衫，头冠是勿忘我
与鸢尾花。他哼着曲子好似蜜蜂嗡嗡，
和着小提琴，犹如八哥欢唱，
一边搂住纤腰，乃是他的河之女郎。

汤姆·邦巴迪尔历险记

197

小屋里油灯火光闪烁，被褥一片

洁白；

蜜月皎洁光下，野獾一家悄悄来，

山坡下跳起舞，柳树老头

轻轻打拍子，敲打窗玻璃，夫妻二人

安眠枕上，

河岸芦苇间，河婆轻声叹息

听见山顶上，古冢尸妖哭泣。

叹息、哭泣、敲打、舞步闹了一夜，

老汤姆·邦巴迪尔充耳不闻，

他安稳睡到出太阳，然后犹如八哥欢唱：

"嘿！来吧，哒哩咚，欢乐咚，我心爱的你！"

他坐在门口台阶上，劈开柳枝丫，

美丽的金莓梳理着金黄色的秀发。

2

邦巴迪尔划船去

一年老去渐转秋褐，西风又在呼唤；
林木飘摇，汤姆接住山毛榉叶一片。
"抓住了微风吹来的快乐一天！
这就乘兴出发，何必再等明年？
今天我就要修好小船，随它漂流
顺着柳条河西下，满足我的心愿！"

小柳莺坐在树枝上。"喔呵[1]，汤姆！我听到啦。
我猜啊，我猜我知道你的心愿是啥。
要不要，要不要我去给他带个话？"

"别多嘴，长舌鸟，不然我就剥皮吃了你，
别往每只耳朵里叨叨跟你没关系的事！
你敢告诉柳树老头我的去向，我就烧了你，
串在柳枝上烤来吃，你就不会再多管闲事！"

小柳莺翘起尾巴，飞走了还高声嚷：
"你来抓我，抓我呀！我压根不必多嘴。
我只要停在他耳边上，消息自然就清楚啦：
我就说：'太阳下山的时候，打溪口过来。'
赶快呀，赶快！那就是该喝两杯的时候啦！"

汤姆犹自笑哈哈："看来我倒该去一趟。
虽然能走别的路，不过今天就划船去吧。"
他打磨了桨，修补了船；把船拖出
隐秘的河汊
穿过芦苇、丛丛黄华柳、歪斜的桤树，
顺流而下，他唱："傻呼呼，黄华柳，

1　原文是Whillo，与柳树（willow）谐音。——译者注

顺着柳条河，漂过深浅照样流！"

"喂咿！汤姆·邦巴迪尔！你去哪儿？
摇摇晃晃划着小舟，顺流而下？"

"也许顺着柳条河去白兰地河；
也许我那些住在篱尾的朋友
会为我生起火。都是些小家伙，
夜晚来临时很好客。我不时去那边做做客。"

"帮我带个话给亲戚，为我打听点他们的消息！
告诉我哪里可以潜水，还有哪里躲着鱼！"

"还是算了吧，"汤姆说，"我只是划划船
不办事，就想闻闻河水之类的气息。"

"咿嘻！神气活现的汤姆！别搞翻了你的浴缸！
当心绊着柳树根！看见你翻船，
我会笑嘻嘻！"

"闭嘴吧，蓝翠鸟！省省你的好意！
飞远点把你的鱼骨头细细嚼！
虽然你挺着红胸脯，神气活现蹲树枝，

汤姆·邦巴迪尔历险记

其实是个无赖脏兮兮，住在臭烘烘的窝巢里。
我听说，可以把翠鸟喙高高挂起
当成风向标；鱼可就再也捉不了！"

翠鸟闭上喙，眨眨眼，汤姆
唱着歌儿
划过树底。呼喇一声，翠鸟拍翅而去，
落下一根羽毛宝石蓝，阳光下闪亮晶莹，
汤姆接在手里，这礼物倒是很美丽。
旧羽毛抛在一旁，新羽毛插上高帽，
"现在汤姆戴上蓝羽，这颜色欢乐又持久！"

小船周围涟漪阵阵，气泡颤颤。
汤姆使劲拍桨，啪啦一声，拍中水里阴影。
"呼哧！汤姆·邦巴迪尔！好久没见，
现在成了船夫啊？不怕我掀翻你？"

"什么？嘿，胡须小子，我要骑着你游河。
手指抓紧你，让你浑身抖不停。"

"噗呼，汤姆·邦巴迪尔！我要去告诉妈妈；
'赶紧把家人都叫来，姐姐哥哥和爸爸！
汤姆发疯了，跟那些木头鸭子一样傻：他正在柳条河上拍着桨，小船活像旧浴缸！'"

"我要送给尸妖你这身水獭皮。他们
会把你做成皮褥子！
再用金圈沉甸甸压住你！就算你妈妈
看见了，
也认不出她儿子，除非看见你的胡须！
不，别惹老汤姆，直到你跑得够快能逃命！"

"呜嘘！"水獭小子溅起河水，
浇湿汤姆的帽子和全身；推得小船左右摆，
潜到小船下，最后趴在岸边偷偷看，
目送汤姆开开心心唱着歌，逐渐远行。

鸿鹄岛的老天鹅，昂首游过船边，
他瞪了汤姆一眼，响亮地嗤之以鼻。
汤姆哈哈笑："老家伙，你想念自己的羽毛？
旧的已受风吹雨打，快给我一根新的。
你要能对我说句好听话，我会更喜欢你；
你有长脖子、哑嗓子，高高在上冷冰冰！
哪天国王归来，把你赶去也说不定，

汤姆·邦巴迪尔历险记

给你的黄喙烙上印，[1]叫你不再这么神气！"
老天鹅恼火地扇翅膀，发嘘声，划水更使劲；
汤姆尾随他划桨，摇摇晃晃往前行。

汤姆来到柳条堰。河水浮着白浪
水花飞溅，流进柳条泾；
他像风吹落的枝叶，打着旋儿越过礁石，
像软木塞浮浮沉沉，来到栅墙的码头。

"嘿！这不正是森林里的汤姆，留着山羊胡！"
篱尾与荆丘村的小种人居民哈哈笑。
"当心啊，汤姆！我们会弯弓搭箭
射死你！
我们不让森林里的居民、古冢里的妖怪
坐着小舟渡船，把白兰地河穿行。"

"喊！你们这些小矮胖子！可别这么开心！
我见过霍比特人挖个洞躲起来，
被山羊野獾看一眼也要胆战心惊，
被月光吓得半死，躲着自己的投影。"

---

1 这里指的是对英国国王拥有的天鹅的年度普查，自十二世纪开始。天鹅
被驱赶到一起，方便鸟喙被打上缺口做记号。——译者注

我去叫奥克来抓人，吓得你们飞奔逃命！"

"尽管去啊，森林里的老汤姆，尽管吹牛
把胡子都吹光。
三支箭射中你的帽子啦！我们可不怕你！
你现在要去哪里？要是想喝啤酒，
荆丘村的酒桶太浅，可不够你牛饮！"

"顺着夏尔溪，我本要去白兰地河，
但现在水流太急，小舟无法前进。
要是小种人能让我搭渡船，
我祝福他们拥有美好的夜晚、诸多快乐的黎明。"

晚霞燃起白兰地河一片鲜红，
夏尔的太阳落山，河水随之黯如灰烬。
溪口阶梯空无一人，堤道无声寂静。
没人来迎接汤姆。他说："好一场欢迎！"

路上汤姆步履沉重，天光渐暗。
前方灯芯草岛灯火闪烁。他听见背后
有人呼喊。
"谁在那里？"小马止蹄，车轮猛然滑停。
汤姆头也不回，蹒跚前进。

"喝！泽地里打滚的叫花子！
来这里干什么？满满的羽箭射穿了帽子！
这是给人赶跑了吧，鬼鬼祟祟抓个正着？
你给我过来！说说你到底在找什么？
肯定是夏尔的麦酒，虽然你一毛钱都没有。
我去叫他们锁紧大门，你甭想沾哪怕一滴酒！"

"瞧瞧你，泥腿子！没赶上在溪口碰头，
招呼打得倒真是无礼！
你这胖老头走路都喘不过气，
被马车驮着像麻袋，能不能稍微讨人欢心。

"长了脚的浴缸，一毛钱也计较的小气鬼！叫花子我
挑剔不起，
不然我就叫你走，吃亏的就是你。
马戈特，来扶我上车！现在你可欠我一大杯。
虽然四下里黑黢黢，老朋友总该认出我是谁！"

他俩一路笑开怀，经过灯芯草岛却没停下，
虽然客栈敞开门，已闻见酒香。
马车走上马戈特家小路，颠得吱嘎响，
颠得车斗里汤姆上下蹦跳，左摇右晃。
星光映照豆园庄，马戈特家

险境奇谈

灯火点亮；

欢迎晚归的旅人，厨房里炉火兴旺。

儿子们在门口鞠躬，闺女们屈膝

行礼，

老伴儿为口渴的他们端出麦酒

一杯杯，

大家欢唱说笑，晚饭后还有

舞蹈；

老好人马戈特腆着肚子蹦老高，

汤姆畅饮后表演一支角笛舞，

闺女们把跃圈舞来跳，老伴儿只顾着哈哈笑。

各人盖稳羽毛被，干草床上安眠，

只有老汤姆与老农夫，围坐炉边，

头碰着头，把每一个消息谈论

从古冢岗到塔丘：徒步的

骑马的；

小麦穗与大麦谷，播种与收成；

作坊、磨坊与市集的传言，布理的

古怪故事；

树林的窃窃私语，松林中的南风，

渡口边高大的守卫，还有边境上的阴影。

汤姆·邦巴迪尔历险记

炉火燃尽，老马戈特在椅子里沉沉睡熟。
破晓前，汤姆已经离去，犹如模糊的梦境，
有欢乐，有哀伤，还有隐约的警醒。
没人听见打开门锁的声音；清晨的
一阵雨
洗去他的足印，他在溪口没有留下踪迹，
也无人在篱尾听见他的歌声或者沉重的足音。

他的小舟在栅墙的码头停了三天，
某天早晨又回到了柳条河。
霍比特人说，是水獭一族趁夜松开缆绳，
把小舟拖过柳条堰，推着它往上游去。

鸿鹄岛的老天鹅游出来，
喙里衔住缆绳，在水上拖曳，
庄重堂皇；水獭一家游在四周
绕过柳树老头的盘根，为她导航；
翠鸟立在船头，柳莺在划手座上鸣啼，
带着小舟回家，大家开开心心。
他们来到汤姆门前河汊。水獭小子说：
"呜嘘！
这可怎么好？木鸭子没了腿，鱼没了鳍！"
嘻！傻呼呼的黄华柳！他们把船桨

忘得一干二净!

船桨就这么留在栅墙码头,等着哪天
汤姆去找寻。

3

漫游记

有一位快活的旅人，
他是信使，是航海家：
造了一艘泥金平底舟
四处飘航，船上载着
他的行粮，有麦片粥，
还有满满的柳橙鲜黄；
他把小船熏香，用的是香花薄荷
薰衣草，还有小豆蔻。

汤姆·邦巴迪尔历险记

河流横亘，耽搁了行程，
风儿吹动大船满载，
被他召唤前来
送他越过十七条河。
他孤身一人，停靠在
满是鹅卵石的河滩，
德尔里林河水湍急
轻快奔流日夜不息。
接着他穿越草原
走过荒凉的阴影之地
从山脚攀爬，翻过山顶
在迢迢长路上漫行。

他坐下来，唱一支歌，
暂停这趟漫游的旅程。
一只蝴蝶翩翩飞过，
他向漂亮的她求婚，
她嘲弄他，不屑一顾，
毫不留情拿他取笑；
从前他钻研法术多年，
还有巫术与锻造。

他织出轻盈如风的薄纱

险境奇谈

好将她诱捕；又给自己装上

甲虫双翅，燕鸟的羽翼，

在后追寻她的踪迹。

他以蜘蛛网的游丝

抓住了惊慌失措的她；

他用百合花为她造了

轻软楼阁，新娘的睡床

铺的是蓟草绒与鲜花

好让她安歇，舒适休憩；

他为她打扮，穿的是

银白朦胧的丝织新装。

他为她把宝石串成项链，

她毫不在乎，一把扯散，

与他大吵大闹；

伤心的他重新上路，

颤抖着远走逃避，

独留她逐渐凋零。

他挥动燕鸟的双翼

乘着季风，往远方飞去。

他经过列岛的海域

那里金盏黄花盛开，

汤姆·邦巴迪尔历险记

还有无数银泉喷涌，

更有仙境般的金色山脉。

他加入战争与探险，

航越大海，参与突袭，

又漫游了贝尔玛瑞依

塞尔拉米依与范塔西。[1]

他用珊瑚与象牙

锻造了盾牌与无面罩的头盔，

一柄宝剑是祖母绿，

与他较量的个个骁勇

其中有精灵骑士

族属艾瑞依与仙境

眼中有光的金发游侠

拍马而来向他挑战。

他的剑鞘是玉髓打造，

无袖的锁甲是水晶织就；

他的长矛以乌木为柄

1　如前所述，贝尔玛瑞依（Belmarie）、塞尔拉米依（Thellamie）、范塔西
（Fantasie）都是模仿精灵语造出的地名，实际上并不是精灵语。——译
者注

银白如满月的正是矛锋。
他手中投枪，乃是以
孔雀石与钟乳石铸成，
他克敌制胜，与空中的
蜻蜓搏斗。

他对抗酿蜜的蜂群
还有嗡嗡蝇、大黄蜂，
拿到了金黄的蜂巢蜡；
阳光灿烂的海上，他飞驰返家
树叶与蝉翼纱造好海船
遮阳的华盖是怒放的鲜花，
他坐下唱着歌，一面
把全副披挂打磨擦亮。

他在那些孤零零的
小岛上，消磨些许时光，
岛上只有野草被风吹响；
最后他重新上路，
带着金黄蜂巢蜡返家，
突然他想起自己的差使，
还有消息必须送达！
他冒险犯难，身披荣光，

却遗忘了任务，只顾
耀武扬威，四处游荡。

驾着他的平底小舟
现在他必须再次启航，
他依然是那位信使，
一个漂泊者，一个旅人，
犹如羽毛一般飘荡，
一个任由风吹的航海家。

险境奇谈

4

予予公主[1]

有一位予予公主

她可爱美丽

如精灵歌曲传述：

1　原文是Princess Mee。Mee与Me（"我"）同音，故译为"予予"。——
　　译者注

秀发饰以珍珠

编结分明历历；

头纱来自蛛丝

再以黄金染色，

颈上戴着银链

串着灿烂星辰。

她身着轻盈长衣

是蛾蚕吐丝织就

如月光洁白纯净，

她的长裙腰间

腰带紧紧围系

缀着钻石般的露珠。

她在白日漫步

身披灰色斗篷

兜帽如阴云灰蓝；

她在夜里出行

星光照耀的夜空下，

全身晶莹璀璨，

脚上便鞋轻软

缝制以鱼鳞取材

随脚步闪闪发亮

前往她跳舞的池边，

池水平静无波，

仿佛清凉的镜面。

银色的舞步轻快

在水上摇曳跳跃

犹如一片轻雾

四处飘忽回旋

她双脚所到之处

如玻璃细细闪烁。

她抬头仰望

无垠的天空，

又眺望远方海岸；

然后转回身来，

她垂下双眼

看见就在脚下

一位公主名伊伊[1]

和予予一般美丽：

足尖抵着足尖！她俩共舞。

伊伊轻盈

---

1 原文是 Princess Shee。Shee 与 She（"她"）同音，故译为"伊伊"。——
译者注

如同予予，一样光明；

奇怪的是，伊伊

头下脚上

星光点缀的冠冕

在无底的泉水里！

伊伊的闪亮双眼

充满了讶异

望着予予的眼睛：

多么奇妙啊，

起舞翩翩头朝下

脚下是星光海洋！

她俩无法碰触

只有双脚相抵；

也许有条路

通往某个国度

那里人们脚不落地

而是悬在天上

可是没有故事

也无人听说

在精灵所有的歌谣里。

因此她依然

精灵独自起舞

一如往常

秀发缀珍珠

美丽长裙

轻软便鞋

取材鱼鳞，装扮着予予：

取材鱼鳞

轻软便鞋

美丽长裙

秀发缀珍珠，装扮着伊伊！

汤姆·邦巴迪尔历险记

5

月仙睡太晚[1]

古老的灰色山丘下，

有座温馨老客栈，

酿成麦酒色深褐，

酒香飘飘，佳酿诱人，

月仙趁夜也来品。

---

1 这是《魔戒》第一部《魔戒同盟》卷一，第九章"跃马客栈"当中弗罗多唱的歌，"他干脆豁出去，唱起一首比尔博相当喜欢（其实相当自豪，因为歌词就是他自己写的）的荒唐歌。"——译者注

马夫有只小醉猫，

小猫会拉五弦琴，

琴弓上下飞不停，

高声呀呀，低声咪咪，

还有中音嘎嘎锯。

店主有只小小狗，

小狗爱把笑话听，

每当旅客开怀饮，

小狗竖耳，到处留心，

哈哈大笑岔了气。

客栈有只带角牛，

架子大得像王后，

听曲开心如饮酒，

摇头晃脑，牛尾扫扫，

绿草地上撒蹄跑。

噢，看那银盘排成列，

银勺也来排成队，

周六午后先齐备，

细心擦擦，闪闪发光，

等待周日摆上桌。

汤姆·邦巴迪尔历险记

223

月仙放量饮佳酿，

小猫放声吱哇唱，

银盘银勺对对舞，

菜园里，母牛狂踢跶，

追尾巴，小狗环环撞。

月仙豪饮更一杯，

杯尽醉卧座椅下，

好梦正酣梦佳酿，

不知不觉，天色微亮，

黎明就要来到啦！

马夫对猫把话讲：

"拉动月亮的白马，

嘶鸣且把银衔咬，

月仙还在睡大觉，

太阳可要来到了！"

高高低低，小猫忙把琴声奏，

快板一曲，足把死人吵活了，

吱吱嘎嘎，曲调急速，

店主则把月仙唤：

"天快亮啦您可快醒醒！"

险 境 奇 谈

齐心合力慢慢扶，
月仙送进月车里，
白马放蹄使劲推，
母牛蹦跳，好像野鹿，
银盘跟着勺子跑。

吱吱嘎嘎，小猫狂奏，
呜呜汪汪，小狗狂吼，
白马母牛拿大顶，
好梦惊醒，一跃而起，
旅客也来团团舞。

嘎嘣一声琴弦断，
母牛跳过了月亮，
小狗开心高声笑，
周六银盘，一溜小跑，
跟着周日银匙去了。

汤姆·邦巴迪尔历险记

225

圆圆的月亮滚下山，

太阳女仙爬上来，

火眼亲见犹未信，

这些家伙，大白天里，

睡着回笼觉还不起！

险境奇谈

6

月仙来太早

月仙穿银鞋，
留着银色长胡须；
头冠装饰蛋白石
腰带缀满白珍珠，
有一天，他身披灰色长斗篷
走过闪亮的地板，
水晶钥匙藏手中
悄悄打开一道象牙门。

汤姆·邦巴迪尔历险记

227

梯上花纹如闪烁发丝缠绕

他轻轻走下楼梯，

终于自由啦，他兴高采烈

决心来一次疯狂的游历。

白亮钻石，再也不能让他欢喜；

月石砌成的这座高塔

矗立在月亮山上孤零零

也早已令他厌倦。

他愿挑战一切危险，求得绿玉红宝石

把自己苍白的衣裳装扮，

还有光辉的宝石各种各样，

蓝宝石与祖母绿，把新头冠点缀。

寂寞的他无所事事

只能盯着金色的地球

耳边传来的只有它

欢快旋转的遥远低鸣。

满月时分，银色的月亮里

他在心中向往的是火焰：

他不爱惨白月石的透明光辉

鲜红色才是他心中所愿，

玫红色，深红色，余烬红光，

险境奇谈

还有燃烧的火舌烈焰，

在暴风雨之日的清晨，

高升旭日点亮的绯红天边

他还想要蓝色的海洋，

林木草泽的绿意生机；

他渴望大地上稠密人烟的欢乐

还有人类的红润血色。

他希求歌曲、长久的笑声、

热乎乎的美食与葡萄酿，

畅饮私家酿造的淡酒

吃着洁白糕饼洒满雪花糖。

他脚步轻快，心里惦记

肉食、胡椒、无尽的香料酒；

没提防在楼梯上滑一跤，

仿佛一颗流星，飞翔的星星，

他一路闪光往下溜

从梯上摔进起浪的海水

就在那刮着风的贝尔湾[1]

在冬至节期的前一天。

1　即贝尔法拉斯湾（Belfalas），属于刚铎。——译者注

他担心自己融化下沉，于是思考

自己到底该如何是好，

一艘渔船远远看见他漂在海上

船上渔夫们吃惊不小，

他们的网里晶莹闪烁

湿漉漉一片磷光朦胧

参差蓝白与蛋白石般的乳白

还有一丝丝绿色流光。

他不情不愿跟着清早渔获

一股脑儿被打包上了岸；

"你最好去找个客栈住店，"他们说，

"镇子就离这里不远。"

有气无力的温吞钟声

来自朝海那座高高的钟楼[1]

宣告这群被月光晃晕的渔人归来

在这早得过了分的时辰。

这个又冷又湿的清晨，

没有炉火，也没有早点，

---

1 即提力斯艾阿尔（Tirith Aear），位于贝尔法拉斯一处海岬上。——译
者注

火焰只余灰烬，草地换了泥塘，
太阳活像小巷背街里
冒着烟的黯淡油灯。他也没遇见人，
没有响亮的悠扬歌声；
只有鼾声处处，所有人还在高卧
而且还要沉睡好一阵。

他沿路拍打紧闭的门扉，
白费力气大喊大叫，
终于来到一处点着灯的客栈，
把窗玻璃轻轻敲。
瞌睡的厨子瞅他一眼，
问道："你要啥？"
"我要火焰、黄金、古老歌曲
还要红酒随意喝！"

"这些都没有，"厨子不怀好意笑一笑，
"不过你可以进来。
银子我很缺，也穿不起丝绸——
也许我能让你住店。"
打开门锁要价银币一枚，
跨过门槛得付珍珠一颗；
墙角炉边挨着厨子找个座儿

还得再掏珍珠二十颗。

他又饥又渴，却没得吃喝
直到交出斗篷与头冠；
换来搁了两天的冷粥
一只粗陶碗
煤烟熏黑，破破旧旧
用一把粗木勺往嘴里送。
可怜的傻瓜，想吃冬至节布丁加李子，
却来得太早：
来自月亮山脉的他踏上疯狂征程
是个冒冒失失的旅人。

险境奇谈

7

岩石食人妖 [1]

食人妖独坐在石凳上，
嚼啊啃着一根老骨头；
好多年啦他只啃这一根，
因为活人不打这儿过。
都不过！没人过！
山里的洞穴他自己住，

---

1 《魔戒》第一部《魔戒同盟》卷一第十二章"逃亡渡口"，山姆·甘姆吉
  唱了这首歌。——译者注

汤姆·邦巴迪尔历险记

233

活人全不打这儿过。

汤姆穿着大靴子上山来，
"请问你啃的那是啥？
倒像是我老叔提姆的小腿骨，
不过他老人家此时该在墓中躺。
穴中躺！土中躺！
提姆走了多年啦，
他该安眠墓中躺。"

"小伙子，这是我挖到的骨头。
骨头埋在土堆里能抵啥用？
你老叔早就冰凉又死透，
我就拿了他的小腿骨头。
冷骨头！瘦骨头！
他就行行好给我这老鬼塞牙缝，
反正他用不着这根老骨头！"

汤姆说："你这货色也没问问，
我老爸家的小骨头老骨头，
怎能让你随便啃；
快把骨头还给我！
交过来！滚过来！

就算老叔已死透，骨头他的可没错！
快把骨头交给我！"

食人妖，咧嘴笑："小指头都不用动，
我也能把你嚼嚼吞下肚。
鲜肉顺口又滑溜！
现在拿你磨磨牙！
现在磨！现在咬！
受够了厚皮老骨头，
现在拿你打牙祭！"

食人妖以为抓个正着，
谁知居然两手空空，
汤姆脚底抹油溜到身后，
狠踹一脚给点颜色瞧瞧！
踹一脚！狠一脚！
一脚踹在屁股上，汤姆想
叫老妖一辈子忘不了！

可是深山老林长年坐，
老妖皮肉倒比石头硬，
脚上皮靴就像踹上山脚，
踹上老妖活像挠痒痒！

汤姆·邦巴迪尔历险记

挠痒痒！太轻啦！
汤姆只叫疼，老妖笑哈哈，
疼的不是屁股是脚丫！

废了一条腿，汤姆逃回家，
从此穿不上靴老瘸着，
老妖怪可管不着，
照旧呆坐把老骨头嚼，
骨头嚼！骨头咬！
食人妖的屁股依然完好，
牙里照样把老骨头咬！

险境奇谈

8

温克尔家的佩里[1]

寂寞食人妖，坐在石头上
嘴里唱着伤心的歌：
"为什么啊为什么，我只能
在这远荒山上孤零零？
乡亲们何时离开已记不清

---

1 原题是 Perry-the-Winkle。periwinkle 是一种可食海螺。Perry-the-Winkle
把这个词拆开，玩了一个文字游戏。——译者注

他们也不再把我想起；

我一个人被抛下多孤寂

从风云顶到大海边，只有我自己。

"我不抢金银不喝酒，

我还从来不吃肉；

可是人类听见我走近，

就怕得甩上大门闩紧。

哎呀我多希望我的脚干净，

两只手也不是这么粗气！

可是我有柔软的一颗心，笑容甜蜜，

还有做菜的好手艺！"

"哎，得了，"他心里想，"这样下去可不行！

我得出门交个朋友；

我会轻手轻脚慢慢逛

从头到尾把夏尔走遍。"

于是他穿上毛皮靴

下山走了一整夜。

黎明时分他来到大洞镇[1]，

1　原文是Delving，即大洞镇（Michel Delving）。——译者注

人们刚开始出门上街。

他东张西望，四下无人
只有那邦斯老太太
沿街走来，挽着提篮与阳伞；
他面带微笑，停步招呼：
"夫人，早安！祝您一天愉快！
您身子骨肯定还硬朗？"
只见她撒手甩开阳伞提篮，
放声尖叫，心惊胆寒。

老镇长波特正在遛弯；
听见这动静直肝颤，
吓得他脸色红又紫，
赶紧找个地洞往里钻。
寂寞食人妖好伤心：
"别走！"他轻轻说，
可是邦斯老太太疯了似的跑回家
躲在床下不肯出来。

食人妖来到市集上
探着腰往畜栏偷眼瞧；
见了他的脸，绵羊炸了窝，

大鹅飞过墙去把命逃。
老农霍格吓洒了手里的酒，
肉贩子比尔甩出去一把刀，
他的狗儿名叫利爪，
夹起尾巴撒腿就跑。

老食人妖坐下哀哀哭
就在牢洞大门边，
温克尔家的佩里悄悄走过来
把他的秃头轻轻拍。
"傻大个儿，你为啥哭？
你出来走走总比自己待着强！"
他把食人妖亲亲热热捶了一下，
开心看见他也咧嘴笑哈哈。

"温克尔家的佩里啊，"他大喊，
"哎，我看就是你！
如果现在你有兴兜个风，
我就带你回家喝茶去。"
佩里跳到他背上抓紧，
喊一声："这就走！"
这一晚他坐在老食人妖膝头，
享受了好一顿宴席。

险境奇谈

端上来的有小圆饼，鸡蛋糕，

果酱、奶油，还有黄油面包片。

佩里鼓劲吃得所剩无几，

衣服扣子差点全崩飞。

炉火正热，壶水欢唱，

褐色的茶壶大又高。

茶水足可把他没了顶，

佩里努力喝个饱。

肚子吃撑了，衣服也嫌紧，

他俩安安静静休息，

然后食人妖说："我现在要露一露

面包师傅的传世手艺，

一种美味的大麦饼，

烤成褐色深深浅浅；

你就躺在石楠叶铺成的床上

枕着小猫头鹰绒毛枕头睡一觉。"

"小温克尔，你上哪儿去了？"大家说。

"我去吃了一顿茶，美得不得了，

我感觉自己胖了不少，因为我

大嚼了一种大麦面包。"

汤姆·邦巴迪尔历险记

他们说:"小伙子,那是在夏尔什么地方?
还是得出远门到布理镇上?"
"我不说。"
佩里板起腰,直截了当。

"我知道在哪,"爱偷窥的杰克说,
"我看着他走的,
就坐在那个老食人妖背上
去了远荒山的方向。"
所有人铆足劲上了路,
赶着车,骑着驴子和小马,
终于来到山里一座小屋前,
看见烟囱上一缕炊烟。

他们把食人妖的家门使劲擂。
"啊!请为我们烤一个、两个
美味的大麦面包,越多越好;
求求你烤吧!快烤!"
"你们赶紧走!回家去!"老食人妖说。
"我可从来没请你们来做客,
我只在星期四做面包,
而且就做那么几个。"

险境奇谈

"你们赶紧走！回家去！这里头必定有误会。
我这房子实在太小；
也没有小圆饼、奶油、鸡蛋糕；
因为佩里早就吃了个饱！
杰克、霍格、老邦斯，还有波特
我一个都不想再见到。
现在快走开！全都给我走！
只有温克尔家那个男孩才是我的朋友！"

到如今温克尔家的佩里长那么胖
全是因为吃了许多大麦面包，
他的坎肩扣不上，头顶也
从来戴不下什么帽；
每逢星期四他都去喝茶，
坐在厨房地板上，
食人妖也显得不像从前那么高大，
因为佩里自己愈来愈壮。

最后佩里成为伟大的面点师
歌谣里依然把他传颂；
自海边到布理，他的面包
每一种都声名远扬，无论是大还是小。
不过这些都比不上大麦面包；

汤姆·邦巴迪尔历险记

243

也从来没有奶油那般浓郁丰盛
比得上当年每个星期四的佐茶
老食人妖为温克尔家的佩里备好。

险境奇谈

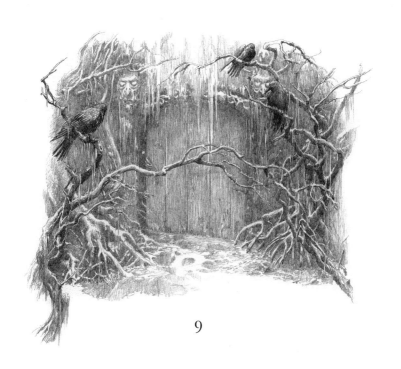

9

喵 吻

喵吻所在的阴影
黑且湿如墨水，
它们的钟声慢慢轻轻，
就像你陷入黏泥地。

你胆敢来敲它们的门，
就陷进那一摊黏泥，
狞笑的滴水石怪盯着你
从嘴里吐流毒液。

汤姆·邦巴迪尔历险记

245

腐臭的河滩旁边
萎靡的柳树悲泣，
阴沉的食腐鸦停在树上
睡着了还嘶哑啼鸣。

漫漫长路越过莫洛克山，
霉烂的山谷里树木灰暗，
一潭深黯的死水无风无澜，
不见日月，池旁就躲着喵吻。

喵吻所在的石窖
幽深、阴湿、冰冷
只有一根苍白的烛火；
它们在这里点数自己的黄金。

石壁潮湿，头顶滴水；
它们的脚踩着地板
黏糊糊的啪嗒声响
轻轻挨近门边。

它们从门缝往外偷瞄
指头蠕动摸索，
等到吃完之后，它们就把

你的骨头收在麻袋里。

孤独长路，越过莫洛克山，
穿行在蜘蛛影与蟾蜍泽，
走过吊人树与绞刑草，
你就找到喵吻——喵吻就能吃个饱。

10

毛 象

我颜色如鼠灰，
身巨如房屋，
鼻子像长蛇，
沉缓过草原，
脚步震大地，
沿途树木摧。
生长在南方，
嘴里有长角，
大耳扇扇摇。

险境奇谈

年岁数不清，
脚步不停歇，
不曾卧地倒，
甚而永不死。
我乃大毛象，
身形最巨大，
又高又壮年纪老，
你若见到我，
永远难忘怀。
若只凭传言，
不信我是真。
我是老毛象，
从来不说谎。

11

法斯提托卡隆[1]

你们看！那就是法斯提托卡隆！

这个小岛颇为荒凉，

不过依然适合靠岸。

来吧，离开大海！一起来

---

1 据《托尔金书信集》信件255号，托尔金使用了一个盎格鲁-撒克逊的动物寓言片段，但其中也有一点古希腊色彩。在托尔金的设定中，这是霍比特人简化并重写的一则精灵故事，原本的精灵语名称应该是 *Aspidochelöne*，"有着圆形背甲的海龟"，霍比特人传讹的名称为 *astitocalon*，然后加上了字母F前缀，使其具有头韵。——译者注

奔跑，起舞，躺下晒太阳！

看到了吧，海鸥也停上岸！

当心！

海鸥可不怕溺水。

它们端坐、阔步，或整理羽毛，

就是给大家看看，

有没有人想在

小岛上落脚，

哪怕只是暂时休憩

躲开海水与晕眩，

或者只是烧一壶水。

唉！这些傻瓜，在**他**身上靠岸，

生起小小火堆

居然还想着茶水！

没错，**他**身披厚壳，

他貌似沉睡；但他行动敏捷，

而且**他**浮在海上

意图欺骗。

等到**他**听见人们的脚步，

或者隐约察觉突然的炙热，

他就面露微笑

往海中下潜。

汤姆·邦巴迪尔历险记

然后滴溜溜翻个身

把他们都掀进深海，

出其不意

让他们都丢了小命。

放聪明点！

海中有许多怪兽，

但是属**他**最凶险，

法斯提托卡隆外壳崎岖，

强大同类都已绝迹

是最后一只海中巨龟。

如果你想留得性命

就听我一言：

留意水手们的古老传说，

别靠近未知的海岸！

做到这一点

如此还能常保

你在中洲的日子

平安愉快！

12

猫

垫子上的胖猫
似乎在梦想
吃不完的老鼠
还有奶霜；
可是也许，他正在
尽情想象
自己高傲不屈，
矫健的同族，
在东方咆哮搏斗，

汤姆·邦巴迪尔历险记

253

或者在巢穴深居
大啖各种野兽
与鲜嫩人类。

巨大的狮子
掌带铁爪，
血污的巨口
生着无情利牙；
豹子身披斑点，
有轻捷脚步，
从高处跃下
扑击猎物
在那幽暗丛林——
如今已远，
他们自由凶猛
而他已被驯服；
垫子上的胖猫
虽是一只宠物，
却未曾把一切遗忘。

险境奇谈

13

灰影新娘

从前有一个男子，
如石像独坐寂静
任凭日夜流逝，
却没有任何投影。
寒冬的月光下
白鸮栖息在他头顶；
六月的星空下
它们擦抹着喙，认为他已殒命。

来了一位灰衣女士
暮色中如此闪耀：
她驻足片刻在此，
秀发间花朵缠绕。
他蓦然清醒，从岩石里一跃而出
挣脱了诅咒束缚；
他将她整个人紧紧拥抱，
让她的身影把自己围绕。

无论天上是日月星辰
她再也不曾自由来去；
她留在这幽深处所
既没有夜，也没有日。
一年只有一次
岩穴开启，隐藏的一切苏醒，
他俩共舞直到黎明
融为一个身影。

险境奇谈

14

宝 藏

当年月亮犹新，太阳尚幼
诸神将白银与黄金歌咏：
青草间他们把白银遍撒，
白水里他们把黄金沉藏。
洞窟尚未开挖，地府还未敞裂
矮人未曾诞生，恶龙尚无繁衍，
翠绿山丘下与幽静谷地里
只有古时的精灵与强大咒语
他们歌唱着锻造物事优美，

以及精灵王的辉煌冠冕。

然而厄运降临，歌声不再，

他们惨罹斧钺，枷锁临身。

唇边再无笑容，贪婪不知欢唱，

黑暗地洞里堆积着宝藏，

镌刻的白银，镂雕的黄金：

精灵家园笼罩着滚滚暗影。

黑暗山洞里有个老矮人

他以双手将金银加工；

铁锤敲打，石砧上剪钳夹稳，

磨破手指见了骨头，

他做出戒指成串，金银钱币，

自忖足以买下诸王的权柄。

但他的耳音渐钝，双眼昏花，

苍老的头颅上肤色蜡黄；

他看不见闪耀的白色宝石

自枯骨般的手爪间悄悄滑坠，

他听不到脚步，尽管大地摇震，

乃是一头年轻的火龙在洞穴门前

渴饮河水，蒸腾起迷烟，

阴冷的地面燃起熊熊火焰，

矮人独自在烈焰中死去；

骨骸化为火泽中的灰烬。

栖身灰色石窟是上了年纪的火龙；
他独卧洞中，双眼闪烁赤红。
青春精力已逝，欢欣不再，
浑身虬结起皱，四肢蜷曲
全为了多年看守自己的黄金；
胸膛里的热火早已衰熄。
肚皮上黏泥沾满了宝石一层层，
他还把黄金与白银舔舐嗅闻；
自己黑色肉翅下最小的一枚戒指
他都确知藏在哪个位置。
坚硬的睡床上，他提防着小偷
睡梦里大啖他们的皮肉，
畅饮鲜血，再把骨头嚼碎；
他的呼吸渐缓，双耳下垂。
他听不到，幽深洞穴里的锵然环甲。
还有一个人的话音回荡：
那是一名青年武士，利剑皎然
向他挑战，能否把自己的宝藏保全。
他利牙如刀，身披鳞角，
但终究被斩于刀下，熄灭了火焰。

高高宝座上，是年老的国王：

长长白须，垂在枯瘦的膝上；

他的舌头尝不出肉食美酒，

耳中听不清歌声；他只惦记

那一只箱盖雕花的巨大宝箱

里面把白色宝石与黄金珍藏

在漆黑地底的隐秘宝库；

坚牢大门有钢铁封固。

他的麾下贵族，如今宝剑钝锈，

他的荣光颓坍，统治不公，

宫廷空虚无人，殿堂冷清，

不过这位大王拥有精灵的黄金。

他听不见山口岗哨的号角响起，

嗅不到遭践踏的绿草洒满血腥，

宫殿终遭火焚，王国覆灭；

他被抛尸在荒冷的坑穴。

昏暗岩洞里是古老的宝藏，

重门深锁，已被人遗忘；

没有人能跨进阴森的大门。

土丘上满是绿草莹莹；

羊群在此觅食，云雀高飞，

来自海岸的长风呼啸，

古老的宝藏由黑暗守护，

大地静静等待，精灵沉眠。

汤姆·邦巴迪尔历险记

15

海上钟声

我在海边漫步，湿润的海沙上
潮水带给我一枚星芒，
在我沾湿的手心里颤抖；
是一只白色贝壳，仿佛海滨的钟铃花。
我在指间把它摇晃，听见里面
琤然叮当，港湾沙洲旁
浮标摇荡，无垠海上传来
缥缈悠远的呼喊回响。

我看见一只灰色小舟

乘着夜潮漂流，静默空荡。

"已经要迟了！我们为何还不出发？"

我跳上小船，大喊一声："带我上路吧！"

迷雾笼罩，眠梦缠绕不醒，

溅了一身飞浪，小舟载我前进，

来到被遗忘的浅滩，一处陌生土地。

超越尽头深渊，暮色微光里

我听见海上钟声，叮咚，叮咚

愈来愈响，还有碎浪涛声

拍打着海下潜藏的礁石险巇；

终于我抵达一道长长海岸，

洁白闪烁，海水微波犹如

白银网住了明镜般的群星；

岸边石崖光洁如鲸牙[1]

在月光般的浪花中闪耀晶莹。

闪闪发亮的海沙从指间流泻，

那是珍珠宝石的粉尘碎粒，

蛋白石形如号角，珊瑚如蔷薇，

还有绿玉与紫晶状似长笛。

1　原文是 ruel-bone，鲸牙的旧说法。——译者注

高耸的石崖下，有幽暗的洞穴，
野草掩藏，昏暗漆黑；
一阵冷风吹乱我的头发，
光线消逝，我赶紧抽身后退。

山上流下一道绿色小涧；
任我舒心畅饮。
顺着山泉往上，是一片美丽平原
我造访永暮之地，从远处海边
攀上摇曳掩映的这片草地：
鲜花处处，如星辰坠落，
一潭如镜湖水，清凉幽蓝，
睡莲朵朵，宛如漂浮明月。
河水潺湲，水草激起涟漪
垂柳低泣，桤树沉睡
鸢尾如宝剑，守卫着浅滩，
还有绿草如矛，芦苇如箭。

在河谷中整个傍晚
歌声回荡；许多物事
四处奔跑；雪白的野兔，
田鼠探头出洞；飞翔的蛾子
眼睛如灯火；野獾吃了一惊

险境奇谈

悄悄往暗处的家门外张望。

我听见舞蹈，音乐飘飘，

绿地上脚步迅疾。

但无论我去往何处，总是

脚步远走，万籁俱寂；

从来不曾相遇，山间的

笛声、歌曲、号角，止于瞬息。

我用水中的叶子与灯芯草

编织一件翠绿的披风，

手执一根长木杖，与一支金鸢尾；

我的双眼明亮仿佛星光。

我头戴花冠站在土丘上，

高声大喊仿佛公鸡报晓

自得自豪："你们为何躲藏？

为何我所到之处，没有人开腔？

我是这片土地的王，现在我

身佩鸢尾剑、芦苇杖，

你们必须响应我的呼唤！快快现身！

开口对我说话！让我看看你们的脸！"

忽然黑云笼罩如夜幕，

我像黑暗中匍匐的鼹鼠，

汤姆·邦巴迪尔历险记

趴倒在地，双手摸索

佝偻屈背，盲不见物。

我爬到一棵树旁，它静静站立在

自己的枯叶里，枝头光秃。

我只能坐在这里，胡思乱想，

猫头鹰在树洞里打着呼噜。

我在此处待了一年又一天：

朽木林里甲虫窸窣爬动，

蜘蛛结网，霉堆里野菌[1]

喷吐孢子，围绕我的膝头。

终于光明降临我的长夜，

我看见自己长发灰白。

"虽然我已弓腰驼背，我还是要回到海边！

我已迷失了自己，也不辨方位，

可是我得离开！"我步履蹒跚，

仿佛夜猎的蝙蝠被黑暗笼罩；

可畏的风声在耳边呼啸，

我只能以蓬乱的荆棘蔽体。

---

1 Puffball，马勃菌，俗称马蹄包，一种真菌，外观如白色球体或鸡蛋，孢子在子实体内部成熟后，子实体爆裂，孢子散出如烟雾一般。——译者注

我的双手割裂，磨破了双膝，
年岁沉重，压弯了我的背脊。
终于脸上的雨水带着咸味，
我闻到了岸边海藻的气息。

海鸟回翔，哇哇啼鸣；
我听见有声音在冰冷的山洞，
海豹高声吠叫，海浪拍岸咆哮，
岩穴里海水鼓荡吞涌。
很快冬天到来；我走进迷雾，
背负岁月重担，走向陆地尽头；
风中飞雪，冰霜凝结在我的发间，
最后的海岸上，一片漆黑。

那只小船依然在岸边等待，
船首起伏，随着浪潮飘荡。
疲惫的我躺在船底，任它带我离去，
波涛升涌，大海横亘，
我经过老船的空壳，群鸥栖集
还有大船灯火通明，
终于在深夜，来到一处避风港
如渡鸦漆黑，如雪静谧。

汤姆·邦巴迪尔历险记

人家门窗紧闭，风声低语，
路上空空荡荡，我坐在一扇门前，
飘飞的细雨从排水口浇灌
我在这里抛弃了一切：
紧握的手心里是一点海砂，
还有一颗无声的海贝，已然死去。

那钟声我的双耳不再听闻，
我的双脚不再踏上那海岸，
一切不再，我衣衫褴褛
在伤心的小巷，隐蔽的胡同与漫漫长街
蹒跚独行。我自言自语；
因为我遇见的人们依然缄口不言。

险境奇谈

16

最后的航船

凌晨三点，费瑞尔眺望窗外：
黯淡的夜正在离去
报晓啼声高昂清亮
是远处一只金色雄鸡。
树影浓暗，晨曦尚浅，
睡醒的鸟儿吱唧，
隐约的树叶窸窣
一阵清风微微吹动。

汤姆·邦巴迪尔历险记

她看着玻璃窗上的微光变亮，
直到白日光明照耀
大地与枝头；草地上
微亮的晨露闪烁。
洁白双足悄悄走动，
轻轻巧巧下了楼梯，
踏着舞步，穿过
遍洒露珠的草地。

她身着宝石镶边长裙，
往前方奔向河畔，
然后斜倚在垂柳树旁，
看着河水流去潺潺。
一只翠鸟闪着蓝光
仿佛石子落水深潜，
芦苇在风中微微弯腰，
睡莲叶舒展在水面。

她悄然而立，如此耀眼，
长发在如火晨曦中飞扬
披散在肩头如水波流泄
此时忽然传来一段乐声。
长笛吹奏，竖琴拨动，

还有隐约歌唱，
好似清越的风声、
远方的钟铃动响。

一艘纯白木船缓缓而至，
金色的是船头尖喙与船桨；
前方有水上天鹅开道，
高高的船首引领方向。
划船的是仙灵之民
来自精灵之地，身着浅银衣裳
费瑞尔看见还有三位站在船上
戴着头冠，闪耀的长发飘扬。

他们手中竖琴和着歌声
船桨随着节奏慢慢摆荡：
"大地翠绿，草叶长，
鸟儿正在歌唱。
一天又一天，金色黎明
将把这片土地点亮，
一朵又一朵，含苞鲜花
将在麦田成熟前开放。"

"美丽的舟子，你们要到哪里去，

汤姆·邦巴迪尔历险记

271

如此这般顺流而下？
去往那隐约暮色与秘密角落
隐蔽在那广大的森林？
去往那北方诸岛与崎岖岩岸
乘着天鹅的强壮羽翼，
随着冰冷的海浪去独自隐居
相伴的只有白鸥鸣啼？"

他们继续唱："不！我们要
走上远方的最后航路，
从灰色的西港出发，
冒险航越暗昧的海面，
回到精灵家园，
在那里白树茁壮，
那颗明星照耀着
最后一道海岸的浪花。

"我们要向凡人的土地告别
永远离开中洲！
在精灵家园，那座高塔上
清亮的钟声正在敲响。
此间绿草衰黄，木叶凋落，
太阳与月亮也在隐灭，

险境奇谈

我们已经听见了遥远的呼唤
催促我们往彼岸出发。"

他们停下桨来，向她靠岸：
"凡人的少女啊，你是否也听见那呼唤？
费瑞尔！费瑞尔！"他们喊。
"我们的船尚未坐满。
只能再带上一位。
来吧！此间时日所剩无几。
来吧！美如精灵的凡人少女，
听取我们最后的呼声。"

费瑞尔在河岸上看着，
又往前走近一步；
她的双脚陷进泥中，
于是只好停下脚步目送。
水上轻轻激起涟漪
精灵的白船缓缓驶过：
"我没法一起走！"精灵听见她喊。
"我生来是凡世的女儿！"

裙摆不再有明亮的宝石
她离开翠绿的草坪，

汤姆·邦巴迪尔历险记

走在重重屋宇的阴影中，
头上是暗沉的门窗与屋檐。
她换上铁锈色的长罩衫，
梳起长发结成了辫子，
走向自己的劳作与活计。
没有多久，阳光消黯。

年复一年，七河之水
随着岁月流逝；
白云悠悠，阳光照耀，
芦苇与垂柳摇摆
好似晨夕倏忽去来，
可是在凡人的河海
精灵的歌声已经止息
再也不见向西的航船。

险境奇谈

大伍屯的铁匠

　　从前有个村庄，对记忆长久的人来说，算不上很久以前；对腿长的人来说，也称不上特别遥远。村庄名叫大伍屯，因为它比数英里开外，坐落在树林深处的小伍屯大。其实它也不是很大，不过在那时很繁荣，村里住着不少人，有好人，有坏人，还有普普通通的人，一如往常。

　　这个村庄有其独到之处，村里擅长各种手工的高超匠人在周边乡野都十分有名，但最出名的要数厨艺。村里有个大厨房，归村议会管辖，大厨则是个重要的人物。大厨的家和厨房就在大屋旁边，大屋是当地最大、最古老，也最美的建筑。它用上等的石材和优质的橡木建成，人们把它维护得很好，不过不像从前那样给它绘彩或涂金了。在大屋里，村民们集会、论辩，还举办公共宴会和家庭聚会。所有这类场合，大厨都得提供得体的饭菜，因此他总是很忙。每逢节日——一年里可有不少节日呢——饭菜要称得上得体，更要丰盛才行。

　　有那么一个节日是人人盼望的，因为它是冬天里唯一的一个节日。它持续一周时间，在最后一天的日落时分，会举办一场名叫"好孩子盛宴"的狂欢，受邀参加的人不是很多。无疑，有些本该收到邀请的被遗漏了，有些不该收到邀请的则被误请了；世情如此，不管组织这类事务的人有多小心。总而言之，孩子能不能参加"廿四盛宴"，大体要看他们的生日，因为这种宴会每二十四年才举办一次，只有二十四个孩子会收到邀请。为了这个场合，大厨需要拿出看家本领，除了诸多美食，依照惯例他还要做一个大蛋糕。他这辈子的名声如何，主要就看这个大蛋糕有多可口（或多难吃）了，因为一个人当大厨的时间不可能长到能做第二个大蛋糕。

　　不过，有这么一次，当时的大厨出乎所有人的意料，突然宣布他需要放个假，这种事前所未有。他走了，谁也不知道去了哪里，几个月后他回来时似乎变了一个人。他以前是个喜欢看别人开心的好人，自己却很严肃，并且寡言少语。如今他开心多了，言行常常非常滑稽；他会在宴会上亲自唱起欢快的歌谣，人们可不觉得这是大厨该做的事。他还带回了一个学徒，这把整个村子都惊动了。

　　大厨收学徒这事本身并不惊人，这其实很正常。大厨到了时候就会选一个学徒，把一身本事倾囊以授。随着大厨和学徒年岁渐长，学徒承担的重要工作也越来越多，到大厨退休或去世的时候，学徒也就做好了准备，接班成为新一代大厨。但这位大厨从来不曾选过学徒。他总说"时间还足够"，或"我在留心，我会选的，选个我觉得合适的"。但他这会儿只带回一个男孩，而且不是村里长大的。这孩子比伍屯的孩子们轻盈、敏捷，言语更温和，非常有礼貌，但年轻得过分，从外貌来看刚满十岁，不像能胜任这份活计。尽管如此，选择学徒仍然是大厨的事，旁人没有权力干涉；因此这个男孩留了下来，住在大厨家里，到他年纪大到可以搬出去自己住为止。人们很快就习惯了他的身影，他交了几个朋友。他的朋友们和大厨都叫他艾尔夫，但旁人都只是叫他"学徒"。

仅仅过了三年，意外就又发生了。春天的一个清晨，大厨摘下洁白的高帽子，折好干净的围裙，挂起白外衣，取了一根结实的白蜡木手杖和一个小包裹就动身离开了。他向学徒告了别。没有旁人在场。

"艾尔夫，暂时别了，"他说，"我留下你尽力管好事务，你向来做得非常出色。我觉得不会有问题的。如果我们再次相会，我希望听你细说。告诉他们我又去度假了，但这次我不会再回来。"

学徒把他的口信传达给来到厨房的村民时，村里颇起了一阵骚动。"这办的叫什么事啊！"他们说，"没有预兆，也没告别！我们没有大厨要怎么办？他没留下什么人继承他的职位。"讨论从头到尾，都没有一个人想到让年轻的学徒接任大厨。他虽长得高了一点，但看起来仍然是个孩子，而且他只当了三年的学徒而已。

最后，因为没有更好的人选，他们就任命了村里一个家常厨艺还说得过去的人。他年轻时曾在忙时帮过大厨，但大厨从没青睐过他，也不肯收他做学徒。现在他有妻有子，是个可靠的人了，并且很会精打细算。"不管怎么说，他是不会不告而别的，"人们说，"厨艺糟糕也聊胜于无。离下一次做大蛋糕还有七年，到那时候他应该就能做好了。"

这个人名叫诺克斯，对这个安排颇感欣喜。他一直希望成为大厨，而且从不怀疑自己能胜任。有一段时间，他独自在大厨房里时，会戴上洁白的高帽子，望着自己在擦亮的平底锅上映出的模样，说："大师，您怎么样？那顶帽子可真适合您，就像给您定做的一样。我希望您一切顺利。"

情况发展得还好，因为诺克斯起初尽了全力做事，而且他还有学徒帮忙。诺克斯暗中观察学徒的举动，着实从学徒那里学到了很多，但这一点他从来不承认。不过，廿四年盛宴如期临近，诺克斯必须考虑要怎么做大蛋糕。私下里他很担心，尽管他练习了七年，能为普通场合做出过得去的蛋糕和点心了，但他明白人们迫不及待想见识他的大蛋糕，这个蛋糕得满足那些严苛的评判人，而那可不仅仅是孩子们。来为盛宴帮厨的人会得到用同样的原料烤出来的一个小蛋糕。人们还期望大蛋糕有别出心裁、令人惊喜的地方，而不仅仅是重复以往。

他主要的构思是蛋糕要非常甜，要加很多奶油；他决定要给它整个覆上一层糖霜（学徒手巧，精于此道）。"那会让它又漂亮又有仙子味儿，"他想。他对孩子们的品位所知甚少，仙子和甜食就是其中之二。他觉得人长大就不会喜欢仙子了，但甜食他一直都很喜欢。"啊！仙子味儿，"他说，"我有主意了。"他想到，他要在大蛋糕中央做个小尖塔，上面插个小玩偶，她一身洁白衣裙，手拿一根小魔杖，魔杖尖上嵌着一颗闪亮的星星，脚下要用粉色的糖霜写上"仙子女王"。

但当他着手准备做蛋糕的材料时，却发现自己记不清大蛋糕里要放什么了，因此他去查了前任大厨们留下的老配方。他们的字迹倒是能分辨出来，但他被这些配方搞糊涂了，因为它们提到了很多他从来没听说过的东西，还有一些他忘掉了结果现在没时间去找来的东西。但他觉得他可以试试配方书里提到的一两样调味料。他抓耳挠腮，想起一个旧的黑色盒子，里面有好几个格子，上一任大厨曾用它来装做特殊蛋糕用的调味料和别的东

大伍屯的铁匠

西。自从接手，他还没看过它，不过他找了一番之后，在储藏室里一个高处的架子上找到了它。

他把盒子拿下来，吹掉了盖子上的灰尘。但他打开盒子之后，发现里面没剩多少调味料，剩下的那点也干结发霉了。不过，在角落的一个格子里，他发现了一颗小小的星星，差不多就跟我们的六便士硬币一样大，显得乌沉沉的，就好像它是银子做的，已经失去了光泽。"真可笑！"他说，把它举到光亮下。

"不，它不可笑！"他身后有人说，他猝不及防，吓了一跳。说话的是学徒，他从来不曾用那种语调对大厨说过话，事实上，他根本就不怎么跟诺克斯说话，除非诺克斯先对他说。一个小年轻这样是再妥当不过了；他做糖霜是挺灵巧的，但可学的还多得很——诺克斯就是这么看的。

"小子，你什么意思？"他问，很不高兴，"这不可笑的话，又是什么？"

"它是仙子的，"学徒说，"它来自仙境。"

大厨一听，大笑起来。"行，行，"他说，"差不多是一个意思，但你爱那么说就随你好了。总有一天你会长大的。现在快去给葡萄干去籽吧，你要是注意到哪个有可笑的仙子味儿，就告诉我。"

"大师，您要拿那颗星星怎么办？"学徒问。

"当然是把它放进蛋糕里，"大厨说，"就这么放进去，尤其是它有仙子味儿，"他吃吃地笑起来，"我敢说，你自己去过孩子们的聚会，而且离上次去还没过多久呢。像这样的小装饰，还有小硬币之类的东西会给搅进蛋糕料里。总之我们在这个村子里这么做，这会让孩子们开心。"

"但是大师，这并不是个小玩意儿，它是一颗仙子之星。"学徒说。

"这你已经说过了，"大厨打断了他，"行了，我会告诉孩子们。它会让他们哈哈大笑的。"

"我认为不会，大师，"学徒说，"但那么做是正确的，非常正确。"

"你以为你在跟谁说话？"诺克斯说。

大蛋糕按时做好，烘烤完毕，敷上了糖霜，这几乎全是学徒做的。诺克斯对他说："你既然对仙子这么固执，仙子女王我也交给你做好了。"

"没问题，大师。"他答道，"你要是太忙，我动手就是。但这是你的主意，不是我的。"

"我才需要拿主意，而不是你。"诺克斯说。

在盛宴上，大蛋糕被安放在长桌的中间，周围插了一圈共二十四根红蜡烛。蛋糕顶上堆起了一座小小的白色山峰，山体上插着小小的树木，微光闪烁，就像披着霜；在山顶单足立着一个小巧玲珑的人像，如同一个白雪少女在起舞，她手拿一根闪光的纤巧冰魔杖。

大伍屯的铁匠

283

孩子们瞪大了眼睛看着它，有一两个拍着手叫道："真是太漂亮啦，真有仙子味儿！"大厨听了很高兴，但学徒并不显得开心。他们两人都在场，师傅到时候要切开蛋糕，学徒则要把刀磨利，递给师傅。

终于，大厨拿过刀子，走到桌子旁。"亲爱的，我得告诉你们，"他说，"这层好看的糖霜裹着一个蛋糕，它是用很多好吃的东西做成的，但蛋糕里还混进了很多漂亮的小东西，就是小装饰小硬币之类。我听说，你要是幸运的话，就能在你那份蛋糕里找到一个。大蛋糕里放了二十四样东西，如果仙子女王公平的话，你们每人都会有一个。但她可不总是公平的，她是个狡猾的小家伙。你们问问学徒就知道了。"学徒扭开头，审视着孩子们的脸庞。

"等等，我差点忘了，"大厨说，"今晚蛋糕里有二十五样东西，另有一颗小银星，它有特殊的魔法——总之学徒先生是这么说的。所以要当心啊！你们要是把漂亮的门牙硌坏了，这颗魔法星可不会把它补好。不过我还是得说，得到它是件特别幸运的事。"

蛋糕很好吃，谁也挑不出毛病，至多是有点供不应求。切开之后，每个孩子都得到了一大块，但一点都没剩，再要就没有了。蛋糕很快就吃完了，不时有人发现小装饰或小硬币。有些人发现了一个，还有些人发现了两个，有几个人则一个也没发现——运气就是这么回事，蛋糕上有没有一个拿着魔杖的小人都一样。但当大蛋糕全部吃完后，谁也没见到魔法星星的踪影。

"啊呀！"大厨说，"这么说它不可能是银子做的，肯定已经融化了。要么就是，学徒先生是对的，它真的有魔法，就那么消失了，回仙境去了。依我看，这可不是个好把戏。"他皮笑肉不笑地看向学徒，学徒则目光阴郁地回望，脸上没有一丝笑意。

不过，那颗银色的星星真的是一颗仙子之星，这种事学徒是不会误判的。事实是，盛宴上有个男孩不知不觉地把它吞了下去，虽然他在自己那份里发现了一个小银币，把它给了坐在身边的小女孩奈尔，因为她在她那份蛋糕里没找到任何幸运的东西，显得失望极了。他有时会想那颗星星究竟到哪儿去了，他完全不知道它就在他体内，藏在一个感觉不到的地方——它就是有意这样的。它在那里等了很长时间，直到时机成熟。

盛宴在隆冬季节举办，眨眼已到六月，入夜也几乎不会天黑。男孩在破晓前起来，因为这天是他十岁的生日，他不想睡了。他从窗子里往外眺望，世界显得安静又满怀希望。一阵微风吹来，凉爽又芬芳，吹动了正在苏醒的树木。曙光接踵而至，他远远听到鸟儿们唱起迎接黎明的歌，歌声趋近，渐渐壮大，漫过了他，注满了

大伍屯的铁匠

房子周围的全部土地，像一道音乐的波浪那样涌过，扑向西方，与此同时，太阳升到了世界的边缘上方。

"这让我想起了仙境，"他听到自己在说，"但在仙境，人们也歌唱。"接着他便开始歌唱，高亢清亮，唱的是陌生奇特的歌词，仿佛他心中熟知；在那一刻，星星从他口中掉落出来，他张开手掌接住了它。它现在是亮闪闪的银色了，在阳光中闪烁；但它颤动并升起了一点点，仿佛就要飞走了。他不假思索抬手按住了额头，星星就留在了他前额正中，他戴了它很多年。

村子里没几个人注意到它，尽管只要留心就能看见。它变成了他面容的一部分，通常完全不发光。它的光芒有一部分注入了他的双眼，还有他的嗓音——星星一到他手上，他的嗓音就开始变得美妙，随着他年纪渐长，嗓音也越来越动听。人们喜欢听他说话，哪怕不过是一句"早上好啊"。

他在家乡出了名，不只是在他自己的村子，还在周围的很多村子里，因为他手艺高超。他父亲是个铁匠，他则跟着父亲学手艺，青出于蓝。他父亲还在世的时候，人们叫他"史密森"，后来就只是"史密斯"了。[1] 因为

---

1 英语中 smith 既是铁匠的意思，也是人名，后者源自从事铁匠这一职业的人。史密森（Smithson）即"史密斯之子"。本文中，作为人名时译为史密斯，作为职业时译为铁匠。——译者注

那时他已经成了远东屯到西伍德最好的铁匠，他能在铁匠铺里做任何铁制品。当然，绝大多数东西都朴实有用，为日常需要而做：农具，木工的工具，厨具和炊具，门梁、门闩、合页，锅子挂钩，壁炉柴架，以及马掌之类。它们结实耐用，同时蕴含着一种美好的品质，形状美观，用着顺手，看着养眼。

不过，他有空时还做了一些东西用来自娱。它们很美，因为他能把铁做成奇妙的形状，看着就像一簇叶子和花朵那样轻盈脆弱，但保留了铁的坚固，甚至犹有过之。人们走过他制作的大门或格窗时，很少有人能不驻足欣赏，而它们只要关上，就没人能闯过。他做这类东西的时候会唱歌，当史密斯开始唱歌时，附近的人会停下手上的活计，到铁匠铺来聆听。

大多数人对他就了解这么多而已。这其实足够了，村子里的男男女女多半都没做到这一点，哪怕那些手艺不错、干活也勤奋的。但关于他的还不止于此。史密斯变得熟悉仙境，他对其中一些区域的了解在凡人中堪称翘楚。不过，太多人已经变得就跟诺克斯一样，所以他没对别人提起，只告诉了他的妻儿。他的妻子就是奈尔，他给了银币的那个小女孩；他女儿叫奈恩，儿子则叫奈德·史密森。他反正也不可能对他们保守秘密，因为他们有时会看见星星在他前额上闪光，当他偶尔独自外出漫步很久，于晚上返回时或从旅途中归来的时候。

他不时会外出，有时步行，有时骑马，名义上通常是去办事；有时确实如此，有时则不是，总之不是去接订单，买生铁、煤炭或其他用品，不过他精心打理这类事务，用别人的话说，他懂得如何体面地理财。但他在仙境有独特的事务，在那里受到欢迎；因为星星在他额头闪耀，他身为凡人在那片危险的乡野十分安全。寻常邪恶都避开那颗星星，更大的邪恶则无法冲破它的防御。

他为此心生感激，因为他很快就变得睿智，理解了仙境的神奇事物若不冒险就不可能接近，而诸多邪恶若是没有强大的武器就不能挑战，然而那些武器的威力太大，凡人无法驾驭。他始终是个学习者、探索者，不是战士；尽管他最终能在自己的世界里打造拥有足够力量的武器，它们可以成为伟大传说里传唱的题材，可以价值连城，但他心知肚明，它们在仙境里不足挂齿。因此，他打造的一切，没有哪怕一样是剑、长矛或箭头。

起初，他在仙境里静静地行走，大部分时候都是在寻常居民和温和生物当中，在美丽山谷中的树林和草地上，在明亮的水边——夜幕降临，水中会有陌生星辰的镜像闪耀，而在黎明时分，水中遥远山峰的倒影闪闪发光。有时他只是短暂来访，只看了一棵树或一朵花；但后来旅程渐长，他见到了一些既美丽又恐怖的东西，他无法清楚地记住，也无法向他的朋友们讲述，尽管他知

险境奇谈

道它们深藏在他心中。但有些东西他并没有遗忘，它们作为奇迹和奥秘留存在他脑海中，他经常回想。

当他第一次在没有向导的情况下开始远行，他以为他会发现这片土地更远的边界；但大山在他面前矗立，他走了很远的路才绕过，最后来到了一片荒凉的海岸。他站在宁静风暴之海边缘，那里蔚蓝的波涛就像覆雪的山岭，从无光之地悄然涌来，扑上漫长的海岸，承载着白船自黑暗边境的战斗中归来，而凡人对那地一无所知。他看到一艘大船被抛上陆地的高处，海水无声无息地化成泡沫退落。精灵水手们高大可畏；他们利剑雪亮，长矛闪耀，眼里蕴含着刺目的光芒。蓦地，他们提高嗓音，唱起了凯旋之歌，铁匠的心因恐惧而颤抖，他扑倒在地，而他们从他身边走过，隐入了回声萦绕的山岭。

之后，他不再去往那片海滩，相信他身在一座被大海环抱的岛国上。他转而对群山发生了兴趣，渴望前往岛国的中心。在这些漫游中有一次，他被一片灰雾所笼罩，不知所措地走了很久，直到雾气退去，他才发现自己身处一片辽阔的平原。远方有大山一般的阴影，从那团阴影中，也就是大山的基底，他看到国王之树萌芽生长，一重重树冠相叠，直冲云霄，放出的光芒犹如正午的骄阳；树上同时长着数不清的叶子、花朵和果实，每

大伍屯的铁匠

一样都与其他长在树上的绝不雷同。

他再也没有见过那棵树，但他经常去寻找它。在一次攀登外缘山脉的旅程中，他来到了山中的一座深谷，谷底有一个湖，平静无波，但有微风吹动周围的树林。在那座山谷里，光就像夕阳那样红，但光是从湖里射出来的。他从悬在湖面上的一处低崖上俯瞰，觉得自己看到了不可估量的深处；在那里，他见到了形状奇怪的火焰，就像海峡幽谷中的巨大海草一样弯曲、分叉、摇曳不定，如火的生灵来回穿梭其间。他满怀惊奇地走到水边，伸脚去试探，然而那并不是水：它比石头还硬，比玻璃更滑。他踏足其上，重重地摔倒，只听轰隆一声，响声越过湖面，回荡在湖岸边。

刹那间，微风化成了狂风，犹如一头咆哮的巨兽，把他掀起刮到岸边，它将他逼上山坡，晕头转向，如同一片枯叶般跌倒。他伸出双臂抱住一棵年轻白桦的树干，死死地抱紧它，狂风与他们激烈地搏斗，试图把他扯开吹走；但白桦被强风吹弯，直至触地，依然将他环抱在自己的树枝当中。当狂风终于过去，他直起身，看到白桦树变得光秃秃的。它被剥去了每一片叶子，它哭了，泪水如雨，从树枝上纷落。他伸手抚摸洁白的树皮，说："上天保佑你，白桦树！我该怎样才能医治你，或答谢你？"他感到树的回应通过他的手传来："不必，"它说，"快走！狂风在追捕你。你不属于这里。快走，永远都别回来！"

他掉头爬出了那座山谷，一路上感到白桦树的泪从他脸上滴滴滑落，沾在唇上，滋味苦涩。在漫长的归途中，他心中难过，有那么一段时间他没有再去仙境。但他舍弃不了它，当他回来时，想深入那片土地的渴望反而更加强烈。

最后他找到了一条穿过外缘山脉的路，一直走到了内环山脉，群山高峻，令人生畏。然而，他终于发现了一处他能攀上的隘口，在命定的一天，他斗胆穿过一道狭窄的裂谷，向下望去。虽然他不知道，但他望进的正是永晨谷[1]，那里的绿超过了仙境外缘的茵茵绿草，就像他们的绿草在春天胜过我们的。那里的空气如此澄澈，以至于能令人看清那些在山谷对面的树上唱歌的鸟儿的红舌，须知山谷相当宽阔，鸟儿也不比鹪鹩更大。

在山谷内侧，群山下降，伸出绵长的山坡，到处是汩汩的瀑布声响，史密斯大为欣喜，加紧前进的步伐。当踏上谷中的草地时，他听到了精灵的歌声，在一条开满睡莲的明亮河边，他撞见许多少女在草坪上翩翩起舞。她们迅捷、优雅和变化无穷的舞姿让他着迷，他举步走向她们围成的圆圈。突然间，她们驻足静立，一个长发

1　永晨谷，原文是Vale of Evermorn。——译者注

飘飘、身穿裙裙的少女越众而出，来迎接他。

她笑语道："星额，你真是越来越莽撞了，不是吗？你难道不担心女王知道的话会怎么说？还是你已经得到了她的许可？"闻言他心生羞愧，因为他意识到了自己的想法，并且知道她也看透了：他认为额上的星星就是让他随意前往任何地方的通行许可。现在他知道了，它并不是。但她再次开口时含着微笑："来吧！既然你到了这里，就和我一起跳舞吧。"她拉起他的手，把他领进了圈子。

他们在那里共舞，有那么一刻，他明白了与她相伴可以带来什么样的敏捷、力量和快乐。只是那么一刻。很快，他们就停了下来，她弯下腰，从脚前拿起一朵白花，插在他发间。"别了！"她说，"倘若女王允许，也许我们能再相会。"

他对那次相会后的归途毫无印象，直到他发现自己在家乡的道路上骑马而行。在一些村子里，人们惊奇地盯着他，目送他离开视野。当他到家时，他的女儿跑了出来，高兴地迎接他——他回来得比预料中早，但对那些等待他的人来说却不算早。"爸爸！"她喊道，"你去哪儿了？你的星星正在发光，真的好亮！"

当他跨过门槛时，星星又变暗了；但奈尔牵着他的手，把他带到壁炉前，在那里她转身看着他。"亲爱的，"她说，"你去了哪里，看到了什么？你的发间有一朵花。"她把它从他头上轻轻摘下，它躺在她的掌上，看起来仿佛远在天边，但又近在眼前，有光自它发出，在房间的墙壁上投下了阴影，随着傍晚来临，房间正在变暗。她面前那个人的影子赫然耸现，巨大的头颅俯瞰着她。"爸，你看起来像个巨人。"他的儿子这时说，之前他一直没有说话。

那朵花既没有枯萎，也没有变暗；他们把它当作秘密和宝藏保存起来。铁匠为它做了一个配有钥匙的小匣子，它就放在匣子里，在他的家族中流传了很多代；那些继承了钥匙的人有时会打开匣子，久久地看着这朵长生花，直到匣子再次关闭：关闭的时间不由他们选择。

在村子里，岁月并没有驻足不前。如今，很多年已经过去了。铁匠在得到那颗星星的好孩子盛宴那年还不到十岁。然后是下一次廿四盛宴，这时艾尔夫已经成了大厨，并且选择了一个新的学徒，名叫哈珀[1]。过了十二年，铁匠带着长生花回来了；现在，又一次孩子们的廿四盛宴将在即将到来的冬天举办。那年的一天，史密斯在仙境外缘的森林里散步，当时是秋天。金灿灿的树叶挂在枝头，红彤彤的树叶落在地面。脚步声从他身后传来，但他没有注意到，也没有转身，因为他正在沉思。

1　哈珀（Harper），英语中也是"竖琴手"的意思。——译者注

在那次造访中，他接到召唤，进行了一次远行。对他来说，这次似乎比以往所有的旅程都长。他被引导、被保护着，但他不记得走过的路，因为他经常被迷雾或阴影蒙住眼睛，直到最后，他来到高处，在缀满无数星星的夜空下。在那里，他被带到女王本人面前。她没戴王冠，也不坐王座。她威严庄重地立在那里，四周的人群熙熙攘攘，就像天上的星星一样闪闪发光；但她比他们巨矛的尖端还要高，她头上燃着白色的光焰。她打了个手势让他走近，他颤抖着走上前去。一阵高亢清亮的号声响起，看啊！只剩了他们两个人。

他站在她面前，没有依照礼节下跪，因为他大为惊愕，觉得对一个如此卑微的人来说，所有的姿态都是徒劳。最后，他抬起头来，看到了她的脸，她目光严肃地看着他；他感到不安和惊讶，因为在那一刻，他认出了她，她就是那位绿谷里的美丽少女，那位花儿在她脚下绽放的舞者。她见他记起，微笑着向他走来；他们交谈很久，大部分时间都不是通过言语，他从她的思想中了解到许多事，其中有些让他感到高兴，有些则让他充满悲伤。然后，他回想起自己过去的生活，直到好孩子盛宴和他得到星星的那一天。突然间，他又看到了那个拿着魔杖起舞的小人，他羞愧地垂下双眼，不去正视美貌的女王。

但她又笑了起来，笑声就像她在永晨谷时一样。"星额，不要为我悲伤，"她说，"也不要为你自己的族人感到过于羞愧。也许，一个小玩偶也好过完全不记得仙境。对有些人来说，那就是唯一的一瞥；对有些人来说，则是觉醒。从那天起，你就在心里渴望见到我，而我已经满足了你的愿望。但我不能给你更多了。现在，在告别的时候，我会让你做我的信使。如果你遇到国王，请对他说：**时机已至。让他选择**。"

"但是，仙境的女士啊，"他结结巴巴地说，"国王在哪里？"这个问题他已经多次问过仙境之民，而他们的回答千篇一律："他没有告诉我们。"

女王答道："星额啊，他既然没有告诉你，那么我也不会。但他会踏上诸多旅程，可能会在意想不到的地方与你相遇。现在，请跪下。"

然后他跪下来，她弯下腰，伸手按住他的头，一种异乎寻常的沉静降临到他身上；他似乎既在世界和仙境之中，又在它们之外，同时在观察它们，因此他既感到失落，又感到充实，同时感到宁静平和。过了一会儿，那种沉静的感觉消失了，他抬起头，站了起来。曙光已经在天空中出现，群星苍淡，而女王已经踪影不见。远远地，他听到群山中传来了号声的回音。他所站立的高地上悄然无声，空无一人，他知道现在他又一路重返失落。

此时他已经远离见面的地点，他到了这里，在落叶

大伍屯的铁匠

中行走，思考着他所看到和学到的一切。脚步声越来越近。然后突然有一个声音在他身边说："星额，你与我同路吗？"

他吓了一跳，回过了神。他看到有人在他身边。那人身材高大，步履轻快，穿一身深绿色的衣服，脸有一部分藏在兜帽下。铁匠很疑惑，因为只有仙境之民叫他"星额"，但他不记得以前在那里见过这个人；但他又不安地觉得他应该认识他。"那你要走哪条路？"他说。

"我现在要回到你的村子里去，"那人答道，"我希望你也正要回去。"

"我的确正要回去，"铁匠说，"我们一起走吧。不过我现在想起来了。我踏上归家之路前，有位伟大的女士让我带一条口信，但我们很快就会离开仙境了，而我认为我不会再回到这里。你会吗？"

"是，我会。你可以把口信告诉我。"

"但那口信是捎给国王的。你知道能在哪里找到他吗？"

"我知道。口信是什么？"

"那位女士只让我对他说：**时机已至。让他选择。**"

"我知道了。别再担心了。"

他们沉默着并肩前行，耳边只有脚下树叶的沙沙声；但走出几英里后，不等走出仙境的范围，那人就停了下来。他转身面对铁匠，摘下了兜帽。然后铁匠认出了他。他是学徒艾尔夫，铁匠在心里仍然这么叫他，因为他一直记得那一天，还是个年轻人的艾尔夫站在大屋里，拿着切大蛋糕的雪亮厨刀，眼睛在烛光下闪闪发光。他现在肯定是个老人了，因为他已经当了多年的大厨；但在这里，站在外缘森林的林缘下，他看起来恰似很久以前的学徒，不过更有大师风范：他的头发没有斑白，脸上也没有皱纹，他的眼睛闪闪发光，好像反射着光芒。

他说："我想和你谈谈，史密斯·史密森，在我们回到你的乡土之前。"这话让铁匠感到奇怪，因为他自己也经常希望与艾尔夫谈谈，但一直未能如愿。艾尔夫总是亲切地问候他，用友好的目光看着他，但似乎一直避免与他单独交谈。他现在正用友好的目光看着铁匠；但他抬起手，用食指碰了碰铁匠额上的星星。他眼里的光芒消失了，于是铁匠知道原来那光是来自那颗星星，它想必一直在闪耀，现在却黯淡了。他吃了一惊，愤怒地退离开去。

"铁匠先生，"艾尔夫说，"你不觉得放弃这个东西的时候到了吗？"

"大厨先生，那跟你有什么关系？"他答道，"我为什么要放弃？它难道不是我的？它到了我这里，难道一个人不能保存到手的东西，至少是作为纪念品？"

"有些东西是可以的，那些无偿的礼物，作为纪念

大伍屯的铁匠

品送出。但其他的并非这样送出。它们不能永远属于一个人，也不能被当作传家宝珍藏。它们是出借的。也许，你还没有想过，别人也可能需要这个东西。而别人是需要的。时间很紧迫。"

听了这话，铁匠感到困扰，因为他是个慷慨的人，他也怀着感激记得这颗星星给他带来的一切。"那我该怎么做？"他问，"我该把它交给仙境里的伟人之一吗？我该不该把它交给国王？"他这么说的同时，一线希望在心中萌动：为了完成这项使命他可以再次进入仙境。

"你可以把它交给我，"艾尔夫说，"但你可能会发现那很不容易做到。你愿不愿跟我去储藏室，把它放回你外祖父存放它的盒子里？"

"我不知道还有这回事。"铁匠说。

"只有我知道。我是他身边唯一的人。"

"那我猜你也知道他怎么得到了这颗星星，还有他为什么把它放进了盒子里？"

"他从仙境带来了它——这你不问也知道。"艾尔夫答道，"他把它留下，希望它能来到你，他唯一的孙辈手中。他就是这么告诉我的，因为他以为我能做出这样的安排。他是你母亲的父亲。我不知道她有没有跟你讲过很多关于他的事，如果她真有那么多可讲的。他名叫赖德，是位伟大的旅行者。他曾见过诸多事物，在安定下来，成为大厨之前能做很多事。但他在你只有两岁大的时候就离开了，而他们找不到任何比诺克斯这可怜的人更胜任的人来接替他。总之，如我们所料，我终于成了大厨。今年我会做另一个大蛋糕——我是唯一一个有记载的，做了第二个大蛋糕的大厨。我想把这颗星星放在里面。"

"好，你拿去吧，"铁匠说。他看着艾尔夫，仿佛在努力读出他的想法，"你知道谁会找到它吗？"

"铁匠先生，那跟你有什么关系呢？"

"大厨先生，如果你知道谁会得到它，我很想知道。这也许能让我更容易和一样对我来说如此珍贵的东西分离。我女儿的孩子还太小。"

"也许，但也许不能。我们走着瞧。"艾尔夫说。

他们没有再说什么，继续走他们的路，直到离开仙境，最终回到了村里。然后他们走到了大屋。此时此刻，太阳正在落山，窗户上反射着通红的光。大门上的镀金雕花闪闪发光，屋顶下的滴水嘴上，有五颜六色的奇特面孔俯瞰下方。不久前，大屋被重新绘彩涂金，村议会就此展开了好大一番辩论。有些人不喜欢它，称其为"新潮"，但有些更有见识的人知道，这是回归旧日习俗。不过，由于它没花任何人一分钱，大厨想必自己掏了腰包，所以他得以随心所欲。但铁匠还不曾见过这样的场景，他站在那里，惊讶地看着大屋，忘记了自己的任务。

他感觉到有人碰了碰他的胳膊。艾尔夫把他带到后面的一道小门前。他打开门，领着铁匠沿一条黑暗的通道进入储藏室。他在那里点燃了一支高脚蜡烛，打开柜子，从架子上取下了那个黑盒子。它现在已经被擦亮，装饰着银色的涡纹。

他掀起盒盖，给铁匠看。有一个小格子是空的；其他的格子里现在装满了调味香料，新鲜而刺鼻，铁匠开始流泪。他把手放在额头上，星星轻易脱落，但他突然感到一阵刺痛，眼泪顺着脸颊流了下来。虽然那颗星星又在他手中大放光芒，但他却看不到它，只能看见一团模糊的光晕，似乎很遥远。

"我看不清，"他说，"你得替我把它放进去。"他伸出手，艾尔夫接过星星，把它放回原位，它就熄灭了。

铁匠一言不发地转身离开，摸索着走到门口。在门槛上，他发现自己的视力又恢复了正常。正值傍晚时分，暮星在月亮附近的明亮天空中闪耀。他在那里站了片刻，看着这片美景，这时他感到一只手按在自己的肩头，他转过身来。

"你把这颗星星无条件交给了我，"艾尔夫说，"如果你仍然想知道它会选中哪个孩子，我会告诉你。"

"我确实想知道。"

"它会选择你指定的任何人。"

铁匠大吃一惊，没有立刻回答。"这个，"他犹豫着说，"我不知道你会怎么看我的选择。我相信你没理由喜欢诺克斯这个名字，但是，要知道，他的小曾孙，镇尾诺克斯家的蒂姆，会来参加盛宴。镇尾的诺克斯家很不一样。"

"我注意到了，"艾尔夫说，"他有个睿智的母亲。"

"对，她是我家奈尔的姊妹。但撇开亲戚关系不论，我仍然爱小蒂姆，尽管他不是个显而易见的人选。"

艾尔夫微笑了。"你也不是，"他说，"但我赞同。实际上，我已经选了蒂姆。"

"那你为什么还要我选？"

"女王想让我这么做。假如你选了别人，我也是会顺从的。"

铁匠久久地看着艾尔夫，接着突然深深地鞠了一躬。"先生，我终于明白了。"他说，"您真是让我们太过荣幸了。"

"我已经得到了回报，"艾尔夫说，"现在安心地回家吧！"

铁匠的家坐落在村子的西边外沿，当回到家里的时候，他发现他儿子正站在熔炉的门边。当天的活计已经做完了，他刚锁好门，此时正站在那里望着那条白色的路，他父亲外出旅行后常常走那条路回来。听到脚步声，他惊讶地转过身，看到父亲从村子那边过来，连忙撒腿

大伍屯的铁匠

跑去迎接他。他伸出双臂拥抱父亲,给了他一个温暖的欢迎。

"爸,我从昨天开始就盼着你回来了,"他说。接着,他看到了父亲的脸,焦急地说:"你显得这么疲倦!你走了很远的路,是不是?"

"的确非常远,儿子。从破晓一直走到黄昏。"

他们一起进了屋,屋里很暗,只有壁炉里的火焰在发光。他儿子点起了蜡烛,他们在火边坐了一会儿,谁也没开口,因为铁匠感到了一股极大的疲倦和失落。终于,他环顾左右,仿佛醒过神来。他说:"为什么只有我俩在家?"

他儿子紧紧地盯着他:"为什么?因为妈妈去了小伍屯,在奈恩家。今天那个小家伙两岁了。他们本来希望你也去的。"

"啊,可不是。我本来该去的。我是该去的,奈德,但我在路上耽搁了。我有事要考虑,那让我一时间忘了别的事。但我没有忘记小汤姆。"

他探手入怀,抽出一个软皮制成的小包。"我给他带来了一样东西。老诺克斯可能会称它为小装饰——但是奈德,它来自仙境。"他从小包里取出一个银子做的小东西。它就像一枝微小百合的光滑长茎,顶上开出三朵精致的花,垂落着,就像形状优美的铃铛。它们也确实是铃铛，当他轻轻摇动它们时，每朵花都会发出清脆的微小声响。在这动听的声音中，蜡烛闪了闪，然后有一瞬间爆出了白亮的光芒。

奈德惊奇地睁大了眼睛。"爸，我能看看它吗？"他问。他小心地捻起它，端详着那些花朵。"真是了不起的手工！"他说，"爸，铃铛里有股香味，让我想起——让我想起我已经忘掉的东西。"

"对，铃铛响后，有那么一小会儿会散发香气。但是奈德，不用那么小心。它是给婴儿玩的。婴儿弄不坏它，也绝不会被它伤害。"

铁匠把礼物放回皮夹里，收了起来。"我明天会亲自把它带去小伍屯，"他说，"奈恩和她家汤姆，还有她母亲，也许会原谅我。至于小汤姆，时机还没到，要等好多天……好多周、好多月、好多年。"

"行，没问题。爸，你去吧。我本来乐意和你一起去，但我要过一段时间才能去小伍屯。就算不在家等你，我今天也去不了。手头有很多活在干，还有更多的活要干。"

"不，不！史密斯的儿子啊，放一天假吧！被叫作'外公'暂时还不至于让我的双臂虚弱无力。让活计来吧！现在会有两双手来干活了，所有做活的日子都是如此。我不会再去旅行了，奈德，不去那种长途旅行了，你懂我的意思吧。"

大伍屯的铁匠

"原来是这样吗，爸？我想知道那颗星星怎样了。那很艰难。"他握住父亲的手，"我为你难过；但这也有好处，对这个家来说。你知道吗，铁匠先生，如果有时间，你还可以教我很多东西。我指的不仅仅是打铁的事。"

他们一起吃了晚饭，饭后很久，他们仍然坐在餐桌旁，铁匠给儿子讲述了他在仙境的最后一次旅行，以及他想到的其他事——但他只字未提下一个持有星星的人选。

末了，他儿子看着他。"父亲，"他说，"你还记得你带那朵花回来的那天吗？我当时说，光看影子的话，你看起来就像个巨人。那影子就是事实。这么说，和你跳舞的正是女王本人。但你却放弃了那颗星星。我希望它能落到跟你一样配得上它的人手中。那个孩子应该感谢你。"

"那个孩子不会知道的，"铁匠说，"这种礼物就得这么送出去。总之，它就在那儿。我已经把它交了出去，回来和锤子钳子打交道了。"

说来奇怪，对学徒嗤之以鼻的老诺克斯，始终无法把大蛋糕中的星星消失了这件事忘到脑后，尽管那已经是多年以前发生的事了。他变得又胖又懒，在六十岁时就退休了（在村子里这并不算高龄）。现在他已经快九十岁了，体型肥硕，因为他仍然大吃特吃，而且酷爱吃糖。他的大部分时光不是在餐桌上，就是在他小屋窗边的一张大椅子上度过，天气好的话，他就在门口。他爱高谈阔论，因为他仍然有很多意见要发表；但最近他的高论大多关于他做的那个大蛋糕（他现在坚信不疑那是他做的），因为他每当睡着时，就会梦到它。学徒有时会过访说一两句话——老厨师仍然叫他学徒，并且希望自己被称为大师。这一点学徒很谨慎地照做了；这算是他的一大优点，不过他还有别的方面是诺克斯更喜欢的。

一天下午，诺克斯吃完正餐后在门口的椅子上打盹。猛然间惊醒过来，发现学徒站在旁边，低头看着他。"嘿！"他说，"很高兴见到你，因为我又想起了那个蛋糕。事实上，我刚才还在想它。那是我做过的最好的蛋糕，这可是很能说明问题的。但你大概已经不记得了。"

"没有，大师。我记得清清楚楚。但你担心什么？那是个很好的蛋糕，大家吃得很开心，交口称赞。"

"当然了。是我做的。但我担心的不是那个，而是那个小装饰，那颗星星。我拿不准它去哪儿了。当然了，它不可能融化。我这么说只是为了不让孩子们受到惊吓。我一直在想，是不是有人吞下了它。但那有可能吗？你可能会吞下一个那种小硬币而注意不到，但那颗星星不会。它是很小，但有锋利的尖角啊。"

"的确，大师。但你真的知道那颗星星是什么做的吗？别为它费心了。有人吞下了它，我向你保证。"

"那么是谁吞了它？嗯，我记性很好，不知为何那天尤其记得清楚。我能记住所有孩子们的名字。让我想想。

大伍屯的铁匠

肯定是米勒家的莫莉！她嘴馋得很，吃东西狼吞虎咽。现在她胖得像个麻袋了。"

"的确，有些人会变成那样，大师。但是莫莉吃蛋糕时没有狼吞虎咽。她在她那份里找到了两个小装饰。"

"哦，真的吗？好吧，那就肯定是库珀家的哈里。他是个胖小子，长了张青蛙一样的大嘴。"

"大师，我会说，他那时是个好男孩，咧嘴笑起来很友善。不管怎么说，他当时非常小心，吃蛋糕之前把它切成了小块。他除了蛋糕什么也没找到。"

"那就肯定是那个脸色苍白的小女孩了，德雷珀家的莉莉。[1]她小时候吞下过别针，结果安然无恙。"

"大师，也不是莉莉。她只吃了软糖和糖霜，把里面的蛋糕给了坐在她旁边的男孩。"

"好吧，我放弃了。到底是谁？你似乎观察得分外仔细，如果你不是在胡编乱造。"

"大师，是铁匠的儿子。我认为那对他来说很有好处。"

"接着说啊！"老诺克斯大笑起来，"我就知道，你在跟我玩把戏。别逗了！史密斯那时候是个不爱说话的迟钝小子，他现在倒是更爱出声了，我听说，他有点唱歌的小本事，但很谨慎。他才不冒险。咽下去之前要嚼两

---

1 米勒（Miller）、库珀（Cooper）、德雷珀（Draper），本义分别是磨坊主、桶匠、布料商。和史密斯一样以职业为名。——译者注

险境奇谈

次，总是那样，你懂我的意思吧。"

"我懂，大师。好吧，如果你不信那是史密斯，我就帮不上忙了。现在那可能也不要紧了。如果我告诉你，那颗星星此时回到盒子里了，你会放宽心吗？它就在这儿！"

学徒穿了一件深绿的斗篷，诺克斯直到这时才注意到。他从斗篷里拿出了那个黑盒子，在老厨师的鼻子底下打开。"星星就在这儿，大师，在角落里。"

老诺克斯开始咳嗽喷嚏，但他最终还是往盒子里看去。"真的！"他说，"至少看起来是这么回事。"

"就是同一颗星星，大师。我几天前亲手把它放了进去。它今年冬天会回到大蛋糕里。"

"啊哈！"诺克斯说，不怀好意地扫了学徒一眼，然后他笑得不能自已，像果冻一样颤抖。"我明白了，我明白了！二十四个孩子和二十四个幸运小东西，而那颗星星是额外的。所以你在烘烤前把它拿了出来，留给下一次用。你一直是个狡猾的家伙，可以说很滑头了，而且还很节俭：连蜜蜂膝盖大的那么一点黄油也不会浪费。哈，哈，哈！原来如此。我本来应该猜到的。好了，事情已经清楚了。现在我可以安安静静地打个盹了。"他在椅子上安顿下来。"注意别让你那个学徒耍花招！俗话说，再机灵也不会懂所有的机巧。"他闭上了眼睛。

"再见，大师！"学徒说，啪的一声关上了盒子，声音大得让厨师又睁开了眼睛。"诺克斯，"他说，"你这人

大伍屯的铁匠

如此渊博，我只有两次斗胆要告诉你一些事。我告诉过你，这颗星星来自仙境；我还告诉过你，它曾经传给了铁匠。而你嘲笑了我。现在临别之际，我要再告诉你一件事。别再笑了！你就是个虚荣的老骗子，肥胖、懒惰又刁钻。你大部分的工作都是我做的。你毫无感激地从我这里学到了所有你能学到的东西，但不包括对仙境的尊敬，也不包括哪怕一点礼貌。你甚至都没有足够的礼貌向我说声再会。"

"要说礼貌，"诺克斯说，"我可不觉得咒骂你的长辈和上级谈得上礼貌。到别处去说你那番仙子之类的鬼话吧！再会啦，如果你就是在等这句话。现在快滚吧！"他嘲弄地摆摆手，"你要是有个仙子朋友藏在厨房里，就让他来见我，我会看看他。如果他挥动他的小魔杖让我瘦回去，我就对他刮目相看。"他大笑起来。

"你愿意为仙境之王拨冗吗？"对方回答。令诺克斯大惊失色的是，话语间，学徒个子越来越高。他把斗篷往后一甩。他穿得就像盛宴上的大厨，但他的白衣光芒闪烁，他的额头上有一颗硕大的宝石，恰似一颗光芒四射的星。他的面容很年轻，但很严厉。

"老头，"他说，"你至少算不上我的长辈。至于上级——你经常背着我讥笑我。现在你可要公开挑战我吗？"他走上前去，诺克斯在他面前畏缩，浑身颤抖。他想喊救命，但发现只能嗫嚅。

险境奇谈

"不，先生！"他说，"千万别伤害我！我只是个可怜的老人。"

国王的面容柔和下来。"唉，的确！你说的是事实。别怕！放松！你难道不希望仙境之王在离开你之前为你做一些事吗？你的愿望我准了。别了！现在睡吧！"

他又把斗篷裹紧在身上，然后向大屋的方向走去。但在他的身影消失之前，老厨师突出的眼睛已经闭上，他开始打鼾了。

老厨师醒来时，太阳正在下山。他揉了揉眼睛，打了个寒战，因为秋天的风凉飕飕的。"啊呸！这什么鬼梦！"他说，"肯定是上顿饭的猪肉不对劲。"

从那天起，他变得非常害怕再做那样的噩梦，以至于他几乎不敢吃任何东西，生怕会感到不舒服，用餐的时间变得很短，饭菜也变得十分清淡。他很快就瘦了下去，衣服松垮，皮肤松弛，满是褶皱。孩子们都叫他"破布老骨头"。然后，他有段时间发现自己又能在村子里走来走去了，只要拄着一根拐棍就能走路；要是他还像从前那样，可就要少活许多年。事实上，据说他恰好活过一百岁，这是他做过的唯一值得纪念的事。但直到最后一年，人们还是能听到他对任何愿意听他讲故事的人说："真吓人啊，你可能这么说；但仔细想想，那就是个蠢梦罢了。什么仙境之王啊！怎么可能，他都没有魔杖。而且，你不吃东西的话就会变瘦，太正常了，合理得很。根本没什么魔法。"

　　廿四盛宴的时间到了。史密斯去唱了歌，他的妻子则去帮助照顾孩子们。史密斯看着他们载歌载舞，觉得他们比他小时候更漂亮、更活泼——有那么一刻，他脑中闪过疑问，想知道艾尔夫闲暇时都在做什么。每一个孩子似乎都很适合找到那颗星星。但他主要看的是蒂姆。蒂姆是个胖乎乎的小男孩，舞跳得笨拙，但歌唱得很美。席间，他不出声地坐着观看磨刀和切大蛋糕的过程。突然，他提高声音说："亲爱的大厨先生，只给我切一小片就好。我已经吃得够多了，我觉得很饱。"

　　"蒂姆，没问题。"艾尔夫说，"我会给你特别切一块。我想你会觉得它很容易吃掉。"

　　史密斯看着蒂姆吃他那份蛋糕。他吃得很慢，但显然吃得很高兴；不过当他发现里面没有小装饰或硬币时，他显得很失望。但很快，他的眼睛里开始闪现光芒，他大笑起来，变得很开心，自顾自地轻声唱起歌来。然后他站起身，开始独自起舞，流露出一种他以前从未表现过的奇特风度。孩子们都大笑起来，拍手叫好。

　　"这么说一切顺利，"史密斯想，"你就是我的继承人。我想知道那颗星星会带你去什么奇异的地方？可怜的老诺克斯。不过我猜他永远也不会知道，他家里出了多么叫人震惊的一件事。"

险境奇谈

他一直都不知道。但在那次盛宴上发生了一件让他异常高兴的事。宴会结束之前，大厨向孩子们和所有在场的人告辞。

"现在我要说再见了，"他说，"再过一两天，我就会离开。哈珀先生已经准备好接手了。他是一个非常好的厨师，而且你们知道，他来自你们自己的村庄。我要回家去了。我想你们不会想念我的。"

孩子们欢快地道别，很有礼貌地感谢大厨做了这么美丽的蛋糕。只有小蒂姆拉住他的手，轻声说："我很难过。"

村子里实际上真有几家人想念了艾尔夫一阵子。他的几个朋友，特别是史密斯和哈珀，对他的离去感到十分难过。他们为了纪念艾尔夫，一直维护大屋的涂金绘彩。不过，大多数人都很满足。他们和他相处的时间太长了，并不觉得这个改变令人惋惜。但老诺克斯拿拐棍重重地敲在地板上，直言不讳："他可算是走了！我开心得很。我从来就没喜欢过他。他挺机灵的。可以说，机灵到滑头了。"

大伍屯的铁匠

311

尼葛的叶子

　　从前有个小人物名叫尼葛，他有一趟长途旅行得去。他不想去，其实整件事他都反感得很，但又无法摆脱。他知道总有一天他得动身，但他并没有急于准备。

　　尼葛是个画家。不怎么成功的那种，部分原因是他有太多杂事要做。那些事他大半都嫌烦，但是他摆脱不掉的时候，会把它们做得相当好，只是（在他看来）摆脱不掉的时候未免太多了点。他所在国家的法律十分严苛。另外还有其他妨碍。一方面，他有时候就是懒，干脆什么都不做。另一方面，可以说因为他是个好心人。你也知道那种好心人：虽说会良心不安，但多数时候还是什么都不做；然而要是做了，他又忍不住要咕哝几句，发点脾气，暗骂两声（大多是骂自己）。即便如此，他还是帮了他的瘸腿邻居帕里什先生许多忙。偶尔，有其他住得更远的人来找他的话，他也会帮忙。此外，他会不时想起自己那趟要去的旅行，于是动手打包几样东西，

尼葛的叶子

315

成效甚微；而这种时候他画不了什么画。

他手头在画好几张画，大多数尺寸太大也太难，非他力所能及。他是那种画叶子比画树在行的画家。他经常花很长的时间画一片叶子，尽可能捕捉它的形状、光泽，和叶缘上闪闪发光的露珠。然而他想画的是一整棵树，树上所有的叶子都是同样的风格，却又各有千秋。

有一幅画尤其令他挂心。这幅画始于一片风中的叶子，后来变成了一棵树；这棵树长大了，生出无数枝条，伸出再神奇不过的根。珍禽飞来栖息在枝头，必须费心画好。然后是树的周围，还有树的背后，透过枝叶的间隙，有一片乡野开始展现，可以瞥见一座森林在大地上推进，以及峰顶覆盖着积雪的群山。尼葛对自己其余的画作都失去了兴趣，或者说，他把那些画拿来，补缀到了这幅大作的边角。不久，画布就大到他得弄个梯子来上上下下，这里加一笔，那里改一块。有人来拜访的时候，他表面上很有礼貌，手指却忍不住玩弄桌上的铅笔。他听着他们说话，内心却无时无刻不想着他那张大画布，它被安置在花园里专门搭建的高棚屋中（那块地本来是他用来种土豆的）。

他改不掉自己的好心。有时候他对自己说："真希望我能意志坚定一点。"意思是他希望别人的麻烦不会令他良心不安。不过在很长一段时间里，他都没被打扰得很厉害。他过去总说："不管怎样，我一定要在出那趟该死的远门之前完成这一幅画，这可是我真正的代表作。"但他开始意识到自己不能把出发的日子无限推迟。这幅画不能再继续扩大，得赶紧完成。

有一天，尼葛后退几步，以异乎寻常的专注与客观角度来端详他的画。他拿不定主意该怎么评价它，真希望有朋友能告诉他。事实上，在他看来，这幅画实在不理想，但又非常动人，是全世界独一无二、真正美丽的画。那一刻他真想看到另一个自己走进来，狠狠拍着他的背说（带着十足的诚意）："旷世杰作！我完全明白你想表达什么。加油，别的事都不用操心！我们会张罗养老津贴，这样你就省事了。"

然而，养老津贴是没有的。而且他明白一件事：即使以这幅画现在的尺寸大小，要完成它也需要全神贯注，需要**下功夫**——孜孜不倦、不受打扰地下功夫才行。他卷起袖子，开始全神贯注。他努力了好几天不去操心别的事，但是偏偏有一大堆杂事冒出来干扰他。他的房子出了状况；他得去镇上担任陪审员；有个远方的朋友生了病；帕里什先生腰痛病犯了，下不了床；还有访客络绎不绝。春天到了，访客想来乡间喝上一杯免费的茶；尼葛住的小屋很舒适，离镇上有几英里远。他在心里暗骂这些人，但又不得不承认是自己在去年冬天邀请他们来的，彼时他还不觉得去镇上逛街和熟人喝杯茶是"打断工作"。他想硬起心肠，但又办不到。有太多事情他拉不

尼葛的叶子

下脸说不，无论他认为那算不算义务；还有一些事是不管他高不高兴，他都得做。有些访客暗示他的花园疏于照顾，可能会让督察员找上门来。当然，他们几乎没人知道他的画，不过就算知道，也不会有什么不同。我觉得他们不会在意的。我敢说那幅画真的算不上很好，虽然有些部分画得不错。不管怎么说，那棵树很别致，有种自成一体的独特。尼葛也是如此；虽然他同时是个非常普通的傻小子。

到后来，尼葛的时间变得非常宝贵。他在远方小镇上的熟人也开始想起这小个子有趟麻烦的旅程，有些人开始计算他最晚能拖到什么时候上路。他们也在猜谁会接收他的房子，而花园会不会得到更好的照顾。

秋天来了，风雨交加。小画家在他的棚屋里。他站在梯子上，就在那棵树一处叶子繁茂的枝头左侧瞥见了一座雪山，他想把夕阳照在雪山峰顶的那抹余晖捕捉下来。他知道自己很快就得出发了，说不定就在明年年初。到时候他堪堪能完成这幅画，而且只是初稿，有些角落他只能点到为止，没时间细绘了。

有人敲门。"请进！"他厉声说，爬下了梯子。他站在地上，手里转弄着画笔。来的是他的邻居帕里什，他唯一真正的邻居，其他人都住得很远。尽管如此，他还是不太喜欢这个人，一来这人经常有麻烦需要帮助解决，二来这人对绘画没兴趣，却对园艺非常挑剔。每当帕里什看着尼葛的花园（常有的事），他看到的几乎都是杂草；每当他看着尼葛的画（十分少见），他看到的只有绿的灰的色块和黑的线条，他怎么也看不出个道理。他不介意提到那些杂草（这是邻居的义务），但他克制自己不对那些画发表任何意见。他觉得这是非常体贴的，但他没有意识到，即使这算体贴，那也不够体贴。更好的做法是动手帮忙除草（也许再赞美几句尼葛的画）。

"啊，帕里什，什么事？"尼葛说。

"我知道不该来打扰你，"帕里什说（一眼也没瞧那幅画），"我敢肯定你很忙。"

尼葛自己正想说这话，但是错失了机会。所以他只能说："没错。"

"但是我没有别人可找了。"帕里什说。

"的确。"尼葛叹了口气，是那种本该藏在心里却叹出了声的一口气，"我能帮你什么忙？"

"我太太病了好几天了，我开始担心。"帕里什说，"还有风刮掉了我屋顶上一半的瓦，雨水灌进了卧室里。我想我应该去请医生，还要请建筑工，只是他们都要很久才来。我在想，你有没有多余的木头和帆布，帮我救个急，让我撑个一两天。"现在，他正眼去打量那张画了。

"哎呀，哎呀！"尼葛说，"这可真不幸。希望你太太只是小感冒。我马上就来，帮你把病人挪到楼下。"

"感激不尽。"帕里什说，相比之下很冷静，"但我太

尼葛的叶子

太不是感冒，是发烧。如果只是感冒，我不会来打扰你。我太太已经到楼下来躺着了。我的腿这个样子，没法端着托盘上下楼梯。但我看到你很忙，抱歉给你添麻烦了。我本来希望你看到我的难处，能抽点时间去帮我请医生，还有建筑工，如果你真没有多余的帆布可以借我的话。"

"当然能去。"尼葛说，虽然他心里想说的不是这话，但此刻他纯粹就是心软，不是乐于助人。"我可以去。我会去，如果你真的很担心。"

"我很担心，非常担心。我要是没有瘸腿就好了。"帕里什说。

于是，尼葛去了。你看，这事就是这么尴尬。帕里什是他的近邻，其他人都住得很远。尼葛有自行车，帕里什没有，有也骑不了。帕里什有条瘸腿，货真价实的瘸腿，给他带来相当大的痛苦：这点不容忽视，还有他闷闷不乐的表情和哀怨的声音。当然，尼葛有一幅画要赶时间完成。但该想到这点的是帕里什，不是尼葛。然而帕里什向来不把画当一回事，这点尼葛也改变不了。"该死的！"他搬出自行车，自言自语骂道。

外面又是风又是雨，天色也渐渐暗了。尼葛心想："今天别想再画了！"他骑着车，一路上要么咒骂自己，要么在想象中描绘他早在春天就构想好的那座山该怎么画，还有山旁那些繁茂的树叶该怎么落笔。他的手指在车把上扭动。出了画棚，他反倒明确知道该怎么处理框

险境奇谈

出远山景致的那圈闪亮枝叶了。但他心中沉甸甸的，有种恐惧感，担心自己再也没有机会尝试了。

尼葛找到了医生，也给建筑工留了张字条。营业处的门关了，建筑工已经回家烤火去了。尼葛被淋得浑身湿透，自己也受了风寒。医生可不像尼葛那样马上出门。他隔天才到，这对他也算省事，因为这时隔邻两户人家里已有两个病人要看诊。尼葛躺在床上，发着高烧，脑海里和天花板上浮现出各种美妙的树叶图案与繁复的树枝。帕里什太太得的只是感冒，并在逐步康复中，这并没有让尼葛感到安慰。他转头面向墙壁，让自己沉浸在叶子里。

他在床上躺了一段时日。风继续吹着，又吹走帕里什屋顶更多的瓦片，也吹走了一些尼葛的，所以他自己的屋顶也开始漏水。建筑工一直没来。尼葛倒不在意；等上一两天也不要紧。然后他拖着身子出门找吃的（尼葛没有娶妻）。帕里什没再上门来，因为湿气侵入他的腿，害得他腿疼不已；他太太则忙着拖干屋里的漏水，心里疑惑"那位尼葛先生"是不是忘了去请建筑工来。她要是觉得有可能借到任何有用的东西，就会打发帕里什过去转转了，不管他犯没犯腿疾；但是她没觉得，所以尼葛就没人理会了。

大约一周后，尼葛才再度蹒跚地走出家门，去他的画棚。他试着爬上梯子，却感到头昏眼花。他坐下来看着那幅画，但是这天他脑海里没有树叶的图案，也没有

尼葛的叶子

远山的景象。他本来可以画一点远方的沙漠景色，但是他没那个力气。

隔天，他感觉好多了。他爬上梯子，开始画画。他刚开始找到感觉，就传来了敲门声。

"可恶！"尼葛说。不过，这跟彬彬有礼地说"请进！"也没区别，因为门反正还是打开了。这次进来的是个彻头彻尾的陌生人，身材相当高大。

"这是私人画室，"尼葛说，"我正在忙。快走！"

"我是房屋督察员。"那人说，一边高高举起他的工作证，让梯子上的尼葛可以看到。

"哦！"尼葛说。

"你邻居的房子状况根本不能令人满意。"督察员说。

"我知道，"尼葛说，"我早就通知过建筑工了，但是他们一直没来。然后我病了。"

"原来如此。"督察员说，"但你现在病好了。"

"但我不是建筑工啊。帕里什应该向镇议会投诉，请紧急服务处帮忙。"

"他们正忙着处理比这里更严重的灾情。"督察员说，"山谷里发了洪水，许多家庭流离失所。你应该帮邻居暂时修补一下房子，以免损坏扩大，修起来更昂贵。法律如此。你这里有很多材料：帆布、木材、防水漆。"

"在哪里？"尼葛气愤地问。

"那里！"督察员指着那幅画说。

"那是我的画！"尼葛大叫道。

"我敢说它是，"督察员说，"但房子优先。法律如此。"

"但我不能……"尼葛没有说完，因为就在这时，另一个人走了进来。那人很像督察员，简直就是他的分身：身材高大，一身黑衣。

"来吧！"他说，"我是车夫。"

尼葛跌跌撞撞地下了梯子。他似乎又开始发烧了，他感到天旋地转，浑身发冷。

"车夫？车夫？"他牙齿打战着说，"什么车夫？"

"你和你马车的车夫，"那人说，"马车很早以前就订好了。它终于来了，正在外面等着。你知道的，你今天就得上路，开始你的旅程。"

"好了！"督察员说，"你得上路了；但这样上路可真糟糕，你的工作没做完。不过，现在我们至少可以让这块画布派上点用场了。"

"噢，天哪！"可怜的尼葛说，哭了起来，"这画还没画完啊！"

"没完成！"车夫说，"这个，不管怎么说，对你来说这画都是到此为止了。走吧！"

于是尼葛上路了，相当沉默。车夫没给他收拾行李的时间，说他早该收拾好了，他们会赶不上火车的；所以尼葛只能匆忙抓过门廊上的一个小袋子。他发现里面只有一盒颜料和一本他自己的素描本，既没吃的也没穿的。

尼葛的叶子

他们顺利赶上了火车。尼葛感到又累又困；他们把他推进包厢时，他根本搞不清状况。他也不太在乎，他忘了自己要去哪里，或是要去做什么。火车几乎立刻就驶进了一条黑暗的隧道。

尼葛醒来时，是在一个庞大、昏暗的火车站里。一个脚夫沿着月台边走边喊，但他喊的不是站名，而是**尼葛**！

尼葛急忙下车，然后发现他把小袋子落在车上了。他转身回去，但是火车已经开走了。

"啊，可找到你了！"脚夫说，"这边走！什么！没有行李？那你得去劳动救济院。"

尼葛感觉很不舒服，在月台上就昏倒了。他们把他抬上救护车，送到劳动救济院的医务室。

他一点也不喜欢这里的治疗。他们给他的药很苦。职员和护理员都不友善，沉默而严厉；他从没见到别的人，只有一位非常严厉的医生偶尔会来查看。在这里不像住院，倒像是坐牢。他必须在规定的时间里卖力工作：挖土、做木工、给木板漆上千篇一律的素色。他从未获准外出，所有的窗户都是朝里看的。他们把他一连好几个小时关在黑暗中，说是让他"好好思考"。他丧失了时间感。他甚至没觉得自己开始好转，如果好转与否取决于他做事情有没有得到乐趣。他没得到乐趣，就连上床睡觉都没有。

起初，大约第一个百年期间（我只是在陈述他的印象），他常像没头苍蝇似的为过去担忧。他躺在黑暗中，不断地对自己说："我真希望刮起大风后的第一天早上就去看了帕里什。我是打算去的。刚松脱的瓦本来可以很容易就修好。那样的话，帕里什太太就不会感冒。而我也就不会感冒了。如此一来，我就会多出一个星期的时间。"但是，他渐渐地忘了自己想要多出一个星期做什么。之后，如果他还担心什么，那就是他在医院里的工作了。他规划好所有的事，想着多快能修好那块嘎嘎作响的地板，或重新把门装上，或修理好桌腿。也许他真的变成有用的人了，不过从来都没有人告诉他。但是他们当然不可能为这原因把这可怜的小子关这么久。他们可能在等他康复，而"康复"是根据他们自己的奇特医学标准来评断的。

总之，可怜的尼葛一点生活乐趣也没有，不是他过去所享有的那种乐趣。他无疑很不开心。但不可否认的是，他开始有一种感觉——是满足感吧：像面包而不像果酱。他可以铃声一响就开始干活，铃声再响就立刻把活放下，干净利落，等时间到了再继续干。现在他一天可以干不少活，能把各种小事做得井井有条。他没有"自己的时间"（除了独自待在小卧室里），但他正在成为自己的时间的主人；他开始知道该怎么运用这些时间。不需要匆忙。现在他的内心平静多了，在休息的时间里他可以真正休息。

然后，突然间他们改变了他所有的作息时间。他们

尼葛的叶子

几乎不让他睡觉，完全不让他做木工，只让他挖地，日复一日。他适应得相当好，甚至过了很长一段时间以后才开始在脑海中搜索几个几乎已经忘掉的咒骂词语。他继续一直挖一直挖，直到他的腰似乎断了，双手也磨破了，他觉得自己再多一铲子都挖不动了。没人感谢他。不过医生来看他了。

"收工了！"他说，"在黑暗里彻底休息。"

尼葛躺在黑暗中，彻底休息；因此，他完全没了感觉，也不思考，所以就他所知，他可能在那里躺了几小时，也可能躺了几年。不过，现在他听到了"声音"，是他以前从来没听到过的声音。似乎有个医委会或调查庭就在附近召开，可能在隔壁的房间，房门也许开着，虽然他看不见任何光线。

"现在讨论尼葛的案例。"有个声音说，是个严厉的声音，比那个医生还严厉。

"他怎么了？"第二个声音说，你可以说那声音温和，但并不轻柔——是个饱含权威的声音，听起来既充满希望又悲伤，"尼葛怎么了？他的心肠挺好的啊。"

"是的，但是没有发挥正常功能。"第一个声音说，"而且他还少根筋——他几乎不动脑。看看他浪费了多少时间，他甚至不懂自娱自乐！他始终没为自己的旅程做好准备。他在经济上算是小康，但来到这里时几乎一贫

险境奇谈

如洗，必须被安置在贫民区。恐怕我得说，他是个糟糕的案例。我认为他得再待一段时间。"

"这对他大概没什么坏处。"第二个声音说，"但是，当然，他只是个小人物，不是生来要成就什么大事，也向来不是很坚强。我们来看看'记录'吧。不错。你们看，他有些地方还是不错的。"

"也许吧，"第一个声音说，"但没几样经得起探究。"

"这个吗，"第二个声音说，"看这几点。他天生是个画家。当然，不是一流的；尽管如此，'尼葛的叶子'仍有独到的魅力。他费了很多功夫画树叶，仅仅是为了表现它们。但他从未想过画叶子能让他成为大人物。'记录'里没有他把画画当成忽视法定之事的借口，他甚至私下都没这样想过。"

"那他也不该忽视那么多义务。"第一个声音说。

"尽管如此，他还是回应了许多'要求'。"

"他只回应了一小部分，而且多半是比较容易的，他还说那些都是'干扰'。'记录'里充斥着这个词，此外还有许多抱怨和愚蠢的咒骂。"

"的确；但那些事在他看来自然就是干扰啊，可怜的小子。你看这点：他从未期待任何'回报'——像他这样的人所谓的'回报'。就拿稍后进来的这个帕里什的案例来说吧，他是尼葛的邻居，却从来没帮尼葛做过一件事，也几乎没表达过任何感谢之情。但'记录'里没提过尼

尼葛的叶子

葛期待帕里什感激自己，他似乎想都没想过。"

"是，这点对他有利。"第一个声音说，"但这微不足道。我想你会发现，尼葛常常只是忘记了而已。他把帮帕里什的忙当作处理好的麻烦，直接抛在了脑后。"

"不过，还有最后这份报告，"第二个声音说，"那趟雨中骑行。我想强调这件事。这明显是真正的牺牲；尼葛猜到自己是在放弃最后一次完成画作的机会，还猜到帕里什是多虑了。"

"我认为你言过其实。"第一个声音说，"但是最后决定权在你。当然，你的职责就是对事实做出最好的诠释。有时候那些事实也如你所料。你建议怎么处理？"

"我认为，这个案例现在只需要温和的治疗。"第二个声音说。

尼葛想，他从来没听到过这么宽宏大量的声音。这声音让"温和的治疗"听起来像是一堆贵重的礼物，像受邀去赴国王的盛宴。接着，尼葛突然感到羞愧。听到自己被认为只需要"温和的治疗"，让他不知所措，让他在暗中红了脸。这就像受到公开褒奖，但你和所有的观众都知道这褒奖名不副实。尼葛把羞红的脸埋进粗糙的毯子里。

一片静默。随后，第一个声音在很近的地方对尼葛说话，它说："你一直在听。"

"是的。"尼葛说。

"那么，你有什么要说的吗？"

险境奇谈

"你能告诉我帕里什的近况吗？"尼葛说，"我想再见见他。我希望他病得不重。你能治好他的腿吗？那条瘸腿把他折磨得很厉害。还有，不用担心他跟我的事。他是个非常好的邻居，让我用很便宜的价钱买上好的土豆，省了我很多时间。"

"是吗？"第一个声音说，"我很高兴听到你这么说。"

又是一片静默。尼葛听到那些声音在渐渐远去。"好吧，我同意。"他听到第一个声音在远处说，"让他去下一站吧。你愿意的话，就明天吧。"

尼葛醒来，发现百叶窗都拉开了，他的小房间里充盈着阳光。他起身，发现了一些为他准备的舒适衣物，不是医院的病号服。早餐过后，医生来治疗了他疼痛的双手，涂了些药膏，他的手立刻痊愈了。医生给了尼葛一些忠告，又给了他一瓶补药（以备不时之需）。上午过半的时候，他们给了尼葛一块饼干和一杯酒，然后给了他一张车票。

"现在你可以去火车站了。"医生说，"脚夫会照顾你的。再见。"

尼葛溜出大门，眨了眨眼睛。阳光十分灿烂。他原本以为自己出了门会走进一座和那火车站大小相称的大城，但他不是在城里。他是站在一座别无他物的青翠小山顶上，那里刮着令人提振精神的寒风。周围一个人也

尼葛的叶子

没有。他看见远处山脚下，车站的屋顶闪闪发光。

他不疾不徐，轻快地走下山去车站。脚夫立刻看到了他。

"这边走！"他说，将尼葛领到铁路支线的终点，那里停着一列十分讨喜的区间小火车：只有一节车厢和一个小火车头，都非常明亮、干净，才新上过漆，看起来像是这列火车首次上路。就连火车头前的铁轨看起来也是新的：铁轨闪闪发光，轨座漆成绿色，轨枕在温暖的阳光下散发出新涂焦油的香气。车厢里空无一人。

"脚夫，请问这列火车开往哪里？"尼葛问道。

"我想他们还没给那个地方命名。"脚夫说，"不过你肯定能找到它的。"他关上了门。

火车立刻开动。尼葛向后靠在椅背上。小火车头一路喷着烟，在两侧高高的青绿路堤中间沿着深深的路堑前进，头顶是蔚蓝的天空。似乎没开多久，火车就拉响了汽笛，并开始刹车，然后停了下来。这里没有车站，没有路标，只有一段阶梯可以让人爬上青绿的路堤。在阶梯顶端，有一道修剪整齐的树篱，树篱上开了一扇小门。小门旁停着他的自行车，至少看起来像是他的，车把上系着一张黄色标签，上面写着黑色大字"尼葛"。

尼葛推开门，跳上自行车，在春天的阳光下一路蹬车轻快地下了山坡。不久，他发现他刚才骑的那条小路不见了，自行车正奔驰在一片绝妙的草地上。草长得青翠又茂密；然而他能把每一片草叶看得清清楚楚。他似乎记得曾在某处看到过或梦见过这片草地。不知何故，这里的地形起伏给他一种熟悉的感觉。没错，地面如他所料，变得平坦了，当然，这会儿它又开始隆起了。这时有片巨大的绿色阴影挡在了他和太阳之间。尼葛抬头一看，从自行车上跌了下来。

矗立在他面前的正是那棵树，他的树，已经完成了。如果你能用"已经完成"来形容一棵活生生的树；它的叶子舒展开来，它的枝条在风中生长、弯曲，过去有太多次，尼葛感觉到或揣测到了这风，又有太多次，他无法传神地描绘出来。他凝视着那棵树，慢慢地举起手，张开双臂。

"这真是天赐的礼物！"他说。他指的是他的艺术天分，也指眼前完成的作品；不过他用的是字面上的意思。

他继续看着那棵树。他费心描绘过的叶子都在那里，模样都是他所想象的，而不是他当时所画出来的；还有些叶片当初只在他心里抽了芽，还有许多片，他当时要是有时间，也会在他心里抽芽的。叶子上什么也没写，它们就是精致美丽的树叶，却像日历一般具有清楚的日期。那些最美的——也是最有特色、最完美展现尼葛风格的——叶子，看来是与帕里什先生合作完成的——没有更贴切的说法了。

鸟儿在这棵树上筑巢。令人惊叹的鸟儿：听听它们

尼葛的叶子

唱得多好啊！就在他眼前，它们在交配，在孵化，在长出翅膀，也在唱着歌向森林飞去。他现在也看到森林了，森林从两边向外延展，直到远方。在远方，群山闪着微光。

过了一会儿，尼葛转身面向那片森林。不是因为他看腻了那棵树，而是他似乎已经将它清清楚楚地纳入心里，即使不看着它，也能感受到它的存在，知道它在成长。随着他向前走，他发现一件奇怪的事：当然，这片森林是一片远方的森林，但是他可以接近，甚至走进这片森林，而不让它失去特有的魅力。在此之前，他一直不能走到远方而不把远方变成寻常的周遭景物。这确实给乡间漫步增添了相当大的吸引力，因为，随着你往前走，新的远方又铺展开来；因此，现在你面前有了两倍、三倍、四倍的远方，它们是两倍、三倍、四倍地迷人。你可以一直走一直走，在一个花园，或一张画里（如果你喜欢这么称呼它）走出一整片乡野来。你可以持续走下去，不过大概不能永远走下去。远方的背景是群山。群山确实变得近了，但非常缓慢。它们似乎不属于这幅画，或只是通往另一处的纽带，透过树林的缝隙瞥见的某种不同的东西，下一个境地——另一幅画。

尼葛四处走动，但他不仅仅是随意闲逛。他在仔细察看四周的景象。那棵树已经完成了，不过没有到此为止——"这和从前的情况恰好相反"，他想——但是这座森林里还有好些未尽完善的区域需要费心费力。到目前为止，没有什么需要变动，没有什么地方不对劲，但它需要继续完善到一定的程度。尼葛精准地看出了每个地方该完善到什么程度。

他在远处一棵非常美丽的树下坐下——这棵树是那棵"伟大的树"的变体，但又风格独具，或者说，再多花一点点心思，它就会风格独具——他思量着从哪里下手，到哪里结束，需要多少时间。他还没法确切订出自己的计划。

"当然啊！"他说，"我需要的是帕里什。有很多关于泥土、植物和树木的事，都是他懂而我不懂的。这个地方不能只是我的私人花园。我需要帮助和建议，我早该想到这一点。"

他起身走到他先前决定着手的地方。他脱下了外套。接着，他看见远处尽头一块荫蔽的小洼地上，有个人在东张西望，显得不知所措。那人倚着一把铁锹，却显然不知道该干什么。尼葛招呼他，喊道："帕里什！"

帕里什扛起铁锹，朝他走来。他走路还是有点瘸。他们不发一语，只是像往常在小路上遇见时那样点点头，但现在他们挽着手臂一起走了。无须交谈，尼葛和帕里什就达成了完全的一致：在哪里盖小屋和花园，这两者似乎是必要的。

如今他们一起工作时，尼葛明显是两人之中更擅于安排时间和完成事项的人。奇怪的是，尼葛变成了那个

尼葛的叶子

最专注于建筑和园艺的人，而帕里什经常四处漫步看树，尤其是看"那棵树"。

有一天，尼葛正忙着种植一排树篱，帕里什躺在附近的草地上，聚精会神地看着青草地上生长的一朵风姿美丽的小黄花。尼葛很久以前就在他的树的树根之间种了许多这种小黄花。突然，帕里什抬起头来，他的面容在阳光下闪耀，他在微笑。

"这太美好了！"他说，"说真的，我本不该在这里的。谢谢你帮我说了好话。"

"胡说，"尼葛说，"我不记得我说了什么，不过总之说得绝对不够。"

"噢，够的。"帕里什说，"是你让我早早脱身。那第二个声音，你知道的，是他把我送来的；他说你要求见我。我欠你这个情。"

"不欠。你欠的是第二个声音的情。"尼葛说，"咱俩都欠。"

他们继续一起生活、劳作，我不知道这样过了多久。不可否认，起初他们偶尔会有意见不合，尤其是在疲倦的时候。因为一开始他们确实偶尔会感到疲倦。他们发现自己都得到了补药。两个瓶子上有同样的标签：**一次数滴，搭配泉水，在睡前服用。**

他们在森林的中心发现了泉水；尼葛只在很久以前想象过一次这股泉水，但从未把它画出来。现在他意识到，这泉水正是远方闪着微光的湖泊的源头，也滋养着这片乡野中生长的万物。几滴补药使泉水变得涩中带苦，但提振精神，使人头脑清醒。喝完之后他们各自休息；然后等到他们起身，一切就愉快地继续下去。在这种时候，尼葛会想种新的奇花异草，而帕里什总是准确知道该怎么安置它们，以及种在哪里能让它长得最好。早在补药喝完之前，他们就不再需要它了。帕里什的瘸腿也痊愈了。

随着工作逐渐接近尾声，他们有了越来越多的时间四处走动，观看树木与鲜花，光影与形状，还有大地起伏的地形。有时候他们一起唱歌，但尼葛发现自己开始越来越频繁地把目光投向远方的群山。

当洼地里的小房子、花园、草地、森林、湖泊和整片乡野，都按照它们自己应有的样式接近完工时，那个时刻终于到了。那棵"伟大的树"正繁花盛开。

"今天傍晚我们就完工了。"一天，帕里什说，"之后咱们去一趟真正的长途旅行吧。"

他们在隔天出发，一直走到最远的"边缘"。当然，边缘是看不见的，那里没有界线，没有栅栏，也没有墙，但是他们知道自己已经来到了这片乡野的边缘。他们看到一个人，他看起来像个牧羊人；他走下草坡朝他们走来，草坡那头通往群山。

"你们需要向导吗？"他问，"你们想继续往前走吗？"

有那么一瞬间，尼葛和帕里什之间似乎投下了一道

尼葛的叶子

阴影，因为尼葛这时明白了，自己确实想继续往前走，并且（在某种意义上）应该往前走；但是帕里什不想往前走，也还没准备好往前走。

"我得等我太太，"帕里什对尼葛说，"她会很寂寞的。我估计他们迟早会把她送来找我，等她准备好了，也等我为她把一切准备妥当的时候。现在小屋已经盖好了，是尽我们所能盖到最好了；而我很想让她看看它。我觉得她能把小屋收拾得更好，更像个家。我希望她也会喜欢这片乡野。"他转向牧羊人，"你是向导吗？"他问，"能不能告诉我这片乡野叫什么名字？"

"你竟不知道吗？"那人说，"这是'尼葛的乡野'。这是'尼葛的画'，或者说大部分都是。如今它有一小部分是'帕里什的花园'了。"

"尼葛的画！"帕里什万分吃惊地说，"尼葛，这一切都是**你**想出来的吗？我从未意识到你这么聪明。你为什么没告诉我？"

"他老早就试过告诉你了。"那人说，"但是你看也不看。那些日子里他只有画布和油彩，而你还想拿它们去补你的屋顶。这就是你和你太太过去常说的'尼葛的蠢画'，或'那幅涂鸦'。"

"但那时候它看起来不是这样子的，不是**真的**。"帕里什说。

"的确，那时只是浮光掠影而已。"那人说，"但是，如果你当时想过它值得看一眼，你可能已经捕捉到那抹浮光了。"

"我当时也没给你太多机会。"尼葛说，"我从来没试着解释给你听。我过去老叫你'挖土老粗'。但那有什么关系呢？现在我们一起生活和工作过了。就算一切有所不同，也不会比现在更好。不管怎么样，恐怕我得继续往前走了。我期待我们会重逢，一定还有更多的事是我们可以一起做的。再见！"他热情地握了握帕里什的手，那是美好、坚定、真诚的一握。他转身回望了片刻。那棵大树上盛开的繁花如火焰般闪耀。所有的鸟儿都在空中飞翔、歌唱。然后，他微笑着向帕里什点点头，就跟牧羊人一起走了。

他要去学习有关绵羊的知识，了解高地牧场，去看更辽阔的天空，他越走越远，朝群山走去，不断地向上爬。除此之外，我也猜不出他后来怎么样了。即使是小人物尼葛，在他的老家时也能瞥见远方的群山，并将群山纳入他画中的边界；但是那些山到底是什么样子，群山之外又有些什么，只有爬过山的人才说得出来了。

"我认为他是个傻小子，"汤普金斯议员说，"事实上，一无是处，对社会没有一点用处。"

"噢，那不见得吧。"阿特金斯说，他是个无足轻重的人，只是个老师，"我可不那么笃定，这得看你说的有用是什么意思。"

"没有实际上或经济上的用处。"汤普金斯说，"我敢说，如果你们这些当老师的曾好好教导，他本来应该能成为有用的小螺丝钉。但是你们没有，所以我们就会得到他这种没用的人。要是我来管理这个国家，我会安排他和他那类人去做适合他们的工作，到公共食堂的厨房里洗碗之类的，而且我会监督他们好好干，不然我就把他们解决掉。我早该把**他**解决掉的。"

"把他解决掉？你的意思是让他提早上路？"

"对，如果你非要用那个毫无意义的老词。把他送到隧道另一端的大垃圾堆里去，我就是这意思。"

"所以，你认为画画毫无价值，不值得保存或发扬，甚至不值得利用？"

"绘画当然有绘画的功用。"汤普金斯说，"但是他的画可没什么用。对那些不怕新思想和新方法的大胆年轻人来说，绘画大有可为。但这种老派的东西没有前景。纯属个人的白日梦。他连设计一张醒目的海报来救自己的命都做不到，总是只画那些树叶和花朵。我有一次问他原因，他说他认为它们很漂亮！你能相信吗？他说**漂亮**！我对他说：'什么，植物的消化器官和生殖器官漂亮？'他无话可答。专干傻事的蠢货。"

"专干傻事，"阿特金斯叹了口气，"是的，可怜的小子，他从没完成什么事。啊，对了，在他走了以后，他的画布被拿去做了'更好的用途'。但我不觉得那是'更好'，汤普金斯。你还记得那幅很大的画吗？那幅在狂风和洪水过后，他们用来修补他家隔壁受损的房子的画。我发现它有一角被撕了下来，掉在田野里。那一角已经破损了，但还可以辨识：上面有座山峰和一簇树叶。我对它始终难以忘怀。"

"忘什么？"汤普金斯说。

"你们两位在说谁呢？"珀金斯为了打圆场插进来说，阿特金斯的脸已经涨得通红了。

"那名字不值得一提。"汤普金斯说，"我真不知道我们为什么要谈论他。他又不住在城里。"

"对，"阿特金斯说，"但你还是垂涎他的房子，所以你老是去拜访他，一边喝他的茶，一边嘲笑他。行吧，现在你得到他的房子了，还有那栋在城里的，所以你不必再这样对他不屑一顾。珀金斯，如果你想知道的话，我们是在谈论尼葛。"

"噢，可怜的小尼葛！"珀金斯说，"我根本不知道他还会画画。"

那大概是最后一次有人在谈话中提到尼葛的名字。然而，阿特金斯保留了那一小角的画。虽然它大部分都损毁了，但是有一片美丽的叶子完好无损。阿特金斯给它裱了框，后来把它留给了镇博物馆。有很长一段时间，《尼葛的叶子》一直挂在房间的凹角里，有少数人注意

尼葛的叶子

到。但最后博物馆失火烧毁了，尼葛的叶子和尼葛本人，在他的故乡就此被彻底遗忘。

"事实证明那里非常有用。"第二个声音说，"可以度假，还可以散心。对疗养的病人是个绝佳场所；不仅如此，对许多人而言，那也是了解群山的最佳去处。对某些案例，它能创造出神奇的效果。我正把越来越多的人送到那里去。很少有人需要回来。"

"没错，确实如此，"第一个声音说，"我想我们应该给那个地方取个名字。你有什么建议？"

"脚夫早就解决啦。"第二个声音说，"**列车通往山坳中尼葛的帕里什**[1]——他已经这么喊了很长时间。尼葛的帕里什。我给他们两个送了口信，告诉他们这件事。"

"他们怎么说？"

"他们俩都笑了。大笑——笑声在群山间回荡！"

---

[1] 帕里什的英文Parish也有"教区"的意思。——译者注

尼葛的叶子

附　录

论仙境奇谭

我打算谈谈仙境奇谭，[1]虽然我知道这是一场大胆的冒险。仙境即险境，乃危机四伏之地，对粗心大意者它处处是陷阱，对胆大妄为者它处处有地牢。我大概算是胆大妄为者吧，因为我从识字以来就是仙境奇谭的爱好者，不时思考它们，却从未从专业的角度研究过它们。在这片土地上，我一直都只是个漫游的探索者（或入侵者），充满惊奇，却缺乏知识。

仙境奇谭的疆域广袤、深邃、高远，充满众多事物：那里有各种各样的飞禽走兽；有无边无际的大海和不可胜

---

1 原文是fairy-stories。Fairy story或fairy tale，字面含义是仙子的故事，指包含奇妙的元素和事件的民间故事乃至同类文学作品，十九世纪开始逐渐被归类到儿童文学。国内习惯译作"童话"。——译者注

数的星辰；那里的美既能摄人心魄，亦是永存的危险；那里的欢乐与悲恸都利如刀剑。得以在此疆域中漫游之人或可为此额手称庆，但其丰富与奇异让想要汇报它们的旅行者词穷。而他身在境中时，须知问多必失之险，以防仙境之门关闭，钥匙失落。

　　然而，想谈论仙境奇谭的人，必须准备回答，或至少尝试回答一些问题，不管仙境居民对此人的傲慢无礼作何感想。比如：什么是仙境奇谭？它们是什么来历？有什么用途？以下我将尝试回答这些问题，或至少提供一些主要是从故事本身——众多故事中我所知的少数几个——收集而来的、通往解答的线索。

仙境奇谭

　　什么是仙境奇谭？就此而言，你查阅《牛津英语词典》只是徒劳。词典里没有 fairy-story 这个复合词可参考，且大体上无助于了解"仙子"（fairies）这一主题。在《牛津英语词典》的补遗里，fairy-tale（仙境传说）这个单词的记载最早可追溯到 1750 年，[1] 据载它的主要含

1　这里指的是 1933 年出版的《牛津英语词典》第一版的补遗卷。（后文《牛津词典》指的也是这部词典。）现在的《牛津英语词典》在线版根据本文意见收录了 fairy story，重写了 fairy-tale 释义，最早记录也提前到 1635 年。——译者注

义是：（1）有关仙子的传说，或泛指关于仙子的传奇；又发展出以下两个含义：（2）非现实或令人难以置信的故事；（3）胡言乱语、谎言。

后两个含义显然对我这次的主题而言过于宽泛，但第一个定义又太狭隘。并不是说，狭隘到写不成一篇论文——它宽泛到足以写出很多书来，但又狭隘到涵盖不了所有实际运用的场合。倘若我们接受词典编纂者对"仙子"所下的定义就更是如此："身材纤小的超自然生灵，民间相信他们拥有魔力，并对人类的事务具有强大的或善或恶的影响力。"

无论是从广义还是狭义来解释，"超自然"都是一个危险又难解的词。但这个词对仙子根本不适用，除非"超"仅仅是表示形容词最高级的前缀。因为，与仙子相比，人类才是脱离自然（而且往往个头纤小）的存在；而仙子是属于自然界的，远比人类自然得多。这也是他们的劫数。通往仙境之路不是通向天堂的路，而我相信它也不是通向地狱的路，尽管有人认为由于献给魔鬼的贡物，这条路可能会间接通往地狱。[1]

看见吗，那边有一条窄窄的路，

---

[1] 凯尔特传说中，仙子必须向魔鬼献上贡品或人祭。在下文引用的《行吟诗人托马斯》（Thomas the Rhymer）中便有提及。——译者注

附　录

沿途长满了尖刺荆棘杂丛？
那就是通往那公正正义之路，
但路上却少见足迹行踪。

而那边，看见吗，有一条宽阔的路，
横穿过远处那一大片百合花圃？
这就是通往那奸佞邪恶的道路，
然而啊却有人称它为天堂通途。

再那边，看见吗，有一条美丽的路，
蜿蜒在羊齿蕨遍布的山坡之上？
那就是通往美丽仙境之路，
今夜里我们俩要骑马奔驰前往。[1]

　　至于仙子"体型纤小"这一点，我不否认，这概念在当代用法中占主导地位。我经常想，尝试去找出这种看法是如何演进至此的，将会是趣事一件；但我的知识还不足以给出一个确切的解答。古代的仙境确实有些居民个子矮小（却绝称不上纤小），但个子小并不是这个种

1　以上诗句源自英国中古民谣《行吟诗人托马斯》，讲述诗人被仙后领入精灵世界的故事。译文引自上海译文出版社《英国诗选》（2012年），朱次榴译，略有修改。——译者注

族的整体特征。在英格兰，体型纤小的精灵或仙子，（我猜）很大程度上是文学想象的世故产物。[1]英格兰这个经常在艺术中反复表现出喜爱精致和细腻的国家，对仙子的想象会转向雅致和纤巧或许也属自然，就像在法国，想象会走向宫廷风，扑上水粉，戴上钻石。不过，我怀疑这种鲜花与蝴蝶的纤巧偏好，也是"合理化"的产物，它将仙境的华丽转化为纯粹的精致，将隐身的魔力转化为可以隐藏在黄花九轮草的一朵花里，或缩在一片草叶之后的脆弱。当大航海时代开始令世界显得过于窄小，无法容纳人类与精灵族裔共存，当位于西方的神奇之地"海布拉塞尔"（Hy Breasail）变成平平无奇的巴西（Brazil，意思是红木之地），[2]这种把仙子变小的想象很快就变得流行起来。无论如何，这种仙子体型纤小的风潮

1　我说的是在对其他国家的民俗产生兴趣之前的发展。英语单词——如精灵（elf）——长期受到法语的影响（fay、faërie和fairy等表示仙子的词就源自法语）；但在后来的时代，通过它们在翻译中的使用，仙子和精灵两个词获得了不少德国、斯堪的纳维亚和凯尔特传说的风味，以及huldu-fólk, daoine-sithe和tylwyth teg（分别是冰岛、苏格兰与威尔士传说中的精灵或仙族。——译者注）的许多特征。

2　对于爱尔兰传说中的海布拉塞尔影响了巴西这个国家命名的可能性，参见南森《北方迷雾》（In Northern Mists）卷二，第223—230页。（Hy Breasail，亦作Brasil、Brazil等，是爱尔兰传说中西方的神秘岛屿。弗里乔夫·南森1911年的著作《北方迷雾》认为，词形brazil源自与红色染料木brazil-wood的混淆，后被用于命名巴西。不过现代学界一般认为，巴西的国名源自brazil-wood，与爱尔兰传说中的海布拉塞尔词形相似只是巧合。——译者注）

主要受文学推动，威廉·莎士比亚和迈克尔·德雷顿等人都在其中发挥了作用。[1]德雷顿的长诗《宁菲狄阿》是文学史上一长串花仙子和拍翅飞舞的触角小妖精故事的老祖宗之一，我小时候就非常不喜欢这些故事，我的几个孩子也跟我同仇敌忾。安德鲁·朗对此也有同感。在《淡紫色童话》的序言里，他提到那些令人厌烦的当代作者所写的故事："他们的开场总是一个小男孩或小女孩外出，遇到了樱草、栀子花或苹果花的仙子……这些仙子要么试图逗趣并失败了，要么试图说教并成功了。"

但是，正如我之前说过的，这件事早在十九世纪以前就开始了，也早在许久以前就到了令人厌倦的程度，而在试图逗趣并失败这一点上，绝对令人厌烦透顶。德雷顿的《宁菲狄阿》在仙境奇谭（有关仙子的故事）的文类里，是有史以来最差的作品之一。诗中仙王奥伯龙的宫殿里有蜘蛛腿筑成的墙，

猫眼珠子做成的窗，
至于屋顶，不用板条，
上面覆盖着蝙蝠的翅膀。

---

1 他们的影响并不局限于英国。德国的 *Elf, Elfe*（精灵）似乎源于威兰德翻译的《仲夏夜之梦》（1764）。

骑士皮威征（Pigwiggen）骑在一只生龙活虎的蠼螋上，向他的爱人仙后梅宝（Queen Mab）献上一串蚍蜉的眼珠串成的手链，并在黄花九轮草的花里幽会。但是，在这么美好可爱的背景下，传说讲述的却是一个密谋私通与狡猾信使的乏味故事。英勇的骑士和愤怒的王夫掉进了泥沼，一股忘川之水平息了他们俩的愤怒。要是忘川之水能抹除整件事情就更好了。奥伯龙、梅宝和皮威征或许是体型纤小的精灵或仙子，而亚瑟王、桂妮维尔和兰斯洛特不是，但是亚瑟王宫廷中的善恶故事却比这个奥伯龙的传说更像"仙境奇谭"。

作为名词，"仙子"（Fairy）或多或少等同于"精灵"（elf），是个相对来说属于现代的词语，都铎王朝时期之前甚少使用。《牛津词典》中的第一个引语（唯一一条公元1450年之前的引语）意义重大。它取自诗人高尔的作品："仿佛他是个仙子。"但是高尔原文不是这么说的。他原文写的是as he were of faierie，亦即"仿佛他来自仙境"。高尔描述的是一个时髦的年轻男子存心勾引教堂里的处女。

> 他精心梳理的卷发上
> 要戴串珠项链，珍珠饰针，
> 或花冠一顶
> 用林中新采的花叶编成，

务必显得仪表堂堂；

然后他盯着她们的娇躯，

就像猎鹰乍见

要俯冲攫起的猎物，

仿佛他来自仙境

在她们面前他便要如此作势。[1]

　　这年轻人是个血肉之躯的凡人；但他让我们看到的仙境居民的模样，比词典里"仙子"的定义要好得多——词典里歪打正着地把他作为这个定义的例句。关于真正的仙境居民，麻烦在于他们看起来不总是他们真正的模样；他们披上骄傲与美丽的外衣，这样的外衣我们自己也会欣然披上。他们那些对人有益或有害的魔法，至少有一部分乃是利用人身心欲望的力量。骑着比风还快的乳白色骏马，掳走行吟诗人托马斯的仙境女王，骑行到埃尔顿树旁，如同一位贵女，美得令人心醉神迷。因此，当斯宾塞用"精灵"（Elfe）这个名称来称呼他笔下的仙境骑士时，他是遵循了真正的传统。它属于该恩爵士[2]这样的骑士，而不是身佩大黄蜂刺的皮威征。

1　《情人的忏悔》（*Confessio Amantis*），第五卷，7065行始。
2　该恩（Guyon）是斯宾塞长诗《仙后》第二卷的主人公。——译者注

眼下我虽然只是（蜻蜓点水地）触及了"精灵"（elves）与"仙子"（fairies），但我必须回头了，因为我已经偏离了"仙境奇谭"这个正题。我前面说过，"有关仙子的故事"这个定义太狭隘。[1]即使我们屏弃体型纤小这一点，它还是太狭隘；因为在英语使用的常态里，仙境奇谭包含的故事不是**关乎**仙子或精灵，而是关于"仙境"——仙灵所生存的疆域或国度。仙境里除了精灵和仙子，外加矮人、巫师、食人妖、巨人或龙，还包含了诸多事物：大海、太阳、月亮、天空、大地，以及所有栖身其中的事物，如树和鸟，水和石，酒和面包，还有我们这些凡人——当我们被迷住的时候。

真正以"仙子"——现代英语中此种生物也可称为"精灵"——为主的故事，相对较少，通常内容也不怎么有趣。大多数优秀的"仙境奇谭"，讲的都是人类在险境中或在它的阴暗边界上的冒险。这很自然；因为如果真有精灵，他们真的独立存在于我们传述的故事之外，那么另外这点也肯定是真的：精灵并不在意我们人类，我们人类也不在意他们。我们的命运分道扬镳，我们的道路

1　除非在特殊情况下，如威尔士或盖尔语故事集。在这些故事中，有关美丽家族或仙族（Fair Family 或 Shee-folk）的故事有时候被称作"仙境故事"，区别于有关其他奇迹的"民间故事"。在这种情况下，"仙境故事"或"仙境传说"通常简短叙述"仙子"的出现或他们对人类事务的侵扰。但这种区分是翻译的产物。

鲜少相会。即使来到仙境的边界，我们也只是在路途交叉时偶然相逢。[1]

因此，仙境奇谭的定义——它是什么，或它该是什么——就不取决于任何对精灵或仙子的定义与历史记载，而是取决于**仙境**的本质：即"险境"本身，以及在那疆域里吹拂的气息。我不会试图定义仙境，也不会直接描述它。那是做不到的。仙境无法用语言之网来捕捉，因为虽然它并非感受不到，但其特质之一正是无法描述。它有许多成分，但分析并不一定能发现整体的奥秘。不过，希望我稍后要谈的其他问题，能让大家了解一点我个人对它的不完美看法。目前我只想说：只要故事触及或使用"仙境"这个元素，那么无论它本身的主要目的是讽刺、冒险、道德，还是幻想，都算得上是"仙境奇谭"。最接近"仙境"本身的解释，大概是"魔法"[2]——但它是具有一种独特基调和力量的魔法，与那些汲汲营营、讲究技术的魔法师的庸俗手段相去甚远。然而，我这说法有一个条件：故事若包含讽刺元素，那么嘲弄的对象就决不能是魔法本身。魔法在故事里必须严肃对待，既不可嘲笑，也不可搪塞。在这种严肃性上，中世纪的《高文

1　这也是真的，即使它们只是人心所造，"真"也只是在特定的方式上反映了人类对真理的一种看法。
2　详见后，第400页。

爵士与绿骑士》就是一个令人钦佩的范例。

但是，即使我们只设下这些模糊且定义不佳的限制，也能清楚看出：很多人，甚至是在这方面学识渊博的人，在使用"仙境故事"这个词时都非常马虎。只要看一眼近代那些自称"仙境奇谭"选集的书籍，就足以发现关于仙子的故事，关于任何一个仙子家族的故事，甚至关于矮人和哥布林的故事，都只占书中内容的一小部分。正如我们所见，这是意料之中的。但是，这些书里还包含了很多根本没有用到，甚至没有触及仙境的故事；事实上，那些故事根本不该收录进去。

我举一两个换作我就会删除的例子，这将有助于定义什么不属于仙境奇谭。这也将引出第二个问题：仙境奇谭的起源是什么？

如今已有众多仙境奇谭的选集。在英语版本里，无论是受欢迎的程度、包罗的范围，还是总体的优点，大概没有什么能与安德鲁·朗与他妻子合著的十二本彩色童话媲美。这十二本彩色童话的第一本于五十多年前（1889年）问世，至今仍在印刷。它的大部分内容都通过了考验，或多或少算是清晰符合标准。我不会分析它们（尽管分析可能会很有趣），但可以顺便指出，《蓝色童话》里没有一个故事是以"仙子"为主轴的，也鲜少提及他们。书中故事多半取自法国：在当时，这在某种程度上是个合理的选择，或许现在仍是（尽管不合我的口味，无论现在还是儿时）。总之，自从十八世纪夏尔·佩罗的《鹅妈妈的故事》译成英文并出版，以及来自《仙灵阁》[1]这个浩大仓库的选录变得众所周知之后，法国的影响实在太大了，我想，如果让人随便说出一个经典的"仙境奇谭"，他最有可能说出的就是这些法国故事中的一个：比如《穿靴子的猫》《灰姑娘》或《小红帽》。不过有些人可能会首先想到《格林童话》。

但是，《小人国游记》出现在《蓝色童话》里又该怎么说呢？我想说的是：这**不是**一个仙境奇谭，无论原著还是《蓝色童话》中梅·肯德尔小姐"浓缩"而成的版本都**不是**。它根本不该收录进来。它之所以会被收录，恐怕只是因为利立浦特人的个子很小，甚至算是纤小——这是他们唯一与众不同的地方。但在仙境里，个子小和在我们的世界里一样，只是凑巧。俾格米人（Pygmies）并不比巴塔哥尼亚人（Patagonians）更接近仙子。我并不是因为《小人国游记》具有讽刺意图而排除它：在货真价实的仙境故事里，同样有持续或断续的讽刺；讽刺常常存在于传统故事中，只是我们如今意识不到它的存在。我排除《小人国游记》，是因为讽刺的载体尽管是绝妙的发明，却属于旅人故事的范畴。这类故事描述诸多令人

1　*Cabinet des Fées*，十八世纪末法国出版的一套仙境故事集，多达41卷。——译者注

惊奇的事物，但它们都发生在这个尘世中，在我们自己的时空某处，纯粹因为距离遥远才被掩藏。格列佛的故事并不比闵希豪森男爵的夸夸其谈更有资格列入仙境奇谭，也不比《最早登上月球的人》和《时间机器》这样的故事更有资格。事实上，埃洛伊人和莫洛克人比利立浦特人更有权说自己是仙境中人。利立浦特人只不过是我们从房顶上戏谑俯视的人；埃洛伊人和莫洛克人却生活在遥远的时间深渊里，深远到给他们添加了魔力。倘若他们是我们的后裔，那么我们或可忆起，古代英格兰有位思想家曾经推导出精灵（ylfe）本身乃是源自亚当之子该隐。[1]这种距离的魔力，尤其是遥远时间的魔力，只是被荒谬而不可思议的时间机器自身削弱了。不过，从这个例子中，我们能看出仙境奇谭的边界必然模糊不明的一大原因。仙境的魔力本身并不是目的，它的价值在于它的运作：包括满足某些原始的人类欲望。其一就是探测空间和时间的深度，此外则是（下文将会展示）与其他生物进行交流。因此，一个故事不管有没有机器或魔法的运作，只要涉及对这些欲望的满足，那么它满足得越好，就越接近仙境奇谭的品质和风味。

---

1 《贝奥武甫》，第111—112行。（冯象译本作"从该隐孳生出一切精灵魑魅"。本文还引用了许多《贝奥武甫》内容，翻译时均依冯象译本。——译者注）

接下来，继旅人故事之后，我还要排除任何利用梦（即人类实际睡眠中的梦境）的机制来解释其中显现之惊奇的故事，或认定这种故事不合仙境奇谭的规范。至少，即使所述的梦从其余各方面看都是个仙境奇谭，我还是要宣告整个故事有严重缺陷，就像一幅好画配了一个残损的画框。诚然，梦与仙境并非毫无关联。在梦中，心灵的奇特力量可以被释放。在有些梦里，人可暂在此处运用仙境的力量，那种力量在构思故事的同时，使它在眼前呈现鲜活的形态和色彩。真正的梦有时确实可能是个仙境奇谭，具备近乎精灵般的从容自如和高超技巧——仅限于做梦期间。但是，如果有个清醒着的作家告诉你，他的故事只是他在睡梦中的想象，那么他就是在存心扭曲位于仙境核心的原始欲望——独立于构思的头脑，实现想象中的奇景。人们经常把仙子描述为（我不知是真是假）幻觉（illusion）的制造者，借由"幻想"（fantasy）来欺骗人类；但那完全是另一回事。那是他们的事。不管怎么说，那类骗术把戏都是发生于那些仙子本身并非幻觉的故事当中；在幻想的背后，存在着真实的意志和力量，独立于人类的心智和目的。

无论如何，这一点至关重要：一个真正的仙境奇谭（有别于为低级或贬低的目的而使用仙境奇谭这种形式的故事）应该以"真实"的形式呈现。在这一点上，"真实"的含义我稍后再做探讨。既然仙境奇谭讲述的是"奇事"，它就不能容忍任何框架或机制去暗示，包含了这些事物的整个故事都是臆造或幻觉。当然，故事本身可能非常精彩，以致人们可以忽略框架。或者，它可能是个非常成功又有趣的梦幻故事。刘易斯·卡罗尔的爱丽丝梦游系列就是这样，有着梦的框架和梦的转换。由于这个原因（以及其他原因），它们不是仙境奇谭。[1]

还有一种惊奇故事，我会把它排除在"仙境奇谭"之外，当然也绝不是因为我不喜欢它们：那就是纯粹的"动物寓言"（Beast-fable）。我将从朗的彩色童话系列里选出一个例子，就是收录在《淡紫色童话》一书中的斯瓦希里人的故事——《猴子的心》。在这个故事里，一条邪恶的鲨鱼骗一只猴子骑上它的背，要把猴子带去自己的家乡，到了半途才透露其实那里的苏丹生了病，需要一颗猴心来治病。但是猴子智取鲨鱼，说自己把心忘在家里了，放在袋子里挂在树上，劝诱鲨鱼带他返回。

动物寓言当然与仙境奇谭有联系。在真正的仙境奇谭里，飞禽走兽和其他生物经常像人一样说话。这种奇事在某种程度上（通常很小）源自接近仙境核心的原始"欲望"之一——人类与其他生物交流的欲望。但是，动物寓言中的兽言兽语，已经发展成了单独的分支，不但

---

1 见结尾处的注释A（第423页）。

几乎不提这种欲望，而且往往彻底忽视了它。相比之下，人类能神奇地理解鸟兽与树木的专有语言，才更接近仙境的真正目的。但某些故事与人类毫不相干；或者故事里的男女主人公都是动物，就算出现男人和女人，也都只是附属品；更有甚者，故事里的动物形象都是人类改头换面，是讽刺作家或布道者的手段：这样的故事都是动物寓言，不是仙境奇谭——无论是《列那狐传说》，还是《修女院教士的故事》《兔子兄弟》，或只是《三只小猪》。比阿特丽克斯·波特所写的故事很接近仙境的边界，但我认为大部分还是在仙境之外。[1]之所以说波特的故事接近，很大程度上是由于它们强烈的道德因素——我指的是它们固有的道德，而不是任何寓言指称。不过，虽然《彼得兔》含有一则禁忌，且仙境里也有禁忌（大概宇宙中每个层面、每个维度上都存在禁忌），它仍是一个动物寓言。

由此，《猴子的心》显然也只是一个动物寓言。我怀疑它被收录在一本"童话书"里，主要不是因为它的娱乐性，而恰恰是因为那颗号称被放在袋子里没随身带走的猴心。这对研究民俗学的朗来说意义重大，尽管这个奇特的概念在这里只是被用作一个笑话。因为，在这个

---

1 《格洛斯特的裁缝》（*The Tailor of Gloucester*）可能是最接近的。若不是那个暗示做梦的解释，《提吉·温克夫人》（*Mrs. Tiggywinkle*）也会很接近。我也会把《柳林风声》列入"动物寓言"。

故事里，猴子的心其实十分正常，好好地长在猴子的胸腔里。尽管如此，这个细节显然只是复用了一个古老又流传甚广的民俗概念，这种概念确实出现在仙境奇谭中；[1] 那就是，人或生物的生命或力量，可以存放在其他地方或东西里，或集中在身体的某个部位（尤其是心脏），可以拆下来并藏在袋子里、石头下或蛋中。在有记载的民俗历史这一端，乔治·麦克唐纳在他的仙境奇谭《巨人之心》里就采用了这个概念，这个故事从广为人知的传统故事里汲取了这个核心主题（以及许多其他细节）。在另一端，这个概念甚至出现在埃及的德奥塞尼纸草[2]上的《两兄弟的故事》中，这或许堪称最古老的书面故事之一。故事里，弟弟对哥哥说：

> "我要给我的心施魔法，并把它放到香柏树
> 之花的顶上。须知，香柏树会被砍倒，我的心
> 会掉落在地，你要去寻找它，就算你要寻找它
> 七年。等你找到它，将它放进一个装有冷水的

1　例如：达森特的《北欧通俗故事》中的《无心巨人》；或坎贝尔的《西高地通俗故事》中的《海女》（编号4，另见编号1）；或更早一点的《格林童话》里的《水晶球》。

2　实为德奥比尼纸草（D'Orbiney papyrus），其实下面托尔金注引的比奇《埃及读本》（*Egyptian Reading Book*）中也是这么写的，但托尔金误写为D'Orsigny papyrus。——译者注

瓶子里，我就会真的活过来。"[1]

但是，这一关注点和此类的比较，把我们带到了第二个问题的边缘："仙境奇谭"的起源是什么？当然，那一定意味着仙境元素的特定起源或多个起源。要问故事（无论如何定义）的起源是什么，就是在问语言和思想的起源是什么。

起 源

事实上，"仙境元素的起源是什么"这个问题，最终把我们引向了同样的基本研究，就是"仙境奇谭的起源是什么"。但是，仙境奇谭里有许多元素（例如这颗可以拆下来的心，或天鹅长袍、魔法戒指、武断的禁忌、邪恶的继母，甚至仙子本身），可以在不解决这个主要问题的情况下进行研究。不过，这样的研究（至少在意图上）是科学的；它们是民俗学家或人类学家所致力探索的，也就是说，人们并不是按照故事的原意来使用故事，而是把故事当作采石场，从中挖掘有关他们感兴趣的事物的证据或信息。这种方法本身是完全合理的，但是，对故事本质（作为一个被完整讲述的事物）的无知或遗忘，往往会导致这

1　比奇，《埃及读本》，第 xxi 页。

些探索者做出奇怪的判断。对这类探索者来说，反复出现的相似之处（例如那个心脏的问题）显得尤为重要，以至于民俗研究者很容易偏离自己的正轨，或用一种误导性的"简记"来表达自己的观点：如果这种简记脱离他们的专著进入文学书籍，那么就更误导人了。他们倾向于认为，任何两个围绕相同的民俗主题构建的故事，或把这些主题用大致相似的方式组合起来构成的故事，都是"相同的故事"。我们读到：《贝奥武甫》"只是《地精》的一个版本而已"；《诺罗威的黑公牛》就是《美女与野兽》，或"与《爱神与普赛克》是同一个故事"；北欧的《聪明的女仆》（或盖尔人的《鸟的战争》[1]及其诸多同类和变种）"和希腊传说中的伊阿宋与美狄亚是相同的故事"。[2]

这类主张可能（用过于省略的方式）表达了真理的某种成分；但从仙境奇谭的意义上讲，它们并不真实，在艺术或文学里也不真实。真正要紧的其实正是故事的色彩、气氛和无法归类的个体细节，以及最重要的一点——将未经剖析的情节骨架赋予鲜活生命的整体主旨。莎士比亚笔下的《李尔王》与拉亚蒙笔下的《布鲁特》不是同一个故事。还可以举一个最极端例子——《小红帽》：

---

1 参见坎贝尔，出处同前，卷一。

2 托尔金批判的上述观点来自安德鲁·朗《蓝色童话》的引言，该书收录了《诺罗威的黑公牛》和《聪明的女仆》。《地精》见于《格林童话》，《鸟的战争》见于《淡紫色童话》。——译者注这个故事的重述版（小女孩被伐木人救了）直接源自佩罗的原版（她被狼吃掉了），但这一点在研究价值上只是次要的。真正重要的是，后来的版本有个幸福的结局（多少算是吧，如果我们不过度哀悼祖母的话），而佩罗的版本没有。这是一个非常深刻的区别，我稍后再谈这一点。

当然，我并不否认，想要厘清"传说之树"上错综复杂的分枝，捋顺其历史的愿望是多么令人着迷，因为我也深受吸引。这和语文学家对语言这一团乱麻的研究密切相关，我对此小有了解。但是，即使就语言而言，在我看来，抓住一种特定语言在一个活生生的瞬间的基本特质和倾向，要比抓住它的线性历史更重要，而明确表述这一特质与倾向也困难得多。因此，对仙境奇谭，我觉得思考它们是什么，它们对我们而言变成了什么，以及漫长时间的提炼过程在它们之中产生了什么价值，是一件更有趣，某种意义上也更困难的事。我要引用达森特的话："我们必须满足于摆在面前的汤，不要渴望看到熬汤的牛骨头。"[1]然而，奇怪的是，达森特所说的"汤"指的是建立在比较语文学早期推测的基础上，冒牌史前史的大杂烩；而他所说的"渴望看到骨头"指的是要求看到产生这些理论的原理和证据。我所说的"汤"指的则是作者或讲述者提供的故事，而"骨头"指的是故

---

1 《北欧通俗故事》，第 xviii 页。

事的来源或材料——即使（靠着罕见的运气）这些可以有把握地发现。但是，我当然不会阻止就汤论汤的评论。

因此，我将简单带过起源的问题。我所知太少，无法细究其详；但这是我要谈的三个问题中最不重要的一个，只要几句话带过即可。显而易见，仙境奇谭（无论是广义的还是狭义的）非常古老。相关的记载出现在十分久远的文献里，无论何处，只要有语言存在，就能找到它们的存在。因此，我们面对的显然是考古学家或比较语文学家所遇问题的一种变体，即下列三种观点之间的争论：相似事物的**独立进化**（或更确切地说，**发明**）、源自一个共同祖先的**继承**，以及在不同时期从一个或多个中心的**扩散**。大部分争论都依赖于（一方或双方）过度简化的企图；我认为这一争论也不例外。仙境奇谭的演进史很可能比人类种族的演化史更复杂，复杂得就像人类的语言发展史。而独立发明、继承和扩散这三者，显然都在错综复杂的故事之网形成的过程中发挥了作用。现在，除了精灵之外，没人有技能解开这个谜团。[1]在这

---

1 除非是在特别幸运的情况下，或是在一些偶然的细节上。厘清单独一条**线索**——一个事件、一个名字、一个动机——确实比追溯由许多线索界定的任何一幅**图像**的历史要容易得多。因为随着织锦中图像的出现，一个新的元素加了进来：图像大于其组成线索的总和，而且不能用这个总和来解释。这就是分析（或"科学"）方法的固有弱点：它发现了许多故事中发生的事情，但很少或根本没有发现它们对任何特定故事的影响。

附　录

三者当中，**发明**是最重要和最基本的，因此（毫不奇怪）也是最神秘的。对一个发明家，也就是一个故事创造者来说，另外两点最终必须导回第一点。无论是人工产物还是故事的**扩散**（跨越空间的借用），都只涉及别处的起源问题。在所谓的扩散中心，有一个地方曾经有一位发明家在世。**继承**（跨越时间的借用）也是如此：通过这种方式追溯，我们最终只会找到一位发明先祖。倘若我们相信人们有时会独立地提出相似的想法、主题或设计，那也只要增加发明先祖的人数就好，但我们并不能借此更清楚地了解他的天赋。

语文学在这个调查法庭上已经失去了它曾经拥有的崇高地位。我们可以毫不遗憾地屏弃马克斯·穆勒将神话视为"语言之疾病"的看法。神话绝不是疾病，尽管它可能像人类所有的文明创造一样患病。照此逻辑，你也可以说思考是一种心灵的疾病。更接近事实的说法是，语言，尤其是现代欧洲语言，是神话的疾病。但是，语言仍然不能被等闲视之。在我们这个世界里，有血有肉的心灵、言语和传说，是并存的。人心天生具有概括和抽象的能力，它不仅看见**绿草**，将其与其他事物区分开来（并觉得它看起来很美），同时还看见它既是**草**，也是**绿的**。形容词的发明何等强大，何等鼓舞了创造它的心灵啊！仙境中没有任何咒语比它更强有力。而这并不令人惊讶，因为其实可以说，这些咒语只是另一种形式的形容词，是神话语法中的一个词类。那个想出**轻盈、沉重、灰暗、金黄、静止、迅捷**等形容词的心灵，同样也构想出了能使重物轻盈飞翔、让灰铅化成黄金，把静止的岩石变成迅捷流水的魔法。人心能知其一，必能知其二；它也不可避免地两者都做到了。当我们可以从青草中提取翠绿，从天空中提取蔚蓝，从鲜血中提取殷红时，我们在某个层面就已经拥有了术师的法力；而在我们心灵之外的世界中运用这种力量的欲望也会被唤醒。但这并不意味着我们能在任何层面上将这种法力运用自如。我们可以让一张人脸透出骇人的死绿；让罕见可畏的蓝月发光；或使树林中银叶萌发飞舞，让公羊们披上金羊毛，并在冰冷的龙腹中装满炽热的烈火。但是，就在这所谓的"幻想"里，新的形式诞生了；仙境开始了；人类就此成为次创造者。

因此，仙境的一项基本力量就是借由意志，立即将"幻想"所见之事物付诸实现的力量。所见之事物并不都是美丽的，甚至不全对身心有益，起码在堕落的人类的幻想里不是如此。人类因自身的污点玷污了（真实的或传说里）拥有这种力量的精灵。我认为，"神话"的这一特征——次创造，而不是对世界上美丽和恐怖之物的表现或象征性解释——被考虑得太少了。这是因为次创造发生的地方是仙境而不是奥林匹斯山吗？还是因为它被认为属于"低级神话"而不是"高级神话"？关于这些

附　录

367

事物，也就是**民间传说和神话**之间的关系，已经有过诸多争论；但是，即便没有争论，只要思考起源问题，这个问题就需要关注，无论多么简要。

曾经有一种主流观点认为，所有这些民间传说和神话都来自"自然神话"。奥林匹斯诸神是太阳、黎明、黑夜等等的**人格化身**，所有关于他们的故事，最初都是关于自然界更宏大的环境变化和过程的**神话**（寓言这个词会更合适）。然后，史诗、英雄传说、萨迦将这些故事置于真实的地方来本土化，再通过把他们归为英雄先祖来人性化——他们比人强大，但已经是人了。最后，这些传奇逐渐式微，变成了民间传说、童话、仙境奇谭——睡前故事。[1]

这简直是颠倒了事实真相。所谓"自然神话"，或"宏大自然过程的寓言"，越是接近它的假定原型，就越是乏味，也越是不像一个能给世界带来启示的神话。我们姑且假设，就像这理论所假设的，实际上不存在任何与神话中的"诸神"相对应的东西：没有人格，只有天文或气象的物体。那么，这些自然的物体只有通过来自人的赠礼——人格的赠礼，才能被赋予个性化的意义和荣耀。人格只能从人身上衍生出来。诸神或许能从大自然

1　此即上文提到的马克斯·穆勒将神话视为"语言之疾病"的主要论点。——译者注

的壮丽中获取色彩和美，但那是"人"为他们获取，从太阳、月亮和云彩中抽象出来的；诸神的人格直接来自人；他们身上神性的阴暗面或光亮面，是通过人从不可见的世界，也就是超自然获得的。高等神话和低等神话之间没有根本的区别。它们的子民如果真的存在，都经历着同样的生命历程，就像尘世里的国王和农民也都有同样的生命历程一样。

让我们举个貌似奥林匹斯式自然神话无疑的例子：北欧的雷神索尔。他的名字是"雷霆"，其诺斯语形式是索尔（Thórr）；把他的锤子"妙尔尼尔"（Miöllnir）解释为闪电也不难。但是，索尔（从我们后来的记录来看）那非常显著的性格或人格是在雷霆或闪电中找不到的，即使有些细节可以算是与这些自然现象有关：比如他的红胡子，他的大嗓门和暴脾气，他的鲁莽以及粉碎万物的力量。然而，如果我们追问下去（这个问题没有多大意义）：到底哪个先出现，是人格化的雷霆在山岭中劈开岩石和树木的自然寓言，还是关于一个脾气暴躁、不太聪明、长着红胡子的农夫的故事？此人力气超出寻常，（除了身材）处处极似北方的农夫，而这类自由民[1]也最敬爱索尔。我们可以认为索尔被"缩小"成了这样一个人的

---

1 Boendr，单数形式 bóndi，本意为"土地所有者和耕种者"，是维京时代北欧社会的中坚阶层，指贵族和奴隶之外的农夫、工匠等。——译者注

附　录

形象，也可以认为是这个形象被放大成了这位神明。但我怀疑这两种观点都不正确——如果你坚持这两者必须有个先后顺序，那么哪一种独立来看都不正确。更合理的假设是，就在雷霆获得声音和面孔的那一刻，农夫也凭空出现了；每当说故事的人听见有个农夫大发雷霆，遥远的山中也在响起隆隆的雷声。

当然，索尔必须被视为神话中高级贵族的一员，是世界的统治者之一。但是，《巨人特里姆的歌谣》（见《老埃达》）中讲述的索尔的故事，无疑就是个仙境奇谭。就北欧诗歌而言，它很古老，但不算久远（就此例子而言，大约是公元900年或更早一点）。但至少在性质上，我们没有像样的理由认为这个故事是"非原始的"，也就是说，不能因为它是民间传说类型并且不太庄重，就认为它是"非原始的"。假如我们能逆时光而上，可能会发现仙境奇谭在细节上发生了变化，或让位给其他故事，但只要有一个索尔存在，就总会有一个"仙境故事"，而当仙境故事消失时，剩下的就只是雷声，彼时尚无人类的耳朵聆听。

在神话中，我们偶尔会瞥见一些真正"更高"的东西——神性，行使权力的权利（不同于拥有权力），正当的崇拜；实际上，即"宗教"。安德鲁·朗说，神话和宗教（指严格意义上的宗教）是两种截然不同的东西，却已不可分割地纠缠在一起，尽管神话本身几乎没有宗教意义。[1]他的话至今仍受到一些人的赞扬。[2]

然而，这些东西事实上已经纠缠在一起了——或许它们在很久以前被分开过，但从那时起又慢慢摸索，穿过了充满错误的迷宫，穿过了混乱迷惑，回到了重新融合的状态。即使是作为一个整体的仙境奇谭，也有三张面孔——"神秘"通向"超自然"；"魔法"通向"自然"；鄙视和怜悯的"镜子"通向"人类"。仙境最重要的面孔是中间那张——"魔法"。但另外两张出现的程度（如果出现）是可变的，并且可由每个说故事的人决定。"魔法"——仙境奇谭——可以当作"人类之镜"（Mirour de l'Omme）[3]来用；它可以（但不那么容易）变成"神秘"的载体。这至少是乔治·麦克唐纳追求的目标，他成功的作品如《金钥匙》（他称其为仙境故事），甚至部分失败的作品如《莉莉丝》（他称其为骑士传奇），都写出了故事中的力与美。

现在，让我们暂时回到前面提过的"汤"。说到故

---

1 例如，克里斯托弗·道森所著《进步与宗教》（*Progress and Religion*）。
2 对"原始"民族更慎重、更富同情心的研究证实了这一点。也就是说，原始民族仍生活在继承来的异教信仰中，用我们的话来说，他们还没有开化。仓促草率的调查只发现了他们比较野蛮的故事；更仔细的研究发现了他们的宇宙论神话；必须具备耐心和内在知识才能发现他们的哲学和宗教；真正的崇拜，其中的"神明"根本不一定是一个化身，也不只是一个（通常由个人决定的）变量。
3 这个短语来自高尔另一首长诗的标题。——译者注

事的历史，特别是仙境奇谭的历史，我们可以说，汤锅，即那个"故事的大锅"，一直在沸腾，而且不断有新的东西添加进去，这些东西有的精致，有的毫不讲究。出于这个原因，一个故事跟另一个雷同，其实哪个都证明不了。我随便举个例子，十三世纪有个类似于我们所知的《牧鹅姑娘》（《格林童话》里的 Die Gänsemagd）的故事，讲的是查理大帝的母亲"阔足"伯莎（Bertha Broadfoot）[1]，但这既不能证明这个故事是（在十三世纪时）通过一个已经具有传奇色彩的古代国王从奥林匹斯或阿斯加德流传下来，正在变成《格林童话》的，也不能证明它是从后者出发，反过来正在变成前者的。这个故事广为流传，与查理大帝的母亲或任何历史人物都没有关系。从这个事实本身，我们当然推断不出故事在戏说查理大帝的母亲，尽管从这类证据中最容易得出这样的推论。认为这个故事在戏说"阔足"伯莎的观点，必须建立在其他基础上——评论家的世界观认为，故事里有些情节不可能在"现实生活"里发生，如此一来，就算到处都不见反证，批评者也不会相信这则传说；或者，有充分的历史证据表明伯莎的真实人生与这故事截然不同，如此一来，即使评论家的世界观认为这故事在"现

---

1 传说查理大帝之母长着鹅一样的脚，因此绰号"阔足"。安德鲁·朗撰文讨论过她与《牧鹅姑娘》童话的关系。——译者注

实生活"中完全可能发生，他也不会相信它。我想，没有人会质疑坎特伯雷大主教踩到香蕉皮滑倒的故事，因为人人都知道，有许多人，特别是尊贵体面的老绅士，都曾有过类似的滑稽闪失。但是，如果他发现故事里面有个天使（甚至仙子）警告过大主教，在星期五打绑腿就会滑倒，那他可能就不会相信这个故事了。还有，如果这个故事据称是发生在比如1940年到1945年之间，他也可能不信。[1]信或不信的问题就说到这里。这一点显而易见，之前也有人讲过，但我大胆地再讲一次（尽管它有些偏离我现在的主旨），因为那些关心故事起源的人常常忽略它。

但是，那香蕉皮呢？只有当它被历史学家屏弃的时候，我们才真正开始研究它。香蕉皮被扔掉之后，反而更加有用。历史学家很可能会说，香蕉皮的故事"被附会到大主教身上"，正如他有充分证据表明，"牧鹅姑娘的童话被附会到伯莎身上"。这种说法在通常所说的"历史"里堪称无害。但是，它真能很好地描述故事创作史上正在发生和已经发生的事吗？我不这么看。我认为更接近事实的说法是，大主教被附会到香蕉皮上，或伯莎被变成了牧鹅姑娘。我甚至会使用更妙的说法：查理大帝

---

1 这是因为，"二战"期间物资匮乏，没有人能在英国买到香蕉。——译者注

的母亲和大主教被放进了那个"锅"，事实上进入了"汤"里。他们只是被加进原汁里的新东西。这是一项莫大的荣誉，因为汤里有许多东西比他们本身（作为单纯的历史人物）更古老、更有力量、更美丽、更滑稽，或更可怕。

显而易见，亚瑟王这个曾经的历史人物（但是不是他或许不太重要）也被放进了那个锅里。在锅里，他和众多神话及仙境里年代更久远的人物和手法——甚至还有其他一些零散的历史骸骨（例如阿尔弗雷德对抗丹麦人的防卫战）——一起被煮了很长时间，直到他成了仙境之王。类似的情况也出现在伟大的北方"亚瑟王"——丹麦盾王（在古英语传说中称为Scyldingas"希尔德一族"）——的宫廷里。罗瑟迦国王和他的家族有许多真实历史的明显印记，远远超过亚瑟王；然而，即使是在更古早的（英语）记录中，他们就与许多仙境奇谭中的人物和事件联系在一起：他们已经在那口锅里了。不过，我现在之所以提到这些英格兰有记载的最古老的仙境（或其边界）传说的残余（尽管它们在英格兰其实鲜为人知），并不是要讨论熊男孩如何变成了骑士贝奥武甫，也不是要解释食人妖葛婪代如何闯进罗瑟迦的王家大厅。[1]我想指出的是这些传说包含的另外一点：透过"仙境故事元素"与诸神、诸王和默默无名之人之间

1　以上内容均源自《贝奥武甫》。——译者注

的关系的独一无二的例子，（我相信）它阐明了这样一个观点：仙境故事这个元素无所谓上升或衰落，而是就在那里，在故事的大锅里，等待神话和历史中的伟大人物，等待那些仍然籍籍无名的他或她，等着他们不分高低贵贱，逐个或一起被投入文火慢炖的汤汁中的那一刻。

罗瑟迦国王最大的敌人是髯族国王弗洛德（Froda）。然而关于罗瑟迦的女儿莘莱娃（Freawaru），我们却听到了一个奇怪传说的回响——她家族的敌人弗洛德的儿子英叶德（Ingeld），不幸爱上了她并娶她为妻。这在北方的英雄传说中可不寻常。但这极其有趣，且意义重大。在古代世仇的背景中，隐约可见那个被北欧人称为弗雷（Frey，意为"主宰"）或英格维-弗雷的神明，盎格鲁人称其为英格（Ing）：他是古代北方神话（与宗教）中掌管丰饶和谷物的神明。王室之间的敌意与该宗教举行膜拜仪式的神圣场所有关。英叶德和他父亲都有属于该宗教的名字。而莘莱娃这个命名的意思就是"主宰（弗雷）的保护"。然而，后来（古冰岛语）讲述的关于弗雷的主要故事之一，是他遥遥爱上了诸神之敌的女儿，巨人盖弥尔的女儿吉尔达，并娶她为妻。这是否证明英叶德和莘莱娃，或他们的爱情，"仅仅是个神话"？我认为不是。历史往往和"神话"雷同，因为它们终究来自相同的东西。倘若英叶德和莘莱娃果真从未存在过，或至少从未相爱过，那么，他们归根结底就是从某对无名男

附　录

375

女那里取得了他们的故事，或更确切地说，他们进入了那些人的故事。他们已经被放进了那口大锅里，锅里有太多强有力的东西在火上炖了那么久，其中之一就是一见钟情。弗雷那位神明也是这样。如果根本没有年轻人偶遇少女、坠入爱河，并发现自己与情人之间存在世仇，那么神明弗雷就永远不会在奥丁的宝座上看见巨人的女儿吉尔达。但是，既然谈到大锅，我们就不能彻底忽视厨师。大锅里有很多东西，但厨师们并不是盲目地把勺子伸进去胡搅乱捞。他们的选择很重要。诸神毕竟都是神，关于他们的故事要讲究契机。所以，我们必须坦率地承认，一个爱情故事更有可能被说成关乎一位历史中的王子，实际上更有可能真的发生在一个历史上的著名家族中，这个家族的传统是黄金弗雷和华纳神族的传统，而不是哥特族的奥丁、妖术师、乌鸦的饕餮、杀戮之神的传统。难怪spell这个词既可以指一个被讲述的故事，也可以指一种能控制生者的力量的定则。[1]

但是，当我们做完了研究该做的所有功课——收集和比较各地的故事，当我们把仙境奇谭中嵌入的许多常见元素（例如继母、中了魔法的熊和牛、吃人的巫婆、名字的禁忌，等等）解释为曾在古代日常生活中实践的

1　英语spell作名词时，本意为言语、叙述、故事，引申为咒语、魔力。——译者注

险境奇谈

习俗的遗留，或曾被当作信仰而非"幻想"的信仰的遗迹，仍会经常遗忘一点——就是故事中的这些古老事物在**现今**所产生的效果。

首先，它们如今都很**古老**了，而古物本身就有吸引力。《杜松树》的美丽与恐怖，它那精致又悲惨的开场、令人作呕的炖人肉、令人毛骨悚然的骨头、从树上升起的迷雾中冒出的欢快与复仇的鸟灵，我从孩提时代起就一直不曾忘怀。然而，那个故事在我记忆里萦绕不去的主要风味，向来都不是美丽或恐怖，而是距离感和巨大的时间深渊，即使用"twe tusend Johr"[1]也无法测度。如果没有炖人肉和骨头——孩子们如今在温和版的《格林童话》里通常读不到这些内容了[2]——那么这种意象就会在很大程度上消失。我不认为**在仙境故事背景下**的恐怖伤害了我，不管它可能来自往昔怎样的黑暗信仰和实践。这样的故事现在具有一种神话的或整体的（无法分析的）效果，这种效果完全不依赖比较民俗学的发现，这些发现也不能破坏或解释这一效果；它们打开了一扇通往"其他时间"的门，如果我们穿过那扇门，哪怕只有片刻，

1　低地德语，"两千年"。这个短语来自《杜松树》的开头，不过《格林童话》通行本里一般写作 twe dusend Johr，1812年初版则写作 twee dusent Joor。——译者注

2　这些内容不该删除，要删还不如删除整个故事，等孩子们接受能力更强时再来读。

我们就会站在我们自己的时间之外，也许是站在时间本身之外。

我们如果稍作停顿，不单注意到这些古老的元素被保存下来，也思考它们是**如何**被保存下来的，我想我们就必须断定，正是这种文学效果使它们得以保存下来——就算不总是这样，也经常是这样。最先感觉到这种文学效果的不可能是我们，甚至也不可能是格林兄弟。仙境奇谭绝不是母岩，必须依靠专业的地质学家才能从中取出化石。古老的元素可以被淘汰、遗忘、忽略，或被其他成分轻而易举地取代：只要把一个故事跟它的各种密切相关的变体比较一下，就会证实这一点。存留下来的东西，必定经历了多次保留（或植入），因为口述者本能或有意识地感觉到了它们的文学"意义"[1]。即便我们猜测仙境奇谭中的禁忌源自很久以前曾经实践过的戒律，但它也很可能由于禁忌的重大神话意义而在故事历史的后期被保留下来。对那种重大意义的知觉，确实可能存在于一些戒律本身的背后。你不应该这样做——否则你将在无尽的悔恨中一贫如洗地离去。最温和的"睡前故事"都晓得这一点。就连彼得兔也被禁止进入花园，他不信邪的结果就是弄丢了他的蓝外套，还生了病。锁着的门代表永恒的诱惑。

1　见结尾处的注释B（第425页）。

儿童

现在我要谈谈儿童，从而回答我那三大问题中最后也是最重要的一个：仙境奇谭如果真有价值和功能，它们在当下的价值和功能是什么？人们通常认为，儿童是仙境奇谭的天然或特别合适的受众。评论家在描述他们觉得成年人也可能会为了自娱而阅读仙境奇谭时，经常会耍弄这样的俏皮话："这本书适合六岁到六十岁的儿童。"但我从来没见过吹捧新款汽车的广告这么开头："这款玩具将会取悦十七岁到七十岁的婴儿。"尽管我真心认为这要恰当得多。儿童和仙境奇谭之间有**本质上的联系**吗？如果一个成年人出于自己的爱好而阅读仙境奇谭，有必要就此发表议论吗？这是说，把它们当作故事来**读**，而不是把它们当作古董来**研究**。成年人可以收集和研究任何东西，甚至旧的戏剧节目单或纸袋。

那些仍然有足够智慧，认为仙境奇谭无害的人似乎普遍抱持一个观点，即儿童的心智和仙境奇谭之间存在天然的联系，就像儿童的身体和牛奶之间的联系类别一样。我认为这是个错误，最起码也是一种矫情的错误，因此最常犯这种错误的，是那些出于某种私人原因（例如没有子女）而倾向于将儿童视为一种特殊生物的人，他们差不多把儿童视为一个不同的种族，而不是特定家庭乃至整个人类大家庭中的正常成员（即使还不成熟）。

事实上，儿童和仙境奇谭之间的联系，是我们人类家庭历史发展的偶然产物。在当代文化人的世界里，仙境奇谭已经被贬进了"儿童室"，就像破旧或老式的家具被贬到游戏室里一样，主要是因为成年人不想要它们了，也不介意它们被糟蹋滥用。[1]这不是儿童的选择所决定的。儿童作为一个阶级——当然他们并不是一个阶级，共同之处只是缺乏历练——既不比成年人更喜欢仙境奇谭，也不比成年人更理解它们；仙境奇谭就和他们喜欢的许多其他事物没有区别。他们年纪还小，正在成长，惯常都有好胃口，因此仙境奇谭通常很受欢迎。但事实上，只有部分儿童和成年人会格外喜欢仙境奇谭，而即使他们有所偏爱，这种偏爱也不排他，甚至未必占主导地位。[2]我还认为，如果没有人为刺激，这种品位也不会在童年初期展现；如果这种偏爱是与生俱来的，那么它肯定不会随着年龄的增长而消退，反而会日益深浓。

诚然，近年来仙境奇谭通常是为儿童创作或"改编"

1　就故事和其他的睡前传说而言，还有另一个因素。富裕的家庭雇保姆来照顾孩子，故事是这些保姆讲述的，她们有时候会接触到那些已经被更"高贵"的人们遗忘的乡村和传统的传说。这一来源枯竭已久，至少在英国如此；但它曾经有一定的重要性。不过，同样没有证据表明儿童特别适合接受这种逐渐消失的"民间传说"。满可以（或者说，还不如）让保姆选择图画和家具。

2　见结尾处的注释C（第427页）。

的。但众多音乐、诗歌、小说、历史著作或科学手册，也可能是这样。即使有其必要，这也仍是个危险的过程。事实上，正因为艺术和科学还没被全盘贬到儿童室去，这才没变成灾难；儿童室和教室仅仅是让儿童浅尝和瞥见在成人看来适合儿童（往往大错特错）的成人事物。这些事物中的任何一件倘若彻底丢在儿童室里，都会受到严重的损害。这就像一张漂亮的桌子、一幅好画或一部有用的机器（例如显微镜），如果长期搁置在教室里无人照管，也会遭到外观或内在的损坏。以这种方式被放逐的仙境奇谭，孤立在完整的成人艺术之外，最终将会被毁，凋零殆尽；事实上，它们被放逐到如此程度，已经被毁了。

因此，在我看来，仙境奇谭的价值不该以儿童本位来考虑。事实上，仙境奇谭的各种选集，本质上就像一间间的阁楼和杂物室，只是因时因地制宜的游戏室。它们的内容杂乱无章，经常陈旧残破，就是一堆混杂着不同写作年份、目的和品位的大杂烩；不过，它们当中偶尔能发现一篇具有永恒价值的作品：一件没有受到太大损坏的古老艺术杰作，只有蠢人才会把它束之高阁。

安德鲁·朗的《彩色童话集》或许不算杂物室。它们更像旧物拍卖场中的摊位。有人手拿鸡毛掸子，慧眼独具，在阁楼和储藏室里翻箱倒柜，挑出那些仍有价值的物品。他的选集大多数是他作为成年人研究神话和民俗的副产品，但它们成书时却以儿童书籍的方式编纂与呈现。[1]朗给出的一些编选理由值得深思。

朗在这套书第一册的引言里谈到，"这些故事是对儿童讲的，也是为儿童讲的。"他说，"这些故事代表了人的少年时代，忠于他幼时所爱事物，怀有未曾钝化的信赖，以及依然新鲜的对惊奇的渴望。"他说，"'这是真的吗？'向来是孩童们的大哉问。"[2]

我怀疑，朗是将信赖和对惊奇的渴望视为完全相同或密切相关的东西。它们是截然不同的，不过，一个正在成长的幼小心灵并不会立即或一开始就把对惊奇的渴望跟寻常渴望区分开来。显然，朗是在一般意义上使用信赖一词：相信某件事物存在于或可能发生在真实（原初）世界里。果真如此的话，那么我担心，朗的话一旦剥除了感情色彩，其言外之意只能是：给孩子们讲惊奇故事的人必须、可能，或无论如何确实在利用他们的轻信，利用他们的缺乏经验，后者使儿童在特定情况下很难区分真实与虚构，尽管这种区分本身既是健全心灵的根本，也是仙境奇谭的基石。

1　由朗和他的助理们编纂而成。大部分内容的原始形式（或最古老的现存形式）都不是儿童书籍的形式。

2　以上三条引文都出现在托尔金阅读《蓝色童话》所做的笔记中，但第三条引文不见于《蓝色童话》引言或朗的其他作品。托尔金可能把笔记上自己的读后感误当作朗的话了。——译者注

险境奇谈

当然，如果故事创作者的艺术水平高到足以产生**文学信赖**，孩子们就能去相信它。这种心态被称为"自愿搁置怀疑"[1]。但在我看来，这并不能妥善地描述所发生的事情。真正发生的是，故事创作者证明自己是个成功的"次创造者"。他创造了一个你的心灵可以进入的次生世界。在那里面，他所说的都是"真实的"：它符合那个世界的法则。因此，当你可谓置身其中时，你就会相信它。一旦怀疑升起，魔咒就被打破了；魔法，或更确切地说是艺术，就此失败。然后你又回到了原初世界，从外部看着那个小小的、夭折的次生世界。如果出于善意或为情境所迫，你不得不留下来，那么你必须搁置（或压制）怀疑，否则倾听和观看都将变得难以忍受。但是，这种怀疑的搁置只是对真实事物的一种替代，是我们在屈尊于游戏或虚构情境时所用的托词，或我们试图（或多或少心甘情愿地）从一件对我们来说已经失败的艺术作品中寻找价值时所用的托词。

　　真正热爱板球的人处于一种着迷状态，即"次生信赖"。而我在观看比赛的时候，则没达到这种境界。我可以（或多或少）自愿搁置怀疑，当我被困在那里，被其他动机支撑着，从而不至于无聊的时候：例如，对深蓝色

1　诗人柯勒律治首创的概念。——译者注

而不是浅蓝色纹章的狂热偏爱。[1]因此，这种搁置怀疑可能是一种疲惫、败落或多愁善感的心理状态，因此倾向于"成年人"。我想这往往就是成年人在面对仙境奇谭时的状态。他们被困在那里，被多愁善感的情绪（童年记忆，或童年应该是什么样子的观念）支撑着；他们认为自己应该喜欢这个故事。但如果他们果真喜欢它，喜欢故事本身的话，他们就不必搁置怀疑了——在这个意义上，他们会相信。

如果这是朗的本意，那么他的话可能有些道理。有人可能会争辩说，对孩子们施展魔咒更容易。也许是吧，但我可不确定。我认为，这种表象往往是成人的错觉，是孩子们的谦卑、缺乏批判经验和词汇，以及（与他们的快速成长相配的）不知餍足造成的。孩子们喜欢或试图喜欢大人给予他们的东西：如果不喜欢，他们无法很好地表达反感或说出反感的理由（也因此可能隐藏起反感）；他们不加区分地喜欢大量不同的东西，不会费心去分析信赖感的层次。无论如何，我都怀疑这种药剂——令人印象深刻的仙境奇谭具有的魔力——是否真是那种用过就会"钝化"的药，效力会在反复服用后降低。

朗说："'这是真的吗？'向来是孩童们的大哉问。"

---

1 深蓝和浅蓝分别是牛津和剑桥的队服颜色。——译者注

我知道，他们确实会问这个问题，而且这是一个不能草率或漫不经心地回答的问题。[1]但这个问题并不能证明"未曾钝化的信赖"，甚至不能证明对信赖的渴望。最常见的情况是，它源于孩子想知道他面对的是哪种文学作品的渴望。孩子们对世界的认识往往太少，以至于他们无法在没有帮助的情况下，分辨出幻想的、陌生（罕见或遥远的事实）的、荒谬的，以及仅仅是"大人"（即他们父母的世界里的普通事物，其中有许多他们仍未探索）的东西。但他们能识别这些不同的类别，有时候可能喜欢所有的类别。当然，它们之间的界线经常变化不定或混淆不清；但不只对儿童来说是这样。类似地，我们都知道有差异，但是我们并不总是确定该如何归类我们所听到的东西。一个孩子很可能会相信邻县有食人魔的报道；许多大人则会轻易相信另一个国家是有食人魔的；至于另一个星球，似乎很少有成人能想象它的居民（如果有的话）不是邪恶的怪物。

须知，我就是安德鲁·朗所说的孩子之一——我出生在《绿色童话》出版的那一年——他似乎认为仙境奇谭对这些孩子来说等同于成人小说，他在论到这些孩子

---

1 他们更常问我的是："他是好人吗？他很邪恶吗？"也就是说，他们更关心把正邪区分清楚。因为这是一个在"历史"和"仙境"里同样重要的问题。

时说："他们的品位仍像几千年前他们裸体的祖先一样；他们似乎喜欢仙境故事胜过喜欢历史、诗歌、地理或算术。"[1]但是，我们真的很了解这些"裸体的祖先"吗——除了他们肯定不是裸体之外？我们的仙境奇谭，不管其中的某些元素多么古老，肯定和他们的不一样。然而，如果假设我们有仙境奇谭是因为他们也有，那么，我们有历史、地理、诗歌和算术也很可能是因为他们喜欢这些东西，只要他们能得到这些知识，以及他们还没把对万物的普遍兴趣划分成众多分支。

至于今天的孩子，朗的描述既不符合我自己的记忆，也不符合我抚养孩子的体验。朗可能误解了他认识的孩子们，但如果他没有误解，那么即使在英格兰的狭小疆域内，孩子之间的差异也是相当大的，这种将他们视为一个阶级的概括（无视他们的个人天分，以及他们所住的地域和他们成长经历的影响）就是一厢情愿的。我就不曾有过特别孩子气的"想要相信"。我是想知道。信赖取决于故事呈现给我的方式——是年长的人讲的，还是作者写的——或传说的内在基调和质量。但我从来不记得故事的乐趣取决于相信这样的事在"现实生活"中可能发生或已经发生过。很显然，仙境奇谭主要关注的不是可能性，而是可渴望性。如果它们唤醒了**渴望**，并在

---

1 《紫色童话》的序言。

不断把它促动得难以抑制的同时满足这份渴望，那么故事就成功了。此处无须进一步阐述，因为我希望稍后再谈这种渴望，它是多种成分的综合体，有些是普遍的，有些是现代人（包括现代儿童）特有的，甚至是某些类型的人特有的。我不渴望像《爱丽丝（梦游仙境）》那样做梦或冒险，这些故事只让我觉得好玩。我也几乎不渴望寻找埋藏的宝藏或跟海盗搏斗，《金银岛》没法让我满腔热血。"印第安红人"要好一些，故事里有弓和箭（从小到大，我都有精擅射术的欲望，这欲望完全不曾得到满足），有陌生的语言，古老的生活方式从中可见一斑，最重要的是，在这样的故事里有森林。但梅林和亚瑟王的国度比这些更好，最棒的则是那无名的北方，那里有伏尔松族的西古尔德和众龙中的佼佼者。这样的国度令人极度向往。我从不曾把龙和马想象成同一种级别的生物。这不光是因为我每天都看到马，却连大虫的足迹都没见到过。[1]龙身上清楚地打上了"来自仙境"的标志。无论它身在哪个世界，那里都是异界。幻想——即创造或瞥见异界——正是仙境之欲望的核心。我对龙怀有深切的渴望。当然，以我怯懦孱弱的肉身，我一点也不希望它们与我为邻，侵入我相对安全的世界——在这个世界里，举例来说，人们可以安心地阅读故事，无须恐

---

1 见结尾处的注释D（第428页）。

惧。[1]但这个世界哪怕只有法弗尼尔这样的幻想存在，无论会变得多么危险，都是个更丰富多彩、更瑰丽动人的世界。居住在宁静又肥沃的平原上的人，可能听说过饱经摧残的山丘和贫瘠荒芜的大海，并在心中渴望着它们。因为肉体虽然软弱，但心灵是坚强的。

然而，尽管我现在认为早期阅读中的仙境奇谭元素很重要，但就我小时候而言，我只能说，对仙境奇谭的喜爱并不是早期阅读品位的主导特点。要到待在"儿童室"的日子过了之后，以及从学会阅读到入学为止的那段日子（虽然只有短短几年但感觉似乎很长）过了之后，我对仙境奇谭的真正品位才开始觉醒。在那段时间（我差点要写"快乐"或"黄金"时期，但那真是一段悲伤又动荡的时光），我还喜欢很多其他的东西，甚至更喜欢它们：比如历史、天文学、植物学、语法和词源学。我在原则上不符合朗概括的"儿童"的特点，只在某些地方碰巧相同：例如，我对诗歌不敏感，故事中出现诗歌就会跳过。很久以后，我才在拉丁语和希腊语中发现诗歌的好处，尤其是在被要求尝试把英语诗歌翻译成古典诗歌的过程中。对仙境奇谭的真正喜好则是在成年的门

---

1 当孩子们问："这是真的吗？"很自然，他们的意思往往是："我喜欢这个，但它是现代的事吗？我睡在床上安全吗？"他们想听到的答案就只是："今天的英格兰肯定没有龙。"

槛上被语文学唤醒的，并在世界大战的刺激下走向成熟。

关于这一点，我可能已经说得够多了。在我看来，至少有一点很清楚，就是仙境奇谭不该**特别**与儿童联系在一起。仙境奇谭之所以和儿童联系在一起，有其自然性，因为儿童是人，而仙境奇谭是一种自然的人类品位（虽然不一定是普遍品位）；也有意外性，因为仙境奇谭在现代欧洲已被束之高阁的文学大杂烩中占很大一部分；还有非自然性，源于对儿童的错误看法，这种错误看法似乎随着儿童的减少而加深了。

的确，那个感念童年的时代产生了一些仙境类或接近仙境类的讨喜的作品（然而对成年人来说格外迷人）；但它也产生了一大批劣质故事，是照着过去或现在被认为符合儿童思想和需求的尺度而编写或改编的。古老的故事非但没被保留，反而被轻描淡写或任意删节；模仿之作往往是单纯的愚蠢，跟皮威征一样傻气，[1]但连密谋都没有；要么就是一副屈尊俯就的态度；要么（这一点最要命）暗自窃笑，眼睛还盯着其他在场的成年人。我不会指责安德鲁·朗暗自窃笑，但他肯定对自己微笑了，并且肯定频繁越过他的儿童读者的头顶去盯着其他聪明人

---

1 皮威征即前文提到的《宁菲狄阿》里的仙子骑士。有学者认为，这个词后来演变成pigwidgeon，意指傻瓜、小人物，或仙子、精灵、矮人等小生灵。——译者注

的面孔——这对《潘图弗利亚编年史》[1]造成了非常严重的损害。

达森特以有力又公正的态度回应了那些迂腐守旧地批评他所翻译的北欧民间故事的人。但是，他也犯下了令人震惊的愚蠢错误，尤其是**禁止**孩子们阅读他选集里的最后两本。一个人竟能研究仙境奇谭却仍如此狭隘，简直令人难以置信。须知，如果没有毫无必要地把儿童视为这书的必然读者，批评、反驳和禁止都没有必要。

我不否认安德鲁·朗的话（尽管听起来可能很伤感）有其道理：“想进入仙境王国的人要有一颗赤子之心。”因为拥有赤子之心是所有的崇高冒险所必需的，无论是进入比仙境更低等还是伟大得多的王国。但是，谦卑和纯真——从上下文看，“赤子之心”一定是指这两点——未必意味着不加批判的惊奇，更未必意味着不加批判的温柔。切斯特顿曾说，和他一起看过梅特林克的《青鸟》的孩子们很不满意，“因为它没有以‘审判日’结束，也没有向男女主人公揭示狗是忠诚的，而猫不忠”。他说：“因为孩子们天真无邪，热爱正义；而我们大多数人都道德有失，所以自然会更喜欢怜悯。”

在这一点上，安德鲁·朗颇感困惑。他煞费苦心地为自己写的一个仙境奇谭里的里卡多王子杀害黄矮人一

1　即下文提到的《普里吉欧王子》和《里卡多王子》。——译者注

事辩护。"我讨厌残忍,"他说,"……但那是一场公平的战斗,剑在手,而那名矮人——愿他安息!——是披着甲胄死的。"然而,"公平的战斗"是否不如"公平审判"那么残酷,这点尚不明确;而用剑刺穿一个矮人是否比处决邪恶的国王和凶暴的继母更公正,也很难说——朗干脆放弃了对这些罪犯的惩处,(如他所吹嘘的)让他们拿着丰厚的养老金退休了。这是没有经过正义锤炼的仁慈。诚然,他的辩护不是针对儿童,而是针对家长和监护人的,朗正在向他们推荐自己写的《普里吉欧王子》和《里卡多王子》,认为这两个故事适合他们的孩子。[1]正是家长和监护人把仙境奇谭归类为**青少年读物**,结果导致了捏造的价值观——这就是一个小型样本。

如果我们在好的意义上(也有合理的坏意义)使用"儿童"一词,我们就不能允许它把我们推入那种只在坏意义上(也有合理的好意义)使用"成人"或"大人"的感情用事。变老的过程并不一定与变坏联系在一起,尽管两者确实经常一同发生。孩子们注定要长大,而不是变成一群彼得·潘。他们不是要失去纯真和好奇,而是要踏上既定的旅程:在这段旅程中,满怀希望地前行当然不如到达目的地好,但我们若要到达目的地,就必须满怀希望地前行。但是,这是仙境奇谭的教训之一(如果

---

1 《淡紫色童话》的序言。

我们可以从不试图说教的东西中提取教训的话）：危险、悲伤和死亡的阴影，都可以赋予幼稚、笨拙、自私的青年尊严，有时候甚至可以赋予智慧。

让我们别再把人类二分为埃洛伊族和莫洛克族吧：埃洛伊族的漂亮孩子们——十八世纪的人经常愚蠢地称他们为"精灵"——抱着他们（经过精心删改）的仙境故事，而黑暗的莫洛克族则维持机器的运转。如果仙境奇谭这类作品终究值得一读，那么它就值得为成人而写，让成人阅读。当然，成人会比孩子们投入更多，也收获更多。然后，作为真正艺术的一个分支，孩子们可盼得到适合他们阅读，但又在他们的能力范围之内的仙境奇谭；就像他们可盼得到诗歌、历史和科学方面的适当入门读物一样。不过，对他们来说，读一些超出能力范围而不是缺乏挑战的东西，尤其是仙境奇谭，可能会更好。他们的书应该就像他们的衣服一样允许成长，而他们的书无论如何都应该鼓励成长才是。

那好，如果成人把仙境奇谭作为文学的一个自然分支来阅读——既不装作孩子，也不假装在给孩子选书，更不以不愿长大的孩子自居——那么，这类文学的价值和功用是什么？我认为，这是最后一个也是最重要的问题。我在前文里已经暗示了我的一部分答案。首先，倘若仙境奇谭以艺术的笔法写就，那么它的主要价值将仅仅是它作为文学与其他文学形式共有的价值。但仙境奇谭也以一种独有的程度或模式，提供了以下功能：幻想、返朴、遁逃、抚慰，这些通常都是成年人比儿童更需要的东西。如今，人们普遍认为它们大多是有害于所有人的。以下我将从**幻想**开始，逐一简要讨论它们。

幻 想

人的心灵有能力让不存在的事物在脑海中形成影像。这种构想影像的能力，自然而然被称为想象力。[1] 但在近代，在专业术语而非日常语言中，"想象力"被归为"幻想"（fancy，是更古老的 fantasy 一词的简化和贬义形式）运作的产物，经常被认为高于单纯的"塑造影像的能力"；因此，有人试图把"想象力"局限（我应该说是误用）于"赋予理想的创造物以现实的内在一致性的能力"。[2]

虽然，要我这个门外汉对这么关键的问题发表意见不免显得荒谬可笑，但我斗胆以为，这种字词区分在语文学上是不恰当的，分析也不准确。塑造影像的精神能力是一回事，或者说是一个方面；它就应该被恰当地称

---

1 英语"想象力"（imagination）与"图像"（image）同源。——译者注
2 引自第一版《牛津英语词典》对 fancy 的释义 4。词典中以此区分 fancy 和 imagination 这对近义词。——译者注

为"想象力"。对影像的感知，对其意涵的掌握与控制，都是成功表达的必要条件。它们的生动程度与力度可能有所差异，但这只是想象力程度上的不同，而非性质上的不同。而提供（或似乎提供）"现实的内在一致性"[1] 的成功表达则是另一回事，或者说另一个方面了，需要另一个名称："艺术"，也就是在想象力与最终成品——次创造——之间的运作枢纽。为了我现在的论述，我需要一个词，能够同时涵括"次创造艺术"本身，以及从影像衍生出来的"表达"中那种陌生与惊奇的品质：那正是仙境奇谭的精髓所在。因此，我就像蛋头先生[2]一样不客气，直接指定"幻想"（Fantasy）这个词来达到目的了：也就是说，在某种意义上，将它作为"想象力"同义词的更古老、更高级的用法，与"非现实"（亦即不与原初世界相似）和摆脱可见"事实"宰制的自由结合起来，在某种意义上也就是fantastic"异想天开"的简短表达。因此，我不仅意识到，而且乐于见到fantasy与fantastic在词源学和语义上的联系：它们关系到那些不仅"实际上不存在"，而且在我们这个原初世界里根本无从寻觅，或者公认找不到的事物的影像。我虽承认这一点，

---

1 也就是：它控制或诱导了次生信赖。
2 出自《爱丽丝镜中奇遇记》。在故事里，蛋头先生会随口决定字词的意义，所有字词皆为他自行决定什么时候是什么意思。——译者注

但并不赞同这种贬低的语气。这些影像表达的事物不属于原初世界（如果真有可能），这其实是优点而非缺陷。我认为，幻想（在这个意义上）并不是艺术的低级形式，而是艺术的高级形式，甚至是最接近纯粹的形式，因此（一旦实现）也是最强大的形式。

当然，幻想天生就占有一项优势：俘获人心的奇异陌生感。但这一优势却被逆转成不利之处，给它招来了恶名。很多人不喜欢被"俘获"。他们不喜欢对原初世界——或他们所熟悉的原初世界的边角一隅——的任何干预。因此，他们愚蠢地，甚至恶意地将幻想与毫无"艺术"可言的做梦混淆，[1]又与连控制都不存在，全是妄想和幻觉的精神疾病混为一谈。

但是，不安和由此产生的厌恶所导致的错误或恶意，并不是造成这种混乱的唯一原因。幻想也有一个本质缺点：难以实现。幻想的次创造性在我看来或许不是更低，而是更高；但无论如何，在实践中我们发现，原始素材的影像与重组方式与原初世界的实际组合方式相差越大，幻想的"现实的内在一致性"就越难做到。使用更"不夸张"的材料，更容易产生这种"真实"。因此，幻想常常没有得到发展；它不只在现在，在过去也被轻率或半认

1　不是所有的梦都是这样。在某些梦中幻想似乎起了作用，但这是例外情况。幻想是一种理性的活动，不是非理性的。

真地使用，或只是拿来当作装饰，徒然只是"猎奇"而已。任何继承了人类语言这一异想天开工具的人，都能说出"绿色的太阳"。大多数人也能由此想象或描绘它的影像。但这仍然不够——尽管这可能已经比众多获得文学赞誉的"缩略草图"或"生活实录"更强有力。

要创造一个其中的绿色太阳能令人信服的次生世界，不但需要费心劳力，而且肯定需要一种特殊的技能，一种精灵般的手艺，才能博得读者的"次生信赖"。很少有人尝试如此艰巨的任务。但是，一旦他们尝试有成，无论繁简，我们就拥有了一项珍贵的艺术成就，确切地说是叙事艺术，故事创作最主要、最有感染力的表现模式。

在人类艺术中，幻想最好留给文字，留给真正的文学。例如，在绘画中，以视觉方式来呈现异想天开的影像在技术上太容易了；手往往会越过心思，甚至将其推翻。[1]这经常导致愚蠢或病态的结果。戏剧从根本上说是一种与文学截然不同的艺术，却常常被拿来与文学一并考虑，或被视为文学的一个分支，这实在是不幸。而在这些不幸当中，我们大可把对幻想的贬损也计算在内。因为，至少在某种程度上，这种贬损是源自批评家的自然愿望，他们更推崇自己偏好的文学或"想象"形式，不管这种偏好是与生俱来的还是训练出来的。在一个出

1　见结尾处的注释E（第429页）。

过极其伟大的戏剧，并拥有威廉·莎士比亚作品的国度，批评往往过于戏剧化。但是戏剧天生就敌视幻想。幻想，哪怕是最简单的那类，在按照戏剧该用的方式，即看得见和听得见的方式来呈现时，也很难取得成功。幻想的形貌是不可伪造的。装扮成会说话的动物的人也许会达到滑稽或模仿的效果，但他们实现不了幻想。我想，圣诞童话剧[1]这种戏剧的杂交劣品形式的失败就很好地说明了这一点。它越接近"戏剧化的仙境奇谭"，就越糟糕。只有当情节和其中的幻想沦为闹剧的附属框架，并且不要求也不期待任何人对表演的任何部分抱有任何"信赖"时，它才是可以容忍的。当然，这在一定程度上是因为戏剧制作人不得不或尝试使用机械装置来表现幻想或魔法。我曾经看过一出所谓的"儿童圣诞童话剧"，故事干脆就是《穿靴子的猫》，甚至包括食人魔变成老鼠的场面。假如这在机械方面成功了，它要么会吓坏观众，要么就只是个另类的高级魔术。事实上，尽管灯光效果还算巧妙，但与其非要说怀疑被搁置了，还不如说它被绞死拖出去大卸八块了。

在阅读《麦克白》时，我觉得那几个女巫尚可容忍：

1　原文是pantomime，但这里指的是英国特有的一种戏剧形式，可以追溯到十八世纪。这种戏剧并非哑剧，而是基于民间传说或童话故事的歌舞闹剧，通常在圣诞季节上演，目标观众是儿童。——译者注

她们有叙事功能，也有某种黑暗意义的暗示；尽管她们被庸俗化了，成了同类中的可怜虫。但她们在戏剧里简直令人无法忍受。如果我不是读过故事，有记忆加成，她们就会令人异常无法忍受。有人告诉我，如果我代入那段时期的思想，对猎巫和审判女巫司空见惯，感受就会有所不同。但这等于说：我得认为女巫在原初世界里可能——甚至很有可能——存在；换句话说，她们不再是"幻想"。这种说法反而支持了我的观点。当剧作家试图利用幻想时，幻想的命运很可能就是被消解或被降格，即使是莎士比亚这样的剧作家也不例外。写《麦克白》的剧作家，其实本该写一个故事（至少就此情况而言），如果他具备写作这项艺术所需的技巧或耐心。

还有一个原因，我认为比舞台效果的不足更重要：戏剧就其本质而言，已经尝试了一种伪造的魔法，或者我至少可以说是替代的魔法：**把故事里想象出来的人用看得见和听得见的方式呈现**。这本身就是试图伪造魔法师的魔杖。即便能在机械方式上取得成功，要在这个准魔法的次生世界中引入额外一层的幻想或魔法，无异于要求创造另一个内嵌世界或再次生世界。那么世界的数量就太多了。要做这样的东西并非不可能，但我从没见过成功的例子。然而，我们至少不能主张它是戏剧的正确模式，因为在戏剧中，行走和说话的人都是艺术和幻觉的天然工具。[1]

正是因为这个原因——戏剧中的人物，甚至场景，都不是想象出来的，而是实际看到的——戏剧才是一门从根本上不同于叙事艺术的艺术，尽管它使用类似的素材（文字、诗句、情节）。因此，如果你偏爱戏剧而不是文学（许多文学评论家显然如此），或者你的批评理论主要来自戏剧评论家，甚至从戏剧中形成，你就很容易误解纯粹的故事创作，并将其局限在舞台剧的范围内。例如，与事物相比，你可能更喜欢人物，哪怕是最卑鄙、最乏味的人物。单纯作为树本身的树，很少有能进入戏剧的内容。

再说"仙境戏剧"——根据大量记录，精灵常向人类展示这种戏剧——所具有的现实感与直观性超出一切人类机制所能达到的程度，能够引发"幻想"。这导致它（在人类身上）常常起到超越"次生信赖"的作用。如果你在一出仙境戏剧的现场，你自己就是（或者你认为你是）实实在在置身于它的次生世界里。这番体验可能极像做梦，而且（似乎）有时候还被（人类）跟做梦混为一谈。但在仙境戏剧中，你所处的梦境是其他心灵所编织的，而你很可能把握不住这个令人警觉的事实。这一剂"直接"体验次生世界的魔药，效力实在太强，无论

1　见结尾处的注释F（第430页）。

所见所闻多么奇妙，你都以为这就是原初信赖。你受骗了——这是不是精灵的意图（每次或随便哪次），则是另一个问题。无论如何，他们自己并没有受骗。对他们来说，这是一种实至名归的艺术形式，有别于所谓的巫术或魔法。比起人类艺术家，他们为它花费得起更多时间，尽管如此他们却并不生活在其中。精灵和人类的原初世界，也就是"现实"，是相同的，只是双方对它的器重程度和感知方式不同。

我们需要一个词来形容这种精灵的技艺，但是，所有曾经用来形容过它的词都已经与其他东西混淆不清了。现成的"魔法"一词我前面已经用过了（第354页），但我其实不该用的：："魔法"一词应该留给魔法师的操作。"艺术"则是附带产生次生信赖（这不是艺术唯一或最终的目的）的人类过程。精灵也会用同类的"艺术"，只是更熟练也更轻松，至少传闻似乎是这么说的；但是更强、更具有精灵特色的技艺，我称其为"幻惑力"（Enchantment），因为我找不到一个争议更小的词。幻惑力创造了一个设计者和观看者都能进入的次生世界，在这个世界中，二者的感官需求都能得到满足；但就其纯粹性而言，它的欲望与目的都是艺术。魔法在原初世界里产生或假装产生改变。不管它是由谁施展的，是仙子还是凡人，它都与"艺术"和"幻惑力"截然不同；魔法不是一门艺术，而是一种技术；魔法的欲望是在这个现世里获得力量，主宰事物与意志。

幻想向往精灵的技艺，也就是"幻惑力"；当幻想建构成功时，它在所有人类艺术形式里也最接近幻惑力。许多人类创作的精灵故事的核心——或明或暗，或纯或杂——都是那种对实现鲜活的次创造艺术的欲望，这种欲望表面上看也许极似对自我中心的力量的贪欲（这正是区区魔法师的标志），但其内在却截然不同。在很大程度上，精灵（较好的部分，但仍是危险的）正是出于这种欲望而被创造出来；正是从精灵身上，我们或可了解到什么是人类幻想的核心欲望和志向——即使精灵只是幻想本身的产物，也恰恰因为他们只是幻想本身的产物。这种创造的欲望只会被赝品欺骗，无论是人类戏剧家天真但笨拙的手段，还是魔法师的恶意骗局。在这个世界上，幻想是为那些无法满足于现实生活的人准备的，因此也是不朽的。它未曾腐败堕落，因此它不谋求欺骗，也不谋求蛊惑与支配；它谋求的是共享财富，寻找创作和愉悦的伙伴，而不是寻找奴隶。

对许多人来说，幻想这种次创造艺术就算并非不正当，也似乎十分可疑，因为它对世界和世间万物玩着奇怪的把戏，组合名词，重新分配形容词。在有些人看来，它最起码也是幼稚愚蠢的，是民族和个人都只在年轻时才会做的事。至于幻想的正当性，我只想引用我写给某人的信中的一小段话，那位收信人曾把神话和仙境

附　录

奇谭形容为"谎言"[1]；不过，说句公道话，他够善良也够困惑，以至于把描绘仙境奇谭称为"制造花团锦簇的谎言"。

> "亲爱的先生，"我说，"人类虽与造物主疏离甚久，
> 却未完全迷失，也未完全改变。
> 人类或已堕落，但并未遭到废黜，
> 他仍保有部分曾经拥有的身份与权柄：
> 人类，次创造者，折射的**光**，
> 透过他，单一的**白色**分裂成
> 诸多色调，无休无止地组合成
> 鲜活的形状，从一个心灵感动到另一个心灵。
> 尽管我们把世间所有的裂缝
> 填满精灵和哥布林，尽管我们敢于
> 从黑暗和光明中建造出诸神和他们的殿宇，
> 又敢播下龙的种子——但这是我们的权利
> （不管善用还是滥用）。这项权利从未消亡：
> 我们仍然按照创造我们的法则来创造。"

　　幻想是一种自然的人类活动。它当然不会摧毁，更不会侮辱"理性"；它既不会削弱人们对科学真理的兴

1　即写给C.S.刘易斯的《神话创造》（*Mythopoeia*）。——译者注

趣，也不会模糊人们对科学真理的认知。事实恰恰相反。理性越是敏锐、清晰，它产生的幻想就越是出色。假如人类处于一种无心求知，或无法感知真理（事实或证据）的状态，那么幻想就会凋萎，直到人被治愈。如果人类真的落入那种状态（这似乎并非不可能），幻想就会消亡，变成"病态的妄想"（Morbid Delusion）。

因为创造性的幻想是建立在这样一种坚定的认识之上，那就是世界上的事物正如在日光之下呈现的那样；建立在对事实的承认之上，而不是为事实所奴役。刘易斯·卡罗尔的故事和韵诗中所呈现的荒唐也是这样建立在逻辑之上的。如果人真的无法区分青蛙和人，那么关于青蛙国王的仙境奇谭就不会出现了。

当然，幻想可能会过度。它可能马虎潦草；它可能被用来作恶；它甚至可能迷惑创造了它的心灵。但是，在这个堕落的世界里，有什么人类的东西不是如此？人类不仅构想了精灵，还想象出诸神，并且崇拜他们，甚至崇拜过那些作者自身的邪恶催生出的最畸形的东西。不但如此，他们还用其他素材——他们的学说观点[1]、他们的旗帜口号、他们的金钱财富——制造了伪神；甚至他

1　在本文手稿、打字稿（承蒙道格拉斯·安德森告知）和1947年初版中，"学说观点"（notions）作"国家民族"（nations），1964年修订版作"学说观点"，此后各版均从1964版。"国家民族"或许更合文意。——译者注

们的科学和他们的社会、经济理论都要求以人类为祭品。"滥用不排除善用。"[1]幻想依然是人类的权利：我们按照自己的尺度和自己沿用的模式来创造，因为我们是被创造出来的——不单是被创造，而且是按照造物主的形象和样式被创造。

返朴、遁逃、抚慰

至于老年，无论是个人的老年还是我们所处时代的老年，可能正如人们经常认为的那样，老年带来无力（参见第382页）。但这种想法主要是单纯**研究**仙境奇谭带来的。为了欣赏或写作仙境奇谭而去分析研究它们，就像为了欣赏或写作舞台戏剧而先去对各个国家和时代的戏剧进行历史研究一样，都是糟糕的准备方式。这项研究确实很可能变得令人沮丧。学生很容易感到，他的一切努力，都只是从"传说之树"（Tree of Tales）的无数落叶里收集了几片而已，其中很多已经破损或腐烂了，铺满了岁月之林（Forest of Days）的地面。给这层枯枝败叶做些添加似乎是毫无意义的。谁能设计出一片新的叶子？从萌芽到舒展的模式，从春天到秋天的色彩，这些人类全都在很久以前就发现了。但事实并非如此。这

1　拉丁语格言。——译者注

树的种子可以重新种植到几乎任何土壤中，就连英格兰这样烟熏火燎（安德鲁·朗语）的大地也行。当然，春天的美并不会因为我们见过或听过其他类似的事件而逊色：我们说"类似"，是因为从世界的开始到世界的终结，从来都没有事件是完全相同的。橡树、桦树和山楂树[1]的每一片叶子，都是这种模式的独特具象。对某些人来说，这一年可能代表了具象本身，有生以来第一次得见、得辨；然而橡树已经为无数代人吐出过叶子。

我们不会，也没必要因为所有的线条非弯即直就对绘画感到绝望，同样也不会因为只有三种"原色"就对彩绘感到绝望。我们现在也许确实更老了，因为我们在艺术上继承了许多代祖先的享受或实践。在这种财富的传承中，可能会出现无聊厌倦或急于独创的危险，这可能导致对精美的绘画、精致的图案和"漂亮的"色彩的厌恶，或者导致对古老素材巧妙但无情的单纯操纵和过度雕琢。但是，摆脱这种疲倦的真正途径，并不在于故意表现笨拙、粗陋或畸形，也不在于把所有事物弄得黑暗或变成持续不断的暴力；更不在于把色彩从精妙混合得乏味，把形状幻想得怪诞复杂到了愚蠢甚至狂乱的地步。在陷入那样的状态之前，我们需要返朴。我们应该重新

---

1 凯尔特传说中，橡树、桦树和山楂树都是仙子喜欢的圣树，常被并称。它们也在《霍比特人》末章的精灵歌谣中被并称。——译者注

审视绿色，重新为蓝色、黄色和红色而惊异（但不是被蒙蔽）。我们应该见见半人马和龙，然后也许会像古代的牧羊人那样，突然看到了羊、狗和马——以及狼。仙境奇谭能帮我们做到这样的返朴。从这个意义上说，只有对仙境奇谭的喜好，才能让我们恢复或保持童心。

返朴（包括健康的回复和更生）意为重拾——重拾清明的视野。我说的不是"看见事物的本来面目"，从而把自己和哲学家搅在一起，但我可以大胆地说"按照我们应该看到（无论是否允许）的样子去看待事物"——把它们看作与我们自身无关的东西。无论如何，我们都需要勤拭心窗；这样，我们才能把事物从老套或熟悉的单调模糊中——从占有中解放出来，清晰看见它们。在所有的面孔里，我们**熟悉的**那些面孔是最难施展神奇把戏的，也最难真正以全新的视角去看待，察觉它们的相似与相异：它们是一张张的面孔，但又是独一无二的面孔。这种"老套"其实是对"据为己有"的惩罚：老套或（在负面意义上）熟悉的事物，都是我们在法律上或精神上据为己有的事物。我们声称对它们了如指掌。它们已经变得就像那些一度以其光泽、色彩或形状吸引过我们的东西一样，我们把它们拿到手，然后就把它们锁进储藏库，一旦得到，便不再关注。

当然，仙境奇谭并不是唯一返璞归真或未雨绸缪的方法。谦逊就足够了。此外还有（尤其是对于谦逊之人）

被称为"切斯特顿式幻想"的"厅啡咖"。[1] "厅啡咖"是个异想天开的词，但在这个国度的每个城镇都能见到它的踪影。它就是咖啡厅，是从室内透过玻璃门看到的反过来的字，就像狄更斯在伦敦的一个阴天看到的那样；切斯特顿用这个词来表示突然换一个新的角度来看已成老套的事物时，出现的新奇之处。大多数人都会同意这类"幻想"堪称有益健康，而且它永远不缺素材。但我认为，这种幻想的力量是有限的，因为它唯一的优点就是让人恢复崭新的视野。"厅啡咖"这个词可能会让你突然意识到英格兰是一片完全陌生的土地，让你迷失在某个借由历史瞥见的遥远的过去，或迷失在某个只有通过时光机才能到达的陌生又朦胧的未来；它可能会让你突然看见那里的居民、他们的风俗和饮食习惯令人惊奇的古怪和有趣之处；但它能做的仅止于此：充当一架聚焦于一点的时光望远镜。创造性的幻想主要是尝试做别的事（创造新的东西），因此它可以打开你的储藏库，让所有被锁住的东西像笼中鸟一样振翅飞走。宝石尽数化作鲜花或火焰，你将惊觉你曾经占有（或知道）的一切都强大有力、充满危险，又自由又狂野，从未真正困于枷锁之中；不同于你，亦不为你所有。

1　Mooreeffoc 是 coffee-room 反过来看，因 G.K. 切斯特顿的《查尔斯·狄更斯》而流行。——译者注

其他类型的诗歌与散文中的"幻想"元素，即使只是装饰性的或偶尔出现的，也有助于这种解放，但不像仙境奇谭那样彻底，因为仙境奇谭是建立在幻想之上或关乎幻想的东西，幻想就是仙境奇谭的核心。幻想源自原初世界，但优秀的工匠热爱他的材料，对黏土、岩石和木材怀着只有制造艺术才能带来的知识和情感。冰冷的铁经由格拉姆[1]的锻造而显露不凡；马匹透过飞马的创造而被尊崇；经由日月圣树的故事（Trees of the Sun and Moon），树根与树干、花朵与果实，都显现荣耀。

事实上，仙境奇谭大部分讲述的，或者说（较好的仙境奇谭）主要讲述的，都是简单或基本的事物，没有经过幻想的修饰，但这些简单的事物因其背景而更为光彩夺目。因为故事创作者若是允许自己与大自然"自由相处"，就可以成为大自然的情人，而不是奴隶。正是在仙境奇谭里，我第一次领悟到了文字的威力，以及石头、木头和铁，树木和青草，房子和火焰，面包和酒这诸般事物的奇妙之处。

最后，我想谈谈"遁逃"和"抚慰"这两个主题，它们自然是紧密相连的。当然，仙境奇谭绝不是遁逃的唯一媒介，但在今天，它却是"逃避现实"文学最明显、（在某些人看来）最荒唐的形式之一；因此，我们在讨论

---

1 格拉姆是《伏尔松萨迦》中英雄西古尔德的剑。——译者注

仙境奇谭时，有理由将批评中的"遁逃"一词纳入考虑。

我已在前文说过，遁逃是仙境奇谭的四大主要功能之一。既然我并不反对这些功能，就摆明我不接受现今在使用"遁逃"一词时，经常带有的鄙视或怜悯的语气：在文学批评之外，用这种语气使用遁逃一词可谓毫无根据。在滥用该词的人喜欢称之为"现实生活"的世界里，遁逃显然往往非常实际，甚至可能是英勇的。在现实生活中，很难谴责遁逃之举，除非它失败了；但在文学批评中，似乎遁逃越是成功，遭到的抨击就越严重。显而易见，我们面临着名词滥用和思维混乱。如果一个人发现自己遭到监禁，他试图逃脱并回家去，这样的人为什么要受到鄙视？或者当他无法这么做时，他思考和谈论狱卒与监狱高墙之外的其他话题，又有什么不对？外面的世界并不会因为被囚者看不见而变得不真实。评论家以这种方式来使用"遁逃"是用错了词，更有甚者，他们把"囚犯的遁逃"与"逃兵的潜逃"混为一谈，有时还是有意为之，并非无心之过。这就像纳粹党的发言人会把逃离元首帝国或任何其他帝国的苦难，甚至对帝国的批评都贴上背叛变节的标签。同样，这些评论家为了混淆视听，从而把对手打入受人蔑视的境地，不但把鄙视的标签贴在逃兵行为上，也贴在真正的遁逃上，以及常常与之相伴的厌恶、愤怒、谴责和起义上。他们不仅把囚犯的遁逃与逃兵的潜逃混为一谈，而且似乎更喜欢

"卖国贼"[1]的顺从，而不是爱国者的抵抗。对于这种想法，你只要说"你所热爱之地反正注定要灭亡"，就可为任何背叛开脱，甚至加以美化。

举个微不足道的例子：别在你的故事里提到（其实是别招摇展示）大批量生产的电力路灯，就是遁逃了（按其正面意义）。但不提路灯可能是——几乎肯定是——出自对如此典型的自动化时代产品的深思熟虑后的厌恶，这种产品将精巧和独创的手段与丑陋结合起来，并且（往往）还有低劣的结果。这些路灯被排除在故事之外，可能只是因为它们是差劲的路灯；也许这个故事要人吸取的教训之一，就是认识到"它们太差"这个事实。但是大棒来了，他们说："电灯已成定局了。"很久以前切斯特顿就说过，只要他听说任何东西"已成定局"，他就知道那东西很快会被取代——甚至被视为过时寒酸得可怜。此言不虚。有一则广告说："由于战争的需要，科学前进的步伐加快了，势不可挡……让一些东西过时，并预示了电力利用的新发展。"[2]这是同样的意思，只是口吻更具威胁性。电力路灯确实可以被忽略，只因它如此微不足道又昙花一现。无论如何，仙境奇谭有许多更恒

---

1 原文为quisling，源于挪威法西斯党魁吉斯林的姓氏，他在第二次世界大战时卖国通敌，出任纳粹侵占挪威后的傀儡政府头子。——译者注

2 见于1943年《潘趣》（*Punch*）杂志上飞利浦灯泡有限公司（飞利浦当时在英国的分部）的广告。——译者注

久、更基本的东西可谈，例如闪电。逃避现实者不像这些反对者那样屈从于稍纵即逝的时尚冲动。他不会把事物（认为它们不是好东西可能是相当合理的）当成不可逃避，甚至"不可抗拒"的来崇拜，从而把它们变成自己的主人或神明。而他那群轻易就蔑视他的对手，却不能保证他会就此罢手：他可能会鼓动人们去推倒路灯。逃避现实还有另一种更恶劣的面目——反动（Reaction）。

不久前——虽说这似乎很不可思议——我听到牛津的一名职员宣称，他"欢迎"近在咫尺的大规模自动化工厂，以及自相堵塞的机械交通的咆哮轰鸣，因为这让他的大学"接触到现实生活"。他的意思也许是，二十世纪人们的生活和工作方式，正以令人心惊的速度变得愈加野蛮，而在牛津街头喧闹展示此景可以起到警告的作用，即如果不采取真正的（实践的和脑力的）攻击性行动，仅靠篱笆是不可能在非理性的沙漠中长久保持一片健全理智的绿洲的。恐怕他就没能做到。无论如何，在这个语境里，"现实生活"这种表达似乎没达到学术标准。认为汽车比半人马或龙更"鲜活"的想法就够稀奇了，认为汽车比马更"真实"的想法则荒谬到了可悲的地步。与榆树这可怜的过时之物，逃避现实者的虚幻梦想相比，工厂的烟囱是多么真实，多么惊人地鲜活啊！

就我而言，我无法说服自己布莱切利车站的屋顶比云朵更"真实"。作为人造产物，我也觉得它不如传说中的天堂穹顶那么令人振奋。对我来说，通往4号月台的桥不如佩戴加拉尔的海姆达尔所守卫的彩虹桥[1]有趣。我实在忍不住要问：如果铁路工程师是在更多幻想当中长大的，他们难道真不能利用一切丰富的手段来比惯常所做的更好。我想，仙境奇谭可能比我提到的那位学术人士更适合做"艺术大师"[2]。

他（我只能假设）和其他人（这个可以确定）会称为"严肃"文学的许多东西，只不过是市政游泳池边玻璃屋顶下的游戏而已。仙境奇谭可能会虚构出飞在空中或潜在深海的怪物，但至少它们不会试图逃离穹苍或海洋。

如果我们暂时撇开"幻想"不谈，我认为，仙境奇谭的读者或作者甚至不必为"逃避"古风事物感到羞耻：不喜欢龙但喜欢马、城堡、帆船、弓箭；不仅有精灵，还有骑士、国王和神父。毕竟，一个理性的人经过反思（与仙境奇谭或骑士传奇完全无关）之后，还是有可能谴责诸如工厂之类的进步事物的（至少是通过在"逃避现实"文学中缄口不提这类事物的含蓄方式），或机枪和炸

---

1 海姆达尔是北欧神话中的光之神，破晓之神；他拥有名为加拉尔的警告号角，平日就守在彩虹桥附近，用他过人的眼睛和耳朵监视着，不让巨人偷跑进神国领域。——译者注
2 原文是Master of Arts，这里有双关语义：Master of Arts既指"文科硕士"，又可以按照字面解释为"精通艺术者"。——译者注

弹这样明显是它们最自然、最不可逃避的（我们敢说是"不可抗拒的"）产物。

"现代欧洲生活的原始和丑陋"——也就是我们应该欢迎接触的那种现实生活——"标志着生物学意义上的劣势，对环境应对不足或错误。"[1]未经矫饰的盖尔语故事中巨人袋子里最疯狂的城堡，不但远远没有自动化工厂那么丑陋，而且（用非常现代的话来说）"在非常真实的意义上"也真实得多。为什么我们不该逃避或谴责高顶礼帽那"冷酷的亚述式"荒谬，或工厂的莫洛克式恐怖？就连科幻小说作者都谴责它们，而科幻小说是所有文学形式中最逃避现实的一种。这些先知经常预言（许多人似乎也很渴望）一个像有玻璃屋顶的巨大火车站一样的世界。但是，通常很难从他们那里了解到，在这样一个世界镇里，人们会做什么。他们可能会放弃"维多利亚式全套装束"，换上（带有拉链的）宽松衣服，但看起来，他们利用这种自由主要是为了在很快就令人腻

---

1 克里斯托弗·道森，《进步与宗教》，第58、59页。后来他又补充道："维多利亚式全套装束，高顶礼帽和长礼服，无疑表达了十九世纪文化中的一些精髓，因此随这种文化传播到了全世界，这是以往任何一种服装时尚都不曾做到的。我们的后人可能会从这种服装时尚上辨认出一种冷酷的亚述式之美，这种美适合作为创造它的那个无情而伟大时代的象征；但是，不管怎么说，它都错过了一切服装应该拥有的、直接且不可避免的美，因为就像孕育它的文化一样，它脱离了自然的生活，也脱离了人性。"

附　录

烦的高速运动游戏中玩那些机械玩具。从其中的一些故事来看，他们仍将一如既往地怀有淫欲、贪欲和报复之心；而他们的理想主义者的理想，也不过就是在其他的星球上建造更多同类城镇这样宏伟的构想。这确实是一个"手段改进，结果恶化"的时代。这种时代的根本弊病——产生想要逃离的欲望，但不是要逃离生活，而是要逃离我们眼前的时代和我们自己制造的苦难——部分在于我们强烈地意识到我们作品的丑陋与邪恶。因此，在我们看来，邪恶和丑陋似乎密不可分。我们发现很难构想邪恶和美的共存。我们几乎无法理解那种贯穿远古时代的对美丽仙子的恐惧。更令人担忧的是：善本身也失去了它应有的美。在仙境里，我们确实可以想象一个食人魔拥有一座狰狞如噩梦的城堡（因为食人魔的邪恶要它如此），但我们无法想象一座出于好意建造的房子——客栈、旅人的招待所、贤明高贵的国王的大殿——会丑到令人作呕。在今天，看见一座不丑的建筑已成奢望，除非它是在我们这个时代之前建成的。

然而，这是仙境奇谭"逃避现实"的现代与特殊（或偶然）的一面，骑士传奇和其他源于过去或关于过去的故事同样有这一面。许多过去的故事之所以具有"逃避现实"的吸引力，只是因为它们是从一个人们普遍对亲手做成之物真心感到喜悦的时代幸存下来，延续到了我们这个很多人都对人造之物感到厌恶的时代。

但是，在仙境故事和传说中，总能见到其他更深刻的"逃避现实"。需要逃离的除了内燃机的噪声、恶臭、冷酷和浪费之外，还有其他更严酷、更可怕的东西——饥饿、干渴、贫穷、痛苦、悲伤、不公、死亡。即使人们没有直面诸如此类的艰难困苦，仙境奇谭也为人们提供一种方式，逃脱种种由来已久的限制，而对古老的雄心壮志和（触及幻想本源的）欲望，仙境奇谭提供了满足和抚慰。有些是可以谅解的弱点或好奇心：例如，想要像鱼一样自由地畅游深海，或渴望像鸟儿一般无声、优雅、省力地飞行——就是那种绝大多数时刻都被飞机愚弄了的渴望——被望见在高天之中乘风飞翔，因距离遥远而悄然无声，披着阳光变换方向，也就是说，恰好是想象而非使用的时候。人心还有更深层次的愿望：比如与其他生物对话的欲望。这种欲望和人类的堕落一样古老，仙境故事里各种能言的野兽和生物，尤其是对它们独特语言的神奇理解能力，都是基于这种欲望。这才是根源，而不是归结在湮于史载的前人头脑上的"混乱"，所谓的"缺少了人兽有别的分离意识"[1]。这种鲜明的分离感非常古老，但还有一种感觉，这是一种割裂：我们背负着一种奇怪的命运，以及一种内疚感。其他生物就像人类已

1　见结尾处的注释G（第431页）。（这一说法引自安德鲁·朗的一篇论文。——译者注）

经与之断绝关系的其他国度一样，人类如今只能从外部遥遥观望，不是正与它们交战，就是处于不稳定的停战状态。只有少数人享有到本国之外去旅行一段时间的特权；其他人则必须满足于旅行者的故事，哪怕故事讲的是青蛙。马克斯·穆勒在谈到《青蛙王子》这个十分古怪但流传甚广的仙境奇谭时，用他一本正经的方式问道："怎么会有人编出这样一个故事来？我们不免希望，人类在任何时候都足够开明，知道青蛙和公主结婚一事过于荒谬。"我们还真得如此希望！因为，如果不是这样，这个故事就毫无意义了，它在本质上依赖的就是这种荒诞感。民俗学的起源（或关于民俗起源的猜测）在这里完全不是重点。考虑图腾崇拜也无济于事。不管这个故事背后隐藏着什么有关青蛙和水井的习俗或信仰，青蛙的形象之所以一直保存在这个仙境奇谭里[1]，正是因为它如此古怪，这场嫁娶如此荒谬，甚至令人憎恶。当然，在我们所关注的盖尔语、德语、英语等版本中[2]，公主事实上并没有嫁给青蛙——青蛙是中了魔法的王子。故事的

1　或保存在一组相似的故事里。

2　《要喝某口井的水的女王和Lorgann》（坎贝尔，编号23）；《Der Froschkönig》；《少女和青蛙》。（三个故事分别是苏格兰盖尔语、德语和英语，分别由坎贝尔、格林和哈利维尔-菲利普斯收集。第一个故事的出处写错了，坎贝尔《西高地通俗故事》中该故事标题为"要喝某口井的水的女王"，编号是33。"Lorgann"系原书"Losgann"之误，即苏格兰盖尔语的"青蛙"。——译者注）

重点不在于把青蛙当成配偶的可能性，而在于必须信守诺言（哪怕是那些后果不堪忍受的诺言），而信守诺言与遵守禁令，两者一同贯穿于整个仙境的始终。这是仙境号角吹出的音符之一，而且绝不含糊。

最后，还有最古老、最深层的渴望，那就是"大遁逃"——逃离死亡。仙境奇谭提供了许多这方面的例子和模式——可以称之为名副其实的"逃避现实"，或者（我会说）"逃亡"精神。但其他的故事（特别是那些科学启发的故事）和其他的研究也是如此。仙境奇谭是人写的，不是仙子写的。若是精灵写的人类故事，无疑会充斥着"逃离不死"的情节。但不能指望我们的故事总是高于我们的普通想象水平。仙境奇谭经常超越普通水准。在这些故事里，没有比这更清楚的教训了："逃亡者"所奔向的那种永生不朽，或确切地说是永无休止的连续生活，乃是重担。因为仙境奇谭特别适合教导这样的事，无论是古代还是今天。启发乔治·麦克唐纳最大的主题就是死亡。

但仙境故事所提供的"抚慰"，不只是以想象来满足古老欲望这一个方面。远为重要的是，它还提供了"美好结局"所带来的"抚慰"。我几乎可以大胆断言，所有完整的仙境奇谭都必须提供这种抚慰。最起码我可以说，悲剧是戏剧的真正形式，是戏剧的至高功能；而"仙境奇谭"恰恰相反。由于我们似乎还没有一个词能表达这个相反的意思——我将把它称作"善灾"（Eucatastrophe）。[1]"善灾"故事是仙境故事的真正形式，也是仙境故事的至高功能。

仙境奇谭带来的抚慰，美好结局带来的喜悦——或更准确地说，是"好的灾难"，突如其来的喜悦"转机"（注意不是结局，因为任何仙境故事都没有真正的结局）[2]——这种喜悦是仙境奇谭极其擅长营造的氛围之一，它本质上既不是"逃避现实"，也不是"逃亡"。在仙境故事——或异界——的背景下，它是一种突如其来的奇迹般的恩典：永远不要指望它会再次发生。它并不否认"恶灾"（dyscatastrophe）的存在，也不否认悲伤和失败的存在——这些逆境是获得拯救时的喜悦所必需的；但它否认全盘的最终失败（即使面对众多证据，如果你愿意这么说的话），到了成为福音的程度，让人匆匆瞥见一眼"喜乐"，这喜乐超越人世的藩篱，如悲恸一样深刻。

这就是一个更高级或更完整的优秀仙境奇谭的标志：无论其中的事件有多疯狂，无论冒险有多荒诞或可怕，当"转机"来临时，它能让听故事的孩子或成人呼吸急促、心跳加速、热泪盈眶（或真的潸然泪下），带来的感

1　这个词是托尔金造的。Catastrophe源自希腊语，本义为向下转折，引申为戏剧（特别是悲剧）的大转折结局，再引申为灾难。Eu-源自希腊语中表示"好"的前缀。——译者注

2　见结尾处的注释H（第432页）。

觉就像任何文学艺术形式带来的一样强烈，却又具有一种特殊的品质。

就连现代的仙境奇谭有时也会产生这种效果。这并非易事；它依赖于作为转机背景的整个故事，又反映了一种倒述的荣耀。[1]一个故事只要在这一点上取得了成功，那么不管它可能存在何种缺陷，它的目的又是多么驳杂或混乱，它都没有彻底失败。即使在安德鲁·朗自己的仙境奇谭《普里吉欧王子》里也发生了这种情况，尽管它在许多方面都不尽如人意。当"每个骑士都活过来，高举起自己的剑大喊'普里吉欧王子万岁'"的时候，那种喜悦沾染了一点仙境奇谭那种陌生的神话般的品质，比所描述的事件本身更伟大。如果朗的故事描述的事件不是比故事的主体更严肃的仙境奇谭式"幻想"，那么上述特质就沾染不上了，因为故事的主体总的来说更轻浮，含着高贵老练的法国小故事那种半嘲弄的微笑。[2]严肃的仙境故事[3]具有远为强大有力、尖锐深刻的效果。在那样

---

1 "倒述的荣耀"是指，你应该能从故事的高潮一路回溯到故事的开头，看到主人公早在意识到这一点之前就已经踏上了通往"荣耀"的道路。——译者注

2 这是朗摇摆不定的特点。从表面上看，这个故事是在效仿"高贵的"法国小故事（conte）的讽刺手法，尤其是萨克雷的《玫瑰与戒指》这类本质上肤浅甚至轻浮的作品，并没有产生或旨在产生任何深刻的东西；但背后是浪漫的朗内心深处的精神。

3 朗称这种仙境故事为"传统的"，他也确实更喜欢这样的故事。

的故事里，当"转机"突然降临，我们会瞬间瞥见透骨的喜悦和内心的渴望，有那么片刻突破到人世的框架之外，实实在在撕开了故事的罗网，让一丝微光透入。

> 为了你，七年来我拼命把活干，
> 为了你，我翻过了玻璃山，
> 为了你，我拧净了血衬衫，
> 你为什么不醒来把我看？

他听了便转过身来。[1]

结 语

既然我选择"喜乐"作为真正仙境奇谭（或骑士传奇）的标志，或盖在其上的印记，那么它就值得更多的思考。

每个创造出次生世界、创造出奇幻想象的作者，每个次创造者，都很可能在某种程度上希望自己成为一个真正的创造者，或希望自己是基于现实在创作——希望自己所创的次生世界的独特品质（即使不是所有的细

---

1 《诺罗威的黑公牛》。

节）[1]来自现实，或能流入现实。如果他真的达到了足以用字典定义"现实的内在一致性"来描述的品质，那么就很难想象作品怎么能做到不在某种程度上带有现实的影子。因此，在成功的"幻想"中，"喜乐"的特殊品质可以解释为突然瞥见潜在的现实或真理。它不仅是对现世悲伤的"抚慰"，而且是一种满足，并回答了那个大哉问："这是真的吗？"对这个问题，我一开始给出的答案（相当准确）："如果你精心营造了你的小世界，那么是的：在那个世界里这就是真的。"这对艺术家（或艺术家身上艺术家的那一面）来说足矣。但是在"善灾"中，我们在短暂异象里所见的答案可能更宏大——它可能是**福音**在现实世界中的遥远闪光或回响。使用"福音"一词，暗示了我的结语。这是一个严肃而危险的主题。谈论这样一个主题，于我十分冒昧；但是，如果靠着恩典，我说的在任何方面有任何合理之处，那它当然只是反映了丰富得不可估量的真理的一面：之所以有限，只因人类——这正是为人类而做的——的能力是有限的。

我要大胆地说：倘若从这个方向来解读基督教的故事，那么我一直（满怀喜乐地）感觉到，上帝救赎堕落的造物——即人类——的方式，符合他们奇特本性的这

1　因为可能不是所有的细节都是"真实的"："灵感"很少如此强烈和持久，乃至发酵了整块面团，而没有留下多少那些只是缺乏灵感的"发明"。

个方面（其他方面亦然）。四福音书就包含了一个仙境奇谭，或者说一个更宏大的故事，它包含了仙境奇谭的全部精髓。书中包含了诸多奇迹，它们具有独特的艺术性，[1]美丽且动人，并且因其完美、完备的意义可称为"神话"；而在这些奇迹中，有着最伟大、可想象的最完整的善灾。但这个故事已经进入了历史和原初世界；对次创造的渴望和志向已经被擢升到了"神创"的完成。基督的诞生正是人类历史上的善灾。基督的复活则是其道成肉身故事里的善灾。这个故事始于喜乐，也终于喜乐。它具有卓越的"现实的内在一致性"。从来没有哪个故事这么让人宁愿相信真有其事，也没有哪个故事能让这么多持怀疑态度的人因它自身的价值而接受它是真的。因为它的"艺术"具有"原初艺术"，也就是"神创"那至高的、令人信服的基调。拒绝它要么导致悲伤，要么导致愤怒。

倘若人们发现哪个特别美丽的仙境奇谭在"原初"意义上是真实的，它的叙述就是历史，却不必因此失去它所具有的神话或寓言意义，不难想象人们将何其兴奋和喜乐。这并不难，因为我们不需要去尝试和构思任何具有未知性质的事物。这种喜乐与仙境奇谭中的"转机"所带来的喜乐相比，即使程度不同，也具有完全相同的品质——这样的喜乐具有原初真理的味道。（否则它就不会被称为

---

1 "艺术"在于故事本身，而不在叙述里；因为该故事的作者并不是传道者。

喜乐了。）它展望（或回顾：方向在此并不重要）"伟大的善灾"。基督徒的喜乐——**荣耀**——是同一种的喜乐，但那是超卓的（若非我们的能力有限，它将是无限的）崇高与喜乐。因为基督的故事是至高无上的，并且是真实的。艺术已被验证。上帝是主，是天使的主，是人类的主——也是精灵的主。传说与历史已经相遇，并融为一体。

但在神的国里，最宏大的存在并不会压抑渺小的。"得救的人"仍然是人。故事，幻想，仍在继续，也应该继续。福音并未废除传说；福音使传说成圣，尤其使"美好的结局"成圣。基督徒仍要工作，既用身体也用心灵，去受苦、去盼望、去死亡；但他现在可能会意识到，他所有的嗜好与才能都有一个目标，而且能获得救赎。他所领受的恩惠如此之大，以至于他现在或许可以相当大胆地猜测，在"幻想"中他真的可能帮助创造茁壮成长，使它加倍丰富。所有的故事都可能成真；然而，在最后获得救赎的时候，它们可能会变得既像，又不像我们赋予它们的形貌，就如人类最终获得救赎时，也会变得既像，又不像我们堕落的模样。

注　释

A（第359页）

这些故事中"奇事"的根源（不仅是功用）在于

讽刺，是对非理性的嘲弄；而"梦"的元素不仅仅是开端和收尾的机制，还是在情节和过渡中固有的。如果给孩子们机会，这些东西他们自己也可以感知和欣赏。但对许多人来说，就像对我一样，《爱丽丝》被描绘成了一个仙境奇谭，只要这种误解存在，我们就会感受到对梦境机制的厌恶。《柳林风声》里就没说是做梦。"整个上午，鼹鼠都忙得不亦乐乎，给他的小家做春季大扫除。"故事就是这么开始的，并一直保持了正确的基调。令人大跌眼镜的是，这本优秀书籍的铁杆崇拜者A.A.米尔恩[1]，竟然在他改编的戏剧版里，写了一个"离奇"的开场——人们看到一个孩子在用水仙花打电话。或许这也没什么好大跌眼镜的，因为一个有洞察力的崇拜者（有别于铁杆崇拜者）绝不会试图把这本书改编成戏剧。当然，只有比较简单的成分、圣诞童话剧和讽刺动物寓言的元素，才能以这种形式呈现。这出戏在戏剧的低等层次上来看，勉强还算有趣，特别是对那些没读过这本书的人而言；但是有些我带去看《蛤蟆府的蛤蟆》的孩子，他们带回来的主要记忆是对开场感到恶心。至于其余部分，他们更喜欢对原书的回忆。

---

1 《小熊维尼》的作者。他改编的戏剧版即下文提到的《蛤蟆府的蛤蟆》。——译者注

B（第378页）

当然，这些细节通常会被写进故事里，**甚至在它们真实执行的年代**，因为它们具有写成故事的价值。设想我写一个故事，其中有个人被绞死，这个故事要是能流传到后世（这本身就意味着这个故事具有某种永久的价值，不只是局部的或暂时的价值），那它**可能**会向后世表明，它是在人真的会被依法处刑绞死的时期写的。[1]这里说的是**可能**：当然，未来的人不敢确定这种推论。要确定这一点，未来的探究者必须确切知道绞刑是在什么时代实行的，我又生活在哪个年代。我有可能是从别的时代、别的地方和别的故事里借用了这件事，也可能干脆编造了它。但是，即使这个推论碰巧正确，绞刑的场景之所以会出现在故事里，也只能是（一）因为我意识到在我的故事里，这一事件具有戏剧性、悲剧性或恐怖的力量，以及（二）因为那些把故事传下去的人也感觉到这股力量，足以让他们把事件保留下来。时间的距离，纯粹的古老和疏异感，可能会在日后磨利悲剧或恐怖的锋刃；但即使是用精灵的古老磨刀石来打磨，一开始也得有锋刃才行。因此，无论如何，对文学批评家来说，就阿伽门农之女伊菲革涅亚提出或回答的最无益的问题是：她在奥利斯被献祭牺牲的传说，是否来自一个普遍实行人祭的时代？

---

1 在本文写作时，绞刑依然是英国的法定死刑方式。——译者注

我之所以只说"通常"会被写进故事里，是因为可以想象，现在被视为"故事"的东西，其意图在过去是不一样的：比如记录事实或仪式。我指的是严格意义上的"记录"。为解释一种仪式（一种有时被认为经常发生的过程）而编造的故事，基本上仍然是故事。它之所以采取故事的形式并流传下来（明显在仪式消失很久之后还存在），完全是因为它的故事价值。在某些情况下，现在仅仅因为奇怪而引人注目的细节，可能是曾经司空见惯而被忽视的事，不经意溜进了故事里：比如提到一个人"抬起帽子"，或者"赶上了火车"。但这些不经意的细节不会在日常习惯改变后长久存在，起码在口耳相传的时期不会。在文字传承的时期（以及习俗快速变化的时期），一个故事保持不变的时间可能足够长，以至于就连它不经意的细节，也会获得离奇或古怪的价值。如今，狄更斯的许多作品都带有这种气息。他的小说初次发售时，当时的日常生活就像故事里写的那样。而今天我们打开一本来看，那些日常生活中的细节已经像伊丽莎白时代一样远离了我们的日常习惯。但这是一种特殊的现代情况。人类学家和民俗学家不会想象任何这类情况。但是，如果他们研究的是非文字的口述传播，那么他们就尤其需要反思，在这种情况下，他们所研究的东西以故事构建为主要目的，而这些东西得以流传的主要原因也在于此。《青蛙王子》（见第416页）既不是一部《信经》，也不是图腾法则的手册：它是一个有

险境奇谈

着朴素寓意的古怪故事。

C（第380页）

据我所知，那些早年爱好写作的孩子，并没有特别想写仙境奇谭，除非他们只接触过这一种文学形式；而他们尝试的时候，会失败得极其明显。这不是一种容易的文学形式。如果说孩子们有什么特殊爱好，那就是动物寓言，而成人常常把动物寓言和仙境奇谭混为一谈。我看过的儿童写的最好故事，要么是"现实的"（在意旨上），要么是以飞禽走兽为主角，主要是动物寓言里常见的化身动物的人类。我猜想，这种形式之所以经常被采用，主要是因为它允许大量的现实主义：表现出孩子们真正知道的家庭事件和谈话。不过，这种文学形式通常是成人提议或强加的。有趣的是，在今天常给孩子看的文学作品（无论好坏）里，它占很大比重。我想，人们觉得这种故事书与"自然史"相配，那类关于飞禽走兽的科普书籍也被认为是适合少年儿童阅读的精神食粮。近年来，熊和兔子几乎把娃娃玩偶赶出了（甚至包括小女孩的）游戏室，这进一步强化了这种观念。孩子们会用他们的玩偶编造传奇故事，故事往往又长又详细。如果这些玩偶的形状像熊，那么熊就会成为传奇故事的主角；但是它们会像人一样说话。

附　录

D（第387页）

我很早就开始接触（"给儿童看的"）动物学和古生物学，跟接触仙境一样早。我看过各种活的走兽和真正的（至少我被这么告知）史前动物的图片。我最喜欢"史前"动物：它们至少在很久以前存在过，而（基于堪称微不足道的证据所做的）假说也难免闪耀着一丝幻想的光芒。但是我不喜欢别人告诉我这些生物是"龙"。童年时我那些爱教导人的亲戚（或他们的赠书）做出的断言让我感到的恼怒，我至今记忆犹新——"雪花是仙子的珠宝"，或"比仙子的珠宝更美"；"海洋深处的奇观比仙境更奇妙"。孩子们能感受到却没有能力分析的那些差异，他们期望长辈能加以解释，或者至少能承认，而不是忽视或否定它们。我敏锐感受到"真实事物"的美，但对我来说，把"真实事物"与"其他事物"的奇妙混为一谈，似乎是花言巧语。我渴望研究自然，程度其实胜过对阅读大多数仙境奇谭的渴望；但是，我不想被一些人花言巧语骗去研究科学、离开仙境，这些人似乎认为，我由于某种原罪更喜欢仙境奇谭，而根据某种新宗教我应该被诱导去喜欢科学。毋庸置疑，自然是研究生命的，或者研究永恒（对那些富有天赋的人而言）；但是人有一部分不属于"自然"，因此，这个部分没有必要去研究自然，事实上，自然也完全无法满足它。

险境奇谈

E（第396页）

例如，在超现实主义中普遍存在一种在文学幻想中非常罕见的病态或不安。产生所描绘影像的头脑，往往被怀疑其实已经病态；但并不是所有的案例都必须这样解释。画这类东西的行为本身经常引起奇怪的心智紊乱，其状态在性质和病态意识上类似于发高烧时的感觉，那时头脑会在周围所有可见的物体上看出各种凶险或怪诞的形状，因而发展出一种令人痛苦的多产又流畅地绘出造型的能力。

当然，我这里说的是幻想在"图画"艺术中的主要表现形式，而不是"插图"，也不是电影。插图本身再好，对仙境奇谭也没有什么帮助。所有提供了某种"可见"表现形式的艺术（包括戏剧），和真正的文学之间的根本区别就在于，前者强加给人一种可见的形式。文学则是心灵对心灵的影响，因此能催生更丰富的解读。它既更具有普遍性，又更具有深刻的特殊性。如果文学谈到**面包**、**酒**、**石头**或**树木**，它所说的就是这些东西的统称，以及它们的概念；然而，每个听众都会在自己的想象中赋予它们一个独特的、个人化的具象。如果故事说"他吃了面包"，那么戏剧制作人或画家只能根据自己的品位或想象展示"一块面包"，但故事的听众却会想到面包通常的模样，并以自己的方式去设想它。如果故事说"他爬上一座小山，看见下方山谷里有一条河"，那么插

附　录

429

画家有可能捕捉到或几乎捕捉到他自己对这个场景的想象；但是，每个听见这句话的人都会有自己的设想，这设想是从他所见过的所有的山丘、河流和河谷中提取的，特别是对他而言代表着单词第一个具象的**那座山丘**、**那条河流**、**那条河谷**。

F（第399页）

当然，我指的主要是对形式和可见形状的幻想。戏剧可以通过幻想或仙境的某个事件对人类角色的影响而编制，这一事件不需要任何机制，也可以假设或报告已经发生过。但这并不是幻想在戏剧中的结果；人类角色占据了舞台，大家的注意力都集中在他们身上。这类戏剧（以巴里[1]的一些戏剧为例）可以被轻浮地使用，也可以用来讽刺，或者用来传达剧作家心中的"信息"——都是在给人看。戏剧是以人类为中心的。仙境奇谭和幻想则未必。例如，有许多故事讲述了男人和女人如何消失不见，然后在仙子当中度过多年，却没注意到时光流逝，也没显示变老的迹象。巴里用这个主题写了《玛丽·罗斯》这出戏剧。剧中没有仙子，从头到尾只有饱受残酷折磨的人类。尽管（在印刷版本里）结尾处有一颗伤感的星星和若干天使的声音，这仍是一部痛苦的戏剧，并

1　即詹姆斯·巴里，《彼得·潘》的作者。——译者注

且很容易就能被恶魔化——借由在结尾用精灵的呼唤代替"天使的声音"（我就见过这种改编）。非戏剧性的仙境奇谭，就其与人类受害者的关系而言，也可以是可悲或可怕的。但其实不需要这样。大多数这类故事中同样有仙子，地位平等。在有些故事中，仙子才是真正的主角。许多关于此类事件的短篇民间传说都声称它们只是关于仙子的"证据"，是关于仙子及其存在方式的"传说"的长期积累。借此，我们就能从完全不同的角度来看待与仙子接触的人类（往往是有意的）所遭受的痛苦。放射学研究受害者的痛苦可以编成一部戏剧，但镭本身就几乎编不出戏了。但是，人们有可能主要对镭（而不是对放射学家）感兴趣，也有可能主要对仙境而不是对受折磨的凡人感兴趣。对前者的喜好可以催生一本科学书籍，后者则可以写出一个仙境奇谭。这两者戏剧都无法很好地应对。

G（第 415 页）

这种感觉的缺失，仅仅是对生活在已被遗忘的过去的人的一种假设，与今天被腐蚀、被欺骗的人可能经历的种种疯狂迷惑无关。同样合理的假设是这种感觉曾经更强烈，这也更符合有关古人就此看法的稀少记载。把人的形态与动植物的形态混合起来，或把人的能力赋予野兽，这类幻想由来已久；但这一点当然不能作为混乱的证据。就算能当成证据，那也是相反的证据。幻想不会模糊现实世界的清晰轮廓，因为它依赖于此。就我们的西方或欧洲世界而言，在现代攻击和削弱了这种"分离感"的，实际上不是幻想，而是科学理论；不是半人马、狼人或中了魔法的熊的故事，而是科学作者的假设（或武断的猜测）：他们不仅把人类归类为"动物"——这种正确的分类很古老了——而且还"仅仅是一种动物"。随之而来的就是情感的扭曲。未完全腐化的人类对野兽的天然之爱，以及人类对生物想要"深入其里，感同身受"的欲望，已经失控了。现在我们看到有些人爱动物胜过爱人类；他们怜悯绵羊，咒骂牧人如豺狼；他们为被杀的战马哭泣，却诋毁阵亡的士兵。是在当今时日，而不是在仙境奇谭诞生的年代，我们才有这种"分离意识的缺失"。

H（第418页）

"他们从此过着幸福快乐的生活"这句结尾词，通常被认为是仙境奇谭的典型结尾，就像"很久很久以前"是典型开头一样。它是一种人为的手法。它没有欺骗任何人。这类结尾短句，可以比作图画的边距和画框，不能被当作天衣无缝的故事之网中任何特定片段的真正结尾，就像画框也不是画中幻景的真正终界，或外部世界的窗扉。这些短句可以是朴素的，也可以是精致的，可以是简单的，也可以是奢华的，正如画框也有朴素的、雕花的和镀金的，都是人为且必要的。"他们要是没离开的话，就还在那儿呢。""我的故事讲完了，你看，那里有一只小老鼠；谁要是抓住它，就可以用它给自己做一顶漂亮的毛皮帽。""他们从此过着幸福快乐的生活。""婚礼结束后，他们让我穿上小纸鞋，沿着玻璃碴路走回家。"[1]

　　这类结尾适合仙境奇谭，因为大多数现代"现实主义"的故事已经被局限在自己狭小的时间范围内，与之相比，仙境奇谭更能感受和把握故事世界的无穷无尽。用公式套话来标示无穷挂毯上的一道锐利切口不见得不妥，即使怪诞或滑稽也无妨。现代插图（绝大多数都是摄影）的一个不可阻挡的发展就是屏弃边界，"画面"纸尽方休。这种方法可能适用于照片，但是完全不适合仙境奇谭的插图或受仙境奇谭启发而绘制的图画。魔法森林需要边缘，甚至需要精心设计的边界。把它毫无节制地印在书页上——像《图画邮报》上一张落基山脉的"照片"——仿佛它真是一张仙境的"快照"或"我们的画家在现场画的素描"，是一种愚蠢和滥用。

1　第一个结尾可见于不少挪威故事，这里的引文源自《三只山羊》的一个英译版；第二个结尾见《蓝色童话》的《汉塞尔和格蕾特》（即《格林童话》的《糖果屋》，不过这个结尾是安德鲁·朗改编时加的）；第四个结尾见苏格兰故事《幽谷、山峰和隘口的骑士》。——译者注

附　录

至于仙境奇谭的开头：人们不大可能改进"很久很久以前"这个公式。它具有立竿见影的效果。举例来说，读一读《蓝色童话》中的仙境奇谭《可怕的头》，就能领略到这种效果。这是安德鲁·朗改编的珀尔修斯和戈尔贡的故事。故事以"很久很久以前"开头，没有提到任何年份、地区或个人。须知，这种处理方式可以称为"把神话转变成仙境奇谭"。我更愿意说，它将严肃的仙境奇谭（也就是希腊传说）转变成了我们国家目前熟知的一种特殊形式：睡前故事或"老妪故事"。缺乏人名地名不是优点，而是意外，不应该模仿；因为在这方面的含糊不清是一种品质降格，是由于遗忘和缺乏技巧而造成的衰败。但我认为缺乏时间并不是缺点。那个开头不是词穷，而是意义重大。它一下子就营造出一种宏大、有待发掘的时空感。

后 记

作为一名图书插画家，我最大的收获之一就是有动力、有机会重温多年以前读过的故事，并再次与它们打交道——通常会更加关注细节——同时在对我来说是全新的作品中找到乐趣。这本书里有些故事，我是直到数月前才第一次读到，并且很郁闷在我的孩子们每天晚上都期待睡前故事的时候，我手边没有这本书。

许多脍炙人口的儿童故事都源于为特定儿童创作的故事，这种随意且往往出于偶然的方式催生了大量的创意，这些创意后来被提炼成伟大的文学作品。在阅读托尔金的短篇小说和诗歌时，我更能感受到作者和他的孩子们的存在。有些元素和事件具有惊人的原创性，它们只能是由两个或更多活跃的头脑开展观察和对话之后的结果。在我的脑海中，我看到《漫游记》中的航海家就是这样问世的：一个夏日，作者向他的孩子们展示了一只在水池中漂浮或飞过水池的昆虫，并猜测它将开始怎样的冒险。对我来说，这比超现实的奇妙想象更能让我联想到那种神奇的传播时刻：当一个人的想法在另一个人的头脑中生根发芽时，一个新的故事或生物就诞生了。

其他一些诗歌和故事的基调更加微妙、个人化和哀伤，我可以想象它们是在教授的书房里，在讲座和辅导的间隙，在放松或无聊的时刻创作的，就像那些抄写员一样，把俳句式的思考在他们所抄写的手稿边框上保存下来。无论它们的起源是什么，我都觉得拉近了与作者的距离，而且更珍重他讲故事的技巧，因为他把轻巧的笔触和创造力灌注在了他的一些不太重要的作品中。

我相信，现在我们仍然需要优秀的故事讲述者，就像在口述传统还是故事传承的唯一方式的时候一样；故事的积极传播对大脑的发育起着不可或缺的作用。在我们的成长过程中，身边故事的质量对我们的幸福至关重要，不亚于我们的食物和环境的质量。这种共同讲故事的方式——我们在《险境奇谈》中就有很好的例子——最美妙的地方在于，讲故事的人与听众之间的合作和参与意味着他们正在共同踏上一段旅程，而这段旅程可能会通往最意想不到的奇妙之地。

艾伦·李

译后记

　　《险境奇谈》终于完成了，从签下合同到全书交稿，跨越八年时光。延迟的原因主要是不断有新的托尔金书籍出版，要优先处理，比如《贝伦与露西恩》《刚多林的陷落》《托尔金：中洲缔造者》等等。无论如何，万分感谢文景的宽容，让我们三个译者可以慢慢打磨书中的每一篇章。

　　这本书我们三个译者的合作方式依旧是：我主译，喷泉（石中歌）主修订（极其烦琐，她还译了《大伍屯的铁匠》），而我最不擅长的诗歌由中英文造诣和对音乐涉猎尽皆深厚的杜蕴慈负责。

　　此外，那篇令人望而生畏但托迷们又迫切想看懂的论文《论仙境奇谭》，可谓集多人之力才呈现在大家面前。我要特别感谢埃默里大学（Emory University）的老师 Eric Reinders，微博上的书评人 zionius，以及刘真仪女士。Eric 懂中文，也研究托尔金，他很惊喜我要翻译这篇论文，也在我翻译完成后，逐字逐句跟我探讨译文，给我提意见。玩微博又关注托尔金作品的人，应该都认识读物博主zionius；他的阅读涉猎之广、数量之惊人、查考之仔细，令我叹为观止、深深拜服。他给这篇论文写了许多注释（其他篇也写了一些），让读者（包括我）能更深入地了解各种典故，真是看到赚到。在翻译过程中，我还参考了刘真仪女士发表在2007年7月份《印刻文学生活志》中对这篇论文的节译，该篇节译的篇名是"论精灵故事"；感谢她的开疆拓土，让我在十多年前就得以瞥见托老的仙境的核心。当然，最终读者能看到如此完善的译文，要感谢喷泉。熟读托老所有著作且与我并肩翻译了十几年托老作品的喷泉，在本职工作之余，耗费了无数夜晚与周末，竭尽全力，细细修订打磨了这篇论文，让所有阅读中文的托尔金爱好者，从此得知托老创作的深根厚土，理念精髓。

托尔金作品每一本的出版，背后都集合了许多人的努力，我特别佩服和感谢处理后续工作的编辑、美编、校订等同仁，他们的工作繁重细琐到了我都不敢问的地步。能不厌其烦处理好每个细节的人，才是做大事的人，也才能成大事。

交稿前夕，得知文景买下《中洲历史》的版权，组成翻译小队，即将开始另一场远征。众志成城，愿翻译小队继续不负所托，达成所望。

邓嘉宛

2023 年秋

台北、景美

文景

Horizon

社 科 新 知　文 艺 新 潮

险境奇谈

［英］J.R.R.托尔金 著　［英］艾伦·李 图
邓嘉宛　石中歌　杜蕴慈 译

出 品 人：姚映然
责任编辑：卢　茗
特约校对：zionius　虫　子
营销编辑：杨　朗
封扉设计：陆智昌

出　　品：北京世纪文景文化传播有限责任公司
　　　　　（北京朝阳区东土城路8号林达大厦A座4A　100013）
出版发行：上海人民出版社
印　　刷：山东临沂新华印刷物流集团有限责任公司
制　　版：南京展望文化发展有限公司

开 本：820mm×1280mm　1/32
印 张：14　字 数：222，000　插 页：2
2024年7月第1版　　2024年7月第1次印刷
定 价：89.00元
ISBN：978-7-208-18811-2/I·2141

图书在版编目（CIP）数据

险境奇谈 /（英）J.R.R. 托尔金（J.R.R.Tolkien）
著；（英）艾伦·李（Alan Lee）图；邓嘉宛，石中歌，
杜蕴慈译 . — 上海：上海人民出版社，2024
书名原文：Tales from the Perilous Realm
ISBN 978-7-208-18811-2

Ⅰ．①险… Ⅱ．①J…②艾…③邓…④石…⑤杜…
Ⅲ．①短篇小说 – 小说集 – 英国 – 现代②诗集 – 英国 –
现代③英国文学 – 文学研究 – 文集 Ⅳ．①I561.15
②I561.065-53

中国国家版本馆 CIP 数据核字 (2024) 第 055115 号

本书如有印装错误，请致电本社更换 010-52187586

社 科 新 知 文 艺 新 潮 ｜ 与 文 景 相 遇

微信公众号

微 博

豆 瓣

bilibili

抖 音

小红书

托尔金在文景

《托尔金的世界》
《托尔金传》

《重现中洲：艾伦·李的〈霍比特人〉素描集》
《西古尔德与古德露恩的传奇》
《努门诺尔沦亡史》
《托尔金与世界大战》
《世纪作家》
......